生活·讀書·新知 三联书店

五更盘道

漆永祥 著

图书在版编目（CIP）数据

五更盘道／漆永祥著. —北京：生活·读书·新知三联书店，2019.3
ISBN 978 - 7 - 108 - 06425 - 7

Ⅰ.①五…　Ⅱ.①漆…　Ⅲ.①散文集－中国－当代
Ⅳ.① I267

中国版本图书馆 CIP 数据核字（2018）第 274672 号

责任编辑　李　佳
特约编辑　罗　静
装帧设计　康　健
责任校对　张国荣
责任印制　徐　方
出版发行　生活·讀書·新知 三联书店
　　　　　（北京市东城区美术馆东街 22 号 100010）
网　　址　www.sdxjpc.com
经　　销　新华书店
印　　刷　三河市天润建兴印务有限公司
版　　次　2019 年 3 月北京第 1 版
　　　　　2019 年 3 月北京第 1 次印刷
开　　本　880 毫米 × 1230 毫米　1/32　印张 7.5
字　　数　167 千字
印　　数　0,001 - 8,000 册
定　　价　39.00 元
（印装查询：01064002715；邮购查询：01084010542）

目 录

序一　读《五更盘道》断想（刘勇强）　1

序二　乡土写真和另类心史（吴晓东）　7

上篇

无言丰碑的孔夫子——我的太爷老师　3
　　无所不能的"戳气"和"行人"/风格独到的"土教学法"/
　　因地制宜的"素质教育"/篮球架与硬柴盗林/罕见的暴风雨/
　　从神坛跌回凡间的太爷/贫瘠山野的璀璨明珠

风雨载途的山路——我的紫石小学　29
　　神灵祖宗护佑尕娃子/披星戴月与雨雪载途的求学路/皮鞋校
　　长和有趣的班主任/城里姐姐来我乡/"批林批孔"和"忆苦
　　思甜"/修水平梯田/村中读书室

寒夜热炕与暴雪中的手——我的三驴班长　53
　　饥肠辘辘的捣蛋生/寒夜热炕/学生娃修成大教室/1976——
　　多事之秋/稀里糊涂考高中/苦命的三驴

"二进宫"与"渣子生"的传奇高中——我的漳县一中　　71

老师眼中的"滚刀肉"/沉迷于小说世界/风雨飘摇的自建宿舍/辍学务农与"二进宫"/改变我命运的三位数学老师/天啦！——我考上了大学

隐耀在旧文科楼里的母校恩泽——我的西北师大　　96

敦实厚重的校园与众家兄弟/文科楼中的惬意时光/神奇的88分/令人艳羡的课程表/风格独具的先生们/"挨刀的"与"野狐狸"/丰富多彩的课外活动/狂傲无知的保研故事

筒子楼杂忆——我的蜗居生活　　121

何谓筒子楼/在西北师大：流浪借居筒子楼/舒心惬意的筒子楼生活：北大南门27楼/热门非凡百鸣室：中关村25楼

下篇

我的火盆爷爷　　131

老父老母逛北京　　154

杀　猪　179

杀　蜜　200

夜　路　205

后　记　222

序一 读《五更盘道》断想

　　这是一个日新月异的时代，人们好像都在争先恐后地登上了高速列车，只关心要去的地方；窗外的风景转瞬即逝，看不真切，也无可留恋；甚至自己从哪里上的车，为什么要上车都仿佛不重要了。因为每个车站似乎都出自同一个设计师，看上去一模一样。只有跋山涉水，历经风雨赶往车站的人，才可能记得上车前的那段曲折经历，也才可能在某一个车站逗留时，对过往的历程投去深情的回眸——这便是我读漆永祥的《五更盘道》的第一个感觉。

　　就阅读兴趣来说，我在专业书籍之外，最喜欢看的是地图。在个人有限的生存空间中，地图往往能引人入胜，令人遐想。但是无论怎样的遐想，终究无法想象出每一片陌生土地上的悲欢离合。

　　漆家山是个在地图上都找不到的地方，此刻，它却成了我最熟悉的一个小山村。《五更盘道》就像一幅精神地图，描写出了那里的沟沟汊汊，那里的生老病死，那里的风土人情。《五更盘道》还有几篇写的是漆家山外的世界，写得也很好，但我还是更看重漆家山。

因为《五更盘道》中的部分章节曾在微信上看过，永祥有篇文章《我看到的汪世显家族史》。末尾有这样一段话：

> 列位看官，我们大家手中的史著，实际上经历了这样的过程：传主本身一生的事迹（真实的史实）——行状（传主子孙或门人等所编写）——碑传文字（他人据行状等所改写）——当朝国史列传（当朝史学家据碑状、档案等所纂）——后世所修前朝国史（后世史学家据前朝史官所纂史书修订而成）。也就是说，许多历史书，实际上是经过一手、二手、三手、四手甚至更多手的加工才写定，而且一旦写定，就俨然成为信史为天下人所共信，我们所顶礼崇敬的"二十四史"等书，就是这样修成的。列位看官，您说怕人不怕人！

我之所以不惮辞费地征引如上，是因为这段话表现了永祥的追求，即记录原生态的真实历史，免得后世只剩下官样文章。我觉得他做到了。

我是做小说研究的，也由此想到了所谓"野史"。冯梦龙有一句名言："史统散而小说兴"，对此，我一直略有怀疑。因为在我看来，后世的史官文化似乎不但没有"散"，反而是越来越强大了。所以，可能不如说"史统正而小说兴"更符合实际点。由于历史叙事的正统性被强化，小说则笔走偏锋，拓宽叙事领域，深化叙事内涵，因为弥补了正史所忽略或排斥的内容，成为一种文化需要。我的意思是，如果我们还不能为本朝修史，那么我们至少也应该像永祥这样，先把老百姓自己的故事写下来。

永祥不是在写史，当然也不是在写小说，他只是在写一段自己走过来的经历，像是指着一张张泛黄的老照片，讲述着照片上的人和事。那些人和事，请读者诸君自己去看个端详。我想要说的是，永祥在讲述时，饱含着一种深深的眷恋之情。这种眷恋之情不只是要把我们带回到那些苦涩的岁月、贫瘠的山村，更是希望从中提取一种精神，一种情怀。所以，他在《无言丰碑的孔夫子》结尾写道：

> 太爷是一位唯美主义者和理想主义者，他就是我心目中的孔夫子！他亲手缔造了一个理想王国，他的王国一度是那么地熠熠辉煌，就像点缀在贫瘠山野一颗璀璨的明珠，闪耀着最原始、最自然、最美好的人性光芒。他的老去与凋谢，带走了一个山村淳朴自然的天籁时代。他曾经是那个山村的脊梁，经风见雨，质朴坚劲，顶大立地，支柱纲常。我甚至觉得，就像鲁迅说的那样，太爷和他同时代的民办教师，应该也是中国的脊梁！

在《杀猪》中写道：

> 我知道我描述的杀猪场面，即使我回到老家过年，也不可能再出现了，可是我总是难忘那时的光景与那时的欢乐，人们之间那种亲情和真诚，以及那碗端在路上边走边洒的菜，充满了迷人的温馨，氤氲芬芳，弥漫四溢，让我想起来就神往而唏嘘不已。

这些在朴实无华的叙述后的曲终奏雅，真真打动了我！让我在阅读时所获得的那种好奇、惊叹，一下子得到了自然而然的升华。

是的，我还非常喜欢《五更盘道》朴实无华的文字，那种朴实大概就是漆家山没遮没拦的山川写照。然而，它又并非随意的、草率的精神臆语，在独一无二的生活感受与反思引导下，作者对汉语的表达及其丰厚的人文意蕴进行了极真诚的实践。如《寒夜热炕与暴雪中的手》叙述乡村中学晚自习的情形：

> 我想很少有人看到过这样的场景：一间黑漆漆的教室里，亮着二十几盏明灭扑闪像鬼火似的油灯，油灯后面有二十几颗瞪着绿眼的鬼头，无数个模糊的鬼影在四周的墙上晃动……

"挑灯夜读"是一个早已被用得烂熟的词语，但永祥亦庄亦谐的描写——请读者去翻阅一下这前后的故事——让这个烂熟的词语一下子跳到我的眼前摇曳起来。接下来，他又刻画了一个与三驴提灯踏雪的细节，当三驴拉他前行时，他写道：

> 我当时的感受是如果没有他的手我就会被风雪卷走，这时我的心里真的就像抒情散文里常常描述的"有一股暖流经过"，可惜我从来没有向我的班长表达过我的这种心情。

在读到这一段文字时，也有一股暖流在我心里经过，这就是文字的魅力。

我的电脑桌面也是一张老家的照片。那是若干年前，我在地图导航的引导下，终于找到了祖籍所在地的"刘家老屋"。我后来和朋友戏言，当我站在祖先的热土上，是如何的心潮澎湃。其实，当时的心情并不特别激动。毕竟祖籍于我，只是填表时的一个空洞符号，那是父辈仓皇逃离的故乡，我无法将老爸偶尔零碎的回忆，连缀成一幅完整的图画。所以，读完《五更盘道》，我又不免有一种羡慕、感伤，有多少人还有那样丰富的故乡记忆？又有多少人能将这种记忆转化为动人的文字？如果有，写下来吧，像这本《五更盘道》。无数的盘道，蜿蜒曲折，绵延铺展，真的可以构成一幅辽阔深邃的中国人的精神地图。

末了，说一点题外话吧。前面我都永祥、永祥地称呼，其实在私下，我叫他老七。

那是 1999 年年底的一段时间，我和永祥、晓东兄曾同在新加坡东方学院讲学，我们共住在学院为我们租的一套组屋里。当时，我以三人姓的谐音，声称我们是"567 组合"，并拿冯梦龙《笑史》中一个《疑姓》的笑话取乐，那个笑话是这样的：

> 阳伯博任山南一县丞，其妻陆氏，名家女也。县令妇姓伍。他日，会诸官之妇。既相见，县令妇问赞府夫人何姓，答曰："姓陆。"次问主簿夫人，答曰："姓戚。"县令妇勃然入内。诸夫人不知所以，欲辞回。县令闻之，遽入问其妇，妇曰："赞府妇云'姓陆'，主簿妇云'姓戚'，以吾姓伍，故相弄耳。余官妇赖吾不问，必曰姓八、姓九矣。"令大笑曰："人各有姓。"复令妇出。

在正常情况下，伍、陆、戚联袂而出，着实可疑，自然也就难得，后来我们便以老五、老六、老七相称了。

这次老七出书，约我和老五同作序，是"567组合"的再次集结，当然也很难得。不过，我从一开始就没有写序的想法，拉拉杂杂写下上面的断想，如同当年我们在一起时的聊天。这应该也符合老七的本意吧。

刘勇强

2017 年 10 月 10 日

序二 乡土写真和另类心史

当初听闻漆永祥兄的回忆录风靡朋友圈，曾在片刻间闪过一个念头：这么早就开始追忆了？旋即想到中国现代史上作家学者们早早写回忆录已成一个传统。胡适写《四十自述》之时仅过"不惑"，而沈从文创作《从文自传》之际才刚"而立"。20世纪30年代初的"传记热"由此出现在现代中国文坛，1934年就被戏称为"传记年"。现代文学、现代学术史之所以给后人留下丰富的历史记忆遗产和传记文献资源，泰半原因在于现代作家和学者纷纷掇拾生命个体记忆以及家族乃至族群的历史记忆，其中就蕴含着丰富的个体生命史、现代精神史乃至民族心灵史的意义与价值。

因此，阅读漆永祥兄的《五更盘道》，脑海里常常浮现的，正是中国现代作家的乡土书写和记忆。把漆兄的这部回忆录置于现代中国人书写乡土记忆的延长线上，似乎能更好地寻求到历史定位，更能洞见本书的独异性，也有助于理解漆兄为故乡立传的冲动。就像沈从文从走出湘西的那天起，就深怀成为一个"地方风景的记录人"的愿望，并终以固执的"乡下人"姿态再现和创造了他人无法贡献的乡土景观，也才有了美国研究者金介甫的评价：

"不管将来发展成什么局面，湘西旧社会的面貌与声音，恐惧和希望，总算在沈从文的乡土文学作品中保存了下来。别的地区却很少有这种福气。"

如今，中国西北的一个偏僻的小山村也有福了，从漆家山走出来的"文曲星"，以如椽巨笔为它保存了属于自己的"面貌与声音，恐惧和希望"，也留给世人一部弥足珍贵的乡土写真和另类心史。

读《五更盘道》，常常惊叹于作者记忆中明晰到纤毫毕现的乡土童年写实，也时时感怀于艰苦岁月在作者记忆深处留下的生命印迹。《五更盘道》至少内含两种基本面相，一方面可以纳入地方风物志、家族志、人物志的历史书写流脉之中，如《无言丰碑的孔夫子》《我的火盆爷爷》《杀猪》《杀蜜》等篇；另一方面也可以看作一个出身于中国社会最底层的当代优秀学人究竟是如何炼成的自叙传，或是一部中国偏远农村的乡土教育简史，如《风雨载途的山路》《寒夜热炕与暴雪中的手》《"二进宫"与"渣子生"的传奇高中》等。当然，那篇《隐耀在旧文科楼里的母校恩泽》也同样可以读成漆永祥版的"我的大学"，既展现了伴随着漆兄一起成长的 20 世纪 80 年代中国高等教育的西部风貌，也保存了我们这一代人大学生涯的真实记录。

《五更盘道》令人惊叹的正是个体生命记忆的真切与鲜活，回忆中的一切仿佛就发生在当下，历历如在目前。细节与情境刻画的逼真性，情感与心理描摹的具体性，每每使我拍案叫绝。全书通读一遍，不禁为作者感到由衷庆幸，庆幸的是漆兄正当壮年就写下了如此元气淋漓的回忆录，倘若到了耄耋之年，虽可能更有追忆的冲动，但记忆恐怕就难以如此明晰而具体了吧？

我还把这部回忆录当作生命个体的"成长小说"来读，捕捉到了一个在艰难困苦中挣扎打拼却始终自尊自爱自立自助的少年人的形象，其中很少看到一般的回忆录中临镜自恋的固有情结，这也使我联想起卢梭的《忏悔录》中的自嘲和自省精神。《五更盘道》所呈现的自我形象印证并加深了这些年我对漆兄的了解，使我意识到漆兄身上的忠厚、蕴藉、坚忍而又不乏幽默感其来有自。这种把书中得到的印象与现实中的传主本人进行"对读"的阅读体验，也着实令人着迷。

不过漆兄书写回忆录的初衷可能更是为自己的偏僻乡土立传，因此，我同时看重的还有书中乡土书写的史学价值，正像林耀华的《金翼》这类社会学著作，在关于一个小乡村的田野研究中却蕴含着民族志和人类学的典范意义。即使比附法国年鉴学派在诸如一个小山村、一座修道院等一隅空间所做的解剖麻雀式的史学研究也毫不为过，同样可以从中生发出具有某种地域普遍性的长时段的历史含义。

当初读林耀华的《金翼》，印象深刻的是结尾书写的一个抗战年代的乡土细节：爷爷带着孙子在田里播种，头上有日本人的飞机呼啸而过。孙子看飞机，爷爷就教训他："别仰头看天，把种子埋到土里去。"一个时代的内在历史意蕴可能就在这种意味深长的细节中"瞬间显现"，给人以惊鸿一瞥之感。读漆兄的回忆录也生成着类似的感受和体验。书中那些洪荒太初般的细节，既烙印着作者的个体生命轨迹，也积淀着乡土农人的集体无意识，具有丰富而生动的历史具体性。文学家和史学家都梦寐以求与此相类的历史细节。赵园先生曾经称："我痛感我们的历史叙述中细节的缺乏，物质生活细节、制度细节，当然更缺少对于细节的意义发现。"这种"细节的缺乏"的现状，愈发彰显出《五更盘道》中生命和乡土记忆的可贵。

作为漆永祥兄的同龄人，我从《五更盘道》中还读出了自己的影子。我们这一代学人，相当一部分是从边陲小城和偏远农村走出来的，多多少少都可以在漆兄的回忆中获得情感的共振。在某种意义上说，《五更盘道》也映现着我们这一代人的另类心史。

前年由父母伴随，我回到了自己的出生地——一个与漆家山相仿的东北边陲的小乡村。自从 1978 年离开故乡之后，近 40 年才重返童年生长的地方，本以为会心潮澎湃，如刘勇强兄在本书序中所言。但当时只是感到些微的怅惘。童年的老屋早在 20 世纪 80 年代初即已易主，据说前几年刚刚拆掉，翻盖了一个简易仓储大棚。周遭方圆数里都变了样，现实所见与无数次梦回的记忆中的场景完全对不上了，我仿佛来到了一个自己从未到过的地方。于是"归乡"的戏码演成了"失乡"，从此故乡就只存活在记忆里了。由此也更深切地理解了鲁迅在小说《故乡》中感叹的："阿！这不是我二十年来时时记得的故乡？"乡土的失落使 20 世纪相当一部分中国文人失却了生命原初的出发地，同时也意味着失落了心灵的故园，诗人何其芳在 30 年代创作的一首题为《柏林》的诗中也发出对昔日故乡"乐土"之失却的喟叹：

> 我昔自以为有一片乐土，
> 藏之记忆里最幽暗的角落。
> 从此始感到一种成人的寂寞，
> 更喜欢梦中道路的迷离。

所谓"成人的寂寞"即是丧失了童年乐土的寂寞，从此，迷离的"梦中道路"替代了昔日的田园。而关于故土的记忆也正在漫漶中逐渐失去，终有一天将什么也不会留下。

在这个意义上，我特别看重漆兄在回忆录中所保存得如此完好的乡土记忆。那栩栩如生的故乡情景，似乎也构成了失却故乡的自己的莫大安慰。

先期拜读了刘勇强兄为本书写的大序，感佩于勇强兄高屋建瓴而又体贴入微的解读。从"史统"衍生出的历史眼光，对文本肌理的揣摩以及对漆兄叙述调子中所饱含的眷恋之情的洞察，使我顿生临渊之羡。而我的小序，虽欲退而结网，但最终只编织了一些零星感想，既是为了纪念在异国他乡"567"的缘分，也借此表达对六兄、七兄的敬意。这几年在专业研究以外的阅读，有两大赏心乐事，一是读七兄的回忆录，二是读六兄的新人文小品小说。在文人的书写越来越丧失个性和风采的当下，两位仁兄在学术著作之外的另一副笔墨就显得难能可贵，尤其是在文体领域各臻别致而独异的佳境，贡献了他人无以替代的创格之作。

吴晓东

2018 年 4 月 1 日

上篇

无言丰碑的孔夫子

——我的太爷老师

我的家乡位于祖国西北边陲，是青藏高原上一个贫寒闭塞的小山村。村子在陡峻高岭近顶的山腰，自东至西呈环形的山弯里，散落着二十来户农家院落。背山向阳，南亩绕村，桃梨杏柳，绿荫傍屋，青瓦白茅，炊烟袅袅，居民往还，守望相助，日出而耕，日落而息。就风光而言，算得上是世外桃源了。

祖辈们蛰居本村的历史，绝不会超过两百年。爷爷在世时曾指着老坟给我数，他爷爷坟堆以上的坟头，就不知道怎么个排序，所以有人问起我的族源，我常常戏称"三代以上无考"。祖先们来自何方？又因何飘落在此？因无识文断字之人，所以祖祖辈辈，天籁未凿，蒙昧混沌，枯草残叶，自生自灭，村子的历史与传说，都永远被埋进那些坟堆了。直到新中国成立以后，才开天辟地有了所学堂，可以说真正是新旧时代的分水岭！

学堂在村子中间的山梁崖子下，是一间南北向的大房子。两边两个双扇门，门扇是"文革"时从神庙拆来的，有雕花的窗棂；屋里高低不等有几排长桌与板凳，西墙上挂块小黑板，黑板顶墙

漆家山村学（原校舍是图下方一排北房，右侧是驴圈）

上贴张缺角的毛主席像；东西厢有几间低矮茅屋，是羊圈和驴圈，娃娃们整天和牲畜一起学习，相安无事，其乐融融；南边是悬土崖子，边上蹲了一个照壁，两边被农家一溜线儿地堆放着硬柴，却自然形成了南墙；中间是小半个篮球场大的院子，碎石突兀，高低不平。这就是学堂的全貌。

这里不仅仅是学堂，还是生产队集会、批斗、学《毛选》、扯闲帮子传播是非的集散地，尤其过年时耍社火演戏也在此处。学堂的作用，按上古来说就是"明堂"，照今天而言就是村里的"人民大会堂"和"天安门广场"。

无所不能的"戳气"和"行人"

学堂的老师是一位同村人，民办教师，每月有八元钱薪水，还有生产队全勤的工分。他四十来岁，中等个儿，胖瘦相宜，方脸疏眉，嘴角下垂，呈悲苦状，背微微驼，常双手抱胸，筒袖而行。老师的官名叫漆润江，奶名我至今都不大清楚，但他有两个外号："行人"与"戳气"。"行人"是能干能行的褒语；"戳气"很难解释，有小气计较，惹人嫌厌的意味。老师在村里的地位，一方面是至高无上的，这不仅仅因为他是老师，更重要的是几乎凡间之事，他无所不能，且无所不精；另一方面他往往计较得失，唠叨烦厌，是一个矛盾对立的统一体。

我小时候总想不通，农村人的辈分怎么那么乱。老师虽然年纪比我父亲大不了几岁，但他的辈分竟然是父亲的爷爷级，是我的太爷。我们那时不习惯叫他老师，娃娃们都是按辈分来称呼他。老师的家族辈分在全村最大，他又是行三，所以学堂里从来听不到叫老师，而是叫祖太爷、太爷、三爷、干爷、干大（方言中音dá）、三大、行爸之类，不知者还以为是黑帮老大在点卯呢。

太爷少年时，聪慧无比，十四五岁就做了大队会计甚至书记。他心算能力极强，算盘没打出来的数字，随口即答。他很早就入了党，做宣传抓革命，样样在行。他自称只上过十八天的盲校，却能写一笔好字，还能自编顺口溜数来宝，文从字顺，音节低昂，顺畅响亮，不亚于报纸上的诗歌。

他是一个精巧的木匠。农村人分木匠为三类：一是砍砍钉钉，修缝补漏的；二是能端得起平刨，拉得了直线，做个柜子棺材什么的；第三种那能耐可就大了，农民不懂房屋设计，但能立得起大梁盖得了厅堂的，就是鲁班爷级的了。太爷处在二、三级之间，木活儿做得很是了得，他心细如丝，几块木材，他能物尽其用，绝不浪费，顺手还用剩材给你做点小家什儿。他做的炕桌用颜料画上各色花卉，是精美的工艺品。他打的木桶不仅轻巧耐看，最主要的是不漏水。学堂院里经常刀剁斧砍的，就是他在做木活儿，当然是有报酬的，太爷绝不能吃亏，如果你给他少了，他会唠叨你个三年五载，而且下次很难再求得动他。

他还是一个画匠，也叫纸活儿匠。那个年代不兴迷信，所以没人敢在给老人送葬的时候扎纸人纸马。但每年春节，要贴窗花，耍社火，其中一项就是跑灯，长方形的四面糊白纸灯，里面固定点上小蜡烛，灯底插一根三尺的把儿，擎在手上排跑出各类队形，战鼓咚咚，催人魂魄，是老古传下来的战阵。灯的四面纸上贴各色剪纸，太爷手巧至极，他剪的窗花灯花，不仅细腻复杂，而且不重样，因为他不衬花样子，拿一把剪刀在纸上游走，一会儿一幅富贵缠枝石榴图就出现在手中。他做的转灯，里面的小人儿，滴溜溜转，活灵活现。他扎的纸人纸马，表情丰富，神态逼真，线条流畅，栩栩如生。

他又是藏有秘籍的阴阳风水先生，能掐会算，谁家小孩头疼发烧了，猪娃子生病不食了，都心急火燎地求他给算算，看是中了哪门邪得罪了哪路神仙。他先是把你冷落在旁边，任你急得像猴子，他却絮絮叨叨地像个老太太，讲某年某月某日某次他让你帮什么忙，你却没有帮到，现在还有脸来求他，数落够了才问病人生辰八字，手掐嘴念，再说出一个道理，或是踩到太岁了，或是冒犯祖先了，或是猪拱尊神了，或是恶神对冲了，然后叫你到十字路口烧点纸，到祖坟去点炷香，或者剪几个纸人洒洒米曲叫叫魂，十之四五还挺见效的。

他还会女红，能织布、打绳、化装与裁剪衣服。他织的麻布，经纬纵横，整齐美观，缝成麻布衫儿，结实耐磨。村里唱戏穿的各类戏服，从军装、领章、帽徽、刀枪、布景，以及后来唱古装戏用的纱帽、盔甲、龙袍等，绝大部分是他设计剪裁，精美艳丽，与县剧团的差不了多少。他勾的脸谱，在风吹日晒霜打雨浸苍老褶皱糙如牛皮的脸上，也能描出个凤眼红唇的花旦来。他甚至能用糨糊糊纸壳造出板胡，再从活马身上剪了马尾，煮过水软化后做弓弦，居然能拉出声儿来。

太爷奖状和奖品

最厉害与最权威的，太爷还是村里社戏的总导演与主演。每年过年期间，村里要唱十天大戏，唱戏的重点在娱乐，但更在祭神，即使在"文革"期间，仍偷偷进行，从未间断，故所有演员都是男性。那时都唱样板戏，太爷是导演兼主演，要给演员们拉角子（排戏），他不仅要教身段，还要教台词，众人多不识字，念百遍还是记不住，太爷就气得说在给猪教经。他主演旦角，如阿庆嫂、常宝、铁梅等。他演的铁梅，在我眼里就是刘长瑜级别的，他唱着京剧—秦腔—眉户三种混搭的腔调，再捎带点"花儿"的味道，可谓举世独创的剧种，尤其当他踩着碎步咬着辫子冲到台口，一字一顿地唱"咬住仇咬住恨仇恨的种子要发芽"，真可谓掷地有声，铿锵有力，革命烈火，就在我等心中，旺旺地燃烧起来。

对于农民来说，宁肯得罪生产队长，也有几种人是万万不能得罪的：师爷、医生、阴阳、木匠、画匠和猪仙。这几样太爷几乎占全了，所以他就是村里的佛尊，全村奉若神明，嫉妒钦羡，爱恨交加。而他在做老师的时候，把这十八般武艺发挥得淋漓尽致，这也使得他的学堂，在全县都大大地有名。

风格独到的"土教学法"

我至今记得初上学时的光景。五岁的时候，母亲下地劳动时就经常把我扔在学堂院子里，那样就不至于爬树掏鸟窝摔断胳膊腿儿，所以学堂兼有点托儿所、幼儿园的意思。因为我不是正规的学生，总被人欺负，而且不能随便出入堂内，也不能厚脸皮天天去玩，这是很丢份很丧气的事情。

于是，我想上学了。不是先知先觉到要学文化，而是要赖在学堂，就必须是学生才行。在一个阴雨天，我哭闹着跟爷爷要钱说我要念书，爷爷从炕头破席子底下摸了好一会儿，才摸出一个五分的钢圆儿（硬币），让我去太爷家报名，我头上顶了片麻布，在细雨中蹚着深一脚浅一脚的烂泥到太爷家，却趴在门蹲上只探头不敢言语，他问我是不是想念书，我无言又郑重地把那个钢圆儿放在他的炕桌上，不知是这个钢圆儿太多了还是太少了，总之他没要我的钱，从报纸糊的高级箱子里找了本旧书给我，我就算是入学了。

社员们农活儿忙，天麻麻亮就下地了，但学生会晚点儿，一般是太阳出来了才去学堂。太爷永远是背个粪背篓，手拿着铁铲，先沿着村里的路走一圈拾粪，那可是斗私批修的年代，牛羊骡马都是公家的，当然它们拉的粪便自然也姓公，私人是不允许拾的。但太爷例外，他名义上是给公家拾粪，但有一部分却上到了他家自留地里，这是他的特权，今天的话说就是潜规则。他边拾粪边喊："娃娃们！念书喽——"娃们听到声音，就三三两两地到学堂去了。

我们没有纸和笔，学写字的时候，都是一屁股坐在学堂院子的地上，用小石子、木棍儿或者直接用手指在土里画字。刚入学的时候，有三个左撇子：富平、翻花和我。太爷强迫我们用右手写，我是顽固的左派，右手怎么都使不惯，他就骂骂咧咧地把我右手拇指强压在地上划，划破了皮才罢手，晚上回到家里，左手伸手拿筷子，母亲又用筷子抽着打，因为左撇子，我就觉得像是"现行反革命分子"抬不起头来，很想砍掉自己的左手，不知道今天左撇子的孩子，在家里和学校还受这种气不？太爷把我们三个打成另类，随手在地上画一个圈儿，拎着我们耳朵进去，让我们反思纠错，于是他在我们就用右手画，他走了就用左手画，但就是不敢跳到他的圈外去，后来我读了《西游记》，看到孙悟空三打白骨精时给师父画的圈儿，就马上条件反射般地想到我小时候太爷画的圈儿来。

太爷不会汉语拼音，我到高中才学那玩意儿，他也不完全懂汉字笔顺，而我们那时的课本，不像现在的小学教材，"上中下，人口手"，由易到难，科学合理。我们也没有学"上大人，孔乙己"，而是从一年级第一课起，依次是"毛主席万岁""共产党万岁""三面红旗万岁"等，众人在地上乱画着仿写。有个娃写"毛"字，从右往左歪斜着横画三笔，然后从下边轨弯儿向上画竖弯勾，而且穿透了最上面的一横，太爷看到气坏了，就边追边打边骂："你这心荒的东西，你给戳透了，你还给戳透了，你这个小现行反革命！你怎么对得起毛主席！"

虽然只有一间教室，但太爷调配得次序井然，他教一年级生词后，就让他们在外面的窗台下，对着日头去狂喊狠读，再教二年级或者三年级，互相叉开，互不干扰。他教书有声有色，形神兼具，例如有娃问"拖"字是个啥？咋个念？太爷便拽掐着他的手满院子跑，直到说出"拖"来才放手，从此永志不忘。我至今还记得他教《草原英雄小姐妹》时声嘶力竭地喊："龙梅——，玉荣——，你们在哪里？"喊得让我们都替英雄小姐妹揪心，女娃子们总是泪眼蒙眬的。

那年月课本经常不能按时来到，开学两个月了，新书还没到，好在每年的课本也没有什么区别，太爷就抄黑板让我们跟着抄。没有复写纸，他有时一页一页地抄下来，发给大家，我觉得他抄得比课本还要好，可惜那些字纸都已经不存在了，否则可真是革命文物哪。

冬日严寒，学堂里处处都是缝隙，寒风呼啸，裹着雪花吹进来，落在书本上钻进脖子里，我们一只只小手都冻得像胡萝卜，鼻子底下总是结着两根葱头，写大仿的时候，边研着墨块儿边呵气，但还是没写几个字就结成了冰。太爷带我们去他家，分年级在三个炕上念书，每个炕上放个他自制的火盆，烧上火关上门，就有了些暖意。娃娃们总是捣蛋，打闹跳腾，一不小心就把炕给踩出个窟窿，浓烟滚滚，太爷气得呼喝狂骂，我们不停地咳嗽流泪，这倒不是被他骂的，是被炕烟给熏的，他边咳边骂，同时慌里慌张地抱着土坯去补炕。

太爷有两个经典动作：一是咬舌头，一是抠大腿，凡打骂我们，必然如此。他有皮肤病，总是在身上抠来抓去的，脾气一发作就痒，一痒就抠大腿，一抠大腿，就咬舌头，我们就心领神会，四散逃生。他惩罚学生的方式，千十百样，我们最怕的有三样：一是掐抓；一是叫爷爷和大大（父亲）；一是打他自己。他打学生不是打，而是用女人手段，一挠二抓三挠痒痒四唾唾沫。有个娃子叫德保，他家就在学堂北埂子上，父亲腿有残疾。德保心粗，总是记不住生词，太爷就喊："跛子——"德保参就会答应："行爸！我在呢。""你这尕大不念书，咋办？""打！打！铆足劲儿打。"太爷就把德保掐抓挠唾得满院子打滚儿，嗷嗷叫喊着"干爷"求饶。老师与家长如此的沟通方式，大概是前无古人，也后无来者了。

有时他表达生气的方式，就是叫我们"爷爷"和"大大"。比如他叫我"孝爷"，我就在恐怖气氛中享受着，心想反正是你叫的。岁数最大的三娃，是太爷本家的孙子，也是行三，已经懂事了，太爷一喊他"三爷"或"三大"，三娃觉得骨头太嫩，实在消受不起，就反喊着"三爷"，呜呜咽咽地哭得很伤心。

太爷表达出离愤怒的最可怕方式，是我们一旦背不下课文，他就打自己。有次，他让我们三个三年级学生背课文，我和三娃站在两边，中间的早来拿着书在课桌下供我们偷看，被太爷发现，他让早来举手，就举了右手，他说举左手，就换了书举左手，他说两个手全举，早来做投降状双手一举，书就啪地掉到了地上。太爷站在讲台上，左右开弓给了自己好几个嘴巴，又把仅有的几个粉笔头扔在了地上，掀翻了小讲桌，然后就奔出教室，不知了去向。我至今也想不明白，他打自己，我怕什么，可他扇自己嘴巴的时候，我分明觉得三魂六魄都离身而去。我们把粉笔头捡起来，扶起讲桌，惊魂不定。太爷的二儿子小平、三儿子小龙也在上学，有人就七嘴八舌地说怪话，"你大上吊了""你大投崖了""你大跳井了"。等太爷突然现身，小龙一告状，他就咬着舌头，把所有人都揪掐诅咒一遍，再排着队用板子打手心，而且不准缩手。

太爷对我们纪律的要求，有些酷苛，不许迟到，更不许逃学旷课，如果有谁没来上课，他先会派一个娃子去他家请；如果还不来，就派四个男娃去抬。所以如果不想上学，我们哪怕跑到野地里去，也不敢在家里待着。如果你今天没来，那明天一大早提前去，把学堂打扫得干干净净，太爷才不会处罚你。我那时一般不旷课，唯独去外爷家，则不惜触犯太爷的王法，因为外婆会给我做肉臊子长面吃，那诱惑力实在是太强太强了。我走外爷家时，要从太爷家房顶上的小路经过，每次走到他家屋顶，我就会屏息凝气，匍匐狗趴而过，生怕被他瞅见，回来时也是如此，一旦经过他家屋顶，就爬起来落荒而逃，绝尘而去。

太爷的教鞭是一根木棍儿，教完就别在黑板顶上，他随手打我们，我们就随手给他扔了。但因为他常给村里人做木活儿，所以无论是木桶板子还是小棍小条的，他手里永远都有，所以又随手抽来，都是刑具。据说古代私塾师爷就是这样教学生，我想我的启蒙教育跟私塾差不了多少吧。

因地制宜的"素质教育"

西土边壤，山高苦寒，春夏之交，才山青草绿，桃梨杏花，竞相争艳，芍药牡丹，红白山峦，正是"人间四月芳菲尽，山寺桃花始盛开"的情景。每年这个时候，太爷就带着我们排着队，敲锣打鼓地去山野，那时我还不知道世上有所谓的踏青。乡野翠绿，风和日丽，花香气清，百鸟欢鸣。我们拾野菜，打猪草，追蝴蝶，采花蜜，摘大把的狗艳艳花（狼毒草花），将里面的蚂蚁和小虫子抖出来，再盘成花环戴在头上，露珠晶亮，滴在脖颈，清凛冰凉，爽心适肺，花香扑鼻，令人酥迷。

我们从扫帚里挑出竹子，截成手指长的竹节，将刚出土绿黄间半的马莲芽摘下来，蘸上唾沫插在小竹筒里，就可以吹出悦耳的声音。或者将开了花的马莲从节上掐下来，一吸一吹，就能发出像小鸡"啾啾"的叫声。十几个娃娃，背着打满猪草的背篓，戴着鲜花的王冠，吹着自己的号角，像打了胜仗的战士，在将军的带领下，喜气盈溢地排着队，掌着得胜鼓，满载而归。

太爷会唱戏，但却不会唱革命歌曲，可是他要强得很，到公社或县里去开会，听到一句半句，回来就教我们，等后来我真会唱那些歌，才知道他教的基本都是荒腔走板的。最为可靠且不求人的方式，是通过收音机来学歌，那时收音机有专门教革命歌曲的节目。我们学堂里最先进也最宝贝的，是一台已经破旧得绳捆索绑，但还勉强能收到台的收音机，太爷把它看得比儿子还重三分，抱在怀里，来时抱来，走时抱去，绝不允许娃娃们触碰。

我们也听不懂普通话，电池又金贵，所以只有到教唱歌的时段，才打开那宝贝。没有钟表，天天看太阳影子，在墙上标线猜时，不是迟了就是早了。收音机放在高高的窗台上，我们虔诚敬畏地伸长脖子支起耳朵，太爷严肃凝重地旋转开关，郭兰英的唱腔，高亢透亮，从匣子里神秘流出，"一道道的那个山来哟——唱"，我们就跟着吼一嗓子，"一杆杆枪——唱"，又跟着喊一句，好多歌儿就是这么学会的，但歌词却是不甚知之。最让我们心痛的是，收音机后来被任家门村学借去，又被炮点房（人工打土炮消冰雹的屋子）的年轻人借去，炮点房失火，差点将两个社员烧死，收音机未及救出，活活被烧焦，从此再没有过。

　　那时多半是唱语录歌，在唱"你们青年人，朝气蓬勃，好像早晨八九点钟的太阳"时，有个女娃名叫元元，她爹的名字叫"早成"，我们在唱到"早晨"时，就不怀好意地盯着她，大声重重地唱这两个字。西北方言，不分前后鼻音，"成"与"晨"一样读。元元听罢，就泪雨滂沱，哭爹喊娘地找太爷告状，太爷就把我们所有人大大妈妈的名字，唱佛经似的念三五遍，直到元元开心为止。

　　当时全国人民都处在战备状态，准备和苏修大战，喇叭匣子里说甘肃处在反修防修最前哨，所以社员们白天劳动，晚上还要当民兵站岗放哨，严防阶级敌人的破坏活动。太爷充分发挥他的木匠美工优势，给我们二、三年级的娃们，每人做了木枪一杆木刀一把，没有油漆，就用红墨水染色，或者我们自己用红纸蘸水，在上面擦点儿红印儿，就是相当标准的老七九步枪了。我偷偷把母亲拧好的拉鞋底绳子割了两截，用做我枪刀的背带，遭到一顿暴揍，但我觉得这点皮肉之苦吃得极为值当，因为我把枪和刀左右分挂在双肩两胯，那感觉跟潘冬子没有区别。太爷绝不允许大家糟蹋这两样宝贝，有个娃的妈妈用刀搅拌猪食，太爷说要到县里去告状，因为那是革命红小兵的武器，吓得那娃子三天没有过阳魂。

　　有了刀枪，太爷就教大家跳舞，我们持枪舞刀，变换队形，边唱边舞："战士不离枪，骏马不离鞍，子弹推上膛，谁敢来侵犯？阶级斗争记在心，保卫祖国永远向前。唵唵！杀杀！"或者是"打狼要用棒，打虎要用枪。消灭帝修反，人民来武装"等。我们挎枪背刀去邻村做宣传，一二三四，孔武有力，挺胸昂扬，威风凛凛，那些学校的学生娃看了，羡慕得眼眶都要掉到地上。

14

村里的戏台（建于 20 世纪 90 年代）

暑假的时候，正是家乡麦收时节，社员们没日没夜地收割，我们在太爷的带领下，唱着"割草积肥拾麦穗，越干越喜欢"的革命歌曲，跟在大人收割过的麦地里拾遗落的麦穗。太爷将大家分成小组，在指定的麦地里拣拾，他要求麦穗必须排得整整齐齐，再扎成一个个小把，然后集中到他那里，他一一清点然后分出名次，到生产队记工分，而且还要去实地查看拾得干净不干净，我们谁都不敢怠慢，所以地里都会拾得一穗不剩。

秋天是采药的时节，太爷带着大家去山里采药，杜仲、柴胡、干草、黄芪之类，满山遍野，俯拾即是，或挖或采，一把一捆地扎割整齐，再数给他。生产队给学堂分了一块肥地，每年栽些当归、党参之类的药材，药材卖了就可以添置几盒粉笔什么的，当然太爷顺便偷偷买些针头线脑的，聊补家用。

到了冬天，大家都去拾柴，以为御寒之计。他要求每人必须把自己的柴背子码得整齐好看，然后排着队回去，如果你没有参加拾柴，就必须把家里上好的柴，背上在村口等着，加入大部队的行列中。如果你的柴太少太差，就会被他拎出来"展览"，而且扬言要送到公社让雷部长检查。雷部长是公社武装部部长，面目狰狞，心黑手辣，批斗"地主反革命"时只要是他绑人，那人准会死过一次，所以社员哄娃子只要说"雷部长来了"，娃娃立马就不敢哭了。他一提雷部长，柴少的娃子就会哭闹着让家长再背柴到学堂来，百试而不爽。

70年代中期，正是全国人民"农业学大寨"的高峰期，学生经常到田间地头做宣传、刷标语，村子背后的山沟里，有上好的红胶泥，紫石沟里有天然石灰粉，我们在太爷率领下去挖粉采泥，将村子里各家各户的院墙刷白，他用笤帚草自制的大笔，刷上"农业学大寨""扭转南粮北调""千万不要忘记阶级斗争""批林要批孔，反修要防修"等各体美术字，白底红字，醒目美观，就像县城的马路两边一样，我们觉得真是可着劲儿的光彩无比。

学堂虽然简陋，但被太爷布置得富丽堂皇，墙上贴着他用红绿纸剪的花边，中间一朵大牡丹光荣花，然后钉上一排排的小竹签，整齐地挂着我们的刀枪，另一面是学习园地，挂着我们写的作文。这种场景，在大城市的学校里，大概司空见惯，但在我们那里，可是先进得一塌糊涂。

太爷是先进，所以不允许他的学生在外面出问题。有次几个娃子经过邻村，偷着摘了几个菜瓜，被人家发现追打，邻村人就编了口诀说："漆润江，漆润江，教的学生扳菜瓜。"太爷几乎要气疯了，咬着舌头把那几个可怜的家伙耳朵都快要撕下来，他边打边骂："我的人被你们丢光了，丢尽了，丢到背后河去了，你赔你赔，让你大赔，让你妈赔！"

太爷的学堂在全县都赫赫有名，他成了县里的先进教师，经常会有人来观摩。娃娃们把学堂和院子打扫得干干净净，太爷派人去在村口放哨，等到参观的人快到的时候，他一打手势，大家就破着嗓子朗读课文，给领导来个碰头彩，如果领导夸说读得好，他就甚是得意，如果领导没说什么，或者读得乱哄哄的，他事后会把大家收拾一番。但遗憾的是，学堂东西两边是牛圈和驴圈，毛驴并不听他的话，有时正在参观，驴见到生人，一高兴或者一生气，就高昂地吼上几声，声冲云霄，让太爷扫兴至极，但自始至终，仍然是学堂与驴圈共存。

篮球架与硬柴盗林

学堂的院子，虽然只有小半个篮球场大，但太爷带着大家砍了木材，做成篮板，又栽了四根椽子算是篮架，把篮板钉上去，在上面横凿两个眼儿，将柳条在火上烧热了曲成半圆圈儿插进去，就成了篮筐。我们也不懂篮球规则，仅知道每队是五个人玩儿，因为鞋多半没帮子，跑起来拖拖拉拉，所以干脆光着脚在布满小石子的场院里冲抢，有点像是橄榄球比赛。有时邻村学生来跟我们打，我们感觉要输的时候，就在他们的半场埋小土堆，里面倒插上尖厉的酸刺，光脚板子很容易扎进去，疼得他们龇牙咧嘴，于是就由打球变成了打群架。

学堂在山崖边上，篮球稍蹦得高点儿，就会弹出院子。我们打球时，相当谨慎，有打球的，有在场院边紧张候着的，但球仍然经常滚下山去，捡球的时间比打球要多。蒿草没身，灌丛密布，十几个人拨着草丛找，毒蛇、蛤蟆藏在里面，每次都胆战心惊。终于有一回，篮球再也没有找回来，当时有个娃子的父亲正在沟里割蒿柴，第二天他背着封盖的背篓进城了，回来时给他儿子买了双解放牌胶鞋。于是全村盛传说他捡到了球，卖了很多钱才买了那么贵那么好的鞋。直到数年后，有人在枯草里发现篮球已经朽烂，才算是给他平了反。

那时的森林，社员是绝对不可以私自进入的，不要说伐木，就是折根松枝被发现了，也是破坏社会主义公有财产，罪大恶极。但太爷往往以修理桌凳为由，经生产队同意，带大点的孩子去砍几棵碗口粗的杨树，抬回来锯成木板用。但他经常是夹带私活的，学生们抬着背着给学堂用的，他自己则瞅来瞅去砍些顺手木材，背到自己家去。

有一次，我们背着柴木先走了，在大路上歇着等他，等啊等啊等不来，后来才知道他因为背的太重太沉了，撅着劲儿往起背使过了劲，被木材给压在底下，翻不过身来，他绝望地一个一个喊我们的名字，没人搭理，后来好不容易翻过来，背着背子到了路上，就把我们骂得脸红耳涨。最后骂他儿子小平："我死了，人家的大大都是活的，人家的家都浑然的，你家就烂了，你就没大了，你也不等我，你个挨刀的，你的良心被狗吃了，猪吞了，狼扯了，鹰叼了。"小平就啜着鼻子，像才明白了似的，哗啦哗啦地掉眼泪。太爷又蹁蹁这个的木板，踢踢那个的背子，轻蔑地说："就你这三斤重点儿，挂在我耳朵上，挑在我的歪指头上都带走了。"我们大气也不敢出一声，任他踩过了瘾出够了气才罢歇。

有时他带娃子们去村子对面的大森林里偷木材，那是大队的公有林。大伙早早就进了山入了林，他会派侦察员在阳山观察待命，当林里的人已经伐好了木，就会"布谷，布谷"地鸣叫示意，于是侦察员就会唱歌。如果是唱《东方红》，就意味着平安，可以快速穿越两山间的隔离区，跑到安全地带；如果是唱《国际歌》，就说明有"敌情"，不可出林。有一回，放风的人把次序给记错了，唱起了《东方红》，大家高高兴兴地背着木材出林，刚好被大队干部抓了现形，这对于好面子的太爷来说，简直是比杀了他还丢人，所以把那个放风的骂到脸变红变绿好几回，才算解了他心头之恨。

罕见的暴风雨

20世纪70年代的中国，如批斗"地富反坏右"大会、忆苦思甜大会、公审公判反革命分子大会、放映革命电影等，有太多太多的群众集会。对于学校来说，每年的"五一""七一"节，都要在公社所在地马泉中学开运动会，对于我们整天在山弯玩儿的孩子来说，要去公社那可是经风雨见世面的大好时机，每次都老早把破衫子洗干净，等啊等盼啊盼，兴奋程度不亚于过年。

我那时体弱得像只瘦麻雀，不够运动员的料，只有看热闹的份儿。每次回来的时候，我们一般是沿着乡间公路走九眼泉的平路。公路曲曲弯弯，老半天不来一辆车，对于我们来说，看到汽车是很奢侈的事儿，一群尕娃子在马路上撒欢儿狂奔，太爷带着走不动的女娃子在后面赶，他破着嗓子喊："犟耳朵驴，慢点儿啊！"但我们像脱了缰的野马驹，根本听不到他在喊什么。

等到下了公路，约有两公里的山沟，这才是我们的欢乐谷。一天奔波，带的那点儿干粮早都吃光了，大家饿得已经前心贴了后心。小河泉水，清冽甘甜，一头扎在清泉里，狂灌满肚子，便像加了油的拖拉机，又可以发动了。绿草茵茵，凉风习习，河水淙淙，夕阳暄暄。没了汽车的威胁，大家顺着河渠乱窜嬉水，河

村学的院子

水间突兀的白石上，盘着许多蛇，在暖暖懒懒地晒太阳，我们既
惊惧又兴奋，胆大的拿起石头就打，胆小的也在后面呼喝，一不
小心，后面的石头就把前面的后脑勺儿打破了，然后就开始打架。
太爷懂巫术，对着晚阳吸气吐纳，然后挽着二郎指，朝娃子头上
流血处打圈吸吹，嘴里念念有词地重复咒语，最后说"吾奉太上
老君，急急如律令"，我们围在他的周围，像对待太上老君那样神
圣虔诚地仰着脖子看他的表演，结果那血就真不流了。等到山根
要爬山的时候，师生都已经精疲力竭，太爷骂不动了，娃们玩不
动了。一段山路，拧如草绳，竖地盘立，像是天路，总是爬啊爬
啊爬不上去，总看不到村里诱人的炊烟，看不到花花狗儿颠颠地
摇着尾巴跑来，痒痒地舔着你的手和脚脖子。

有一年的"七一"节，我们在马泉中学操场上开完运动会的
闭幕式，一所小学一所小学地排队依次离场，等我们退场时，天
色已至昏时，乌云压顶，雨意浓浓，对于看惯了暴雨的我们来说，
都没有在意。紫石小学的带队老师是马泉当地人，顺便回家了，

学生就由太爷和另一位老师带队，那位老师在前，太爷在后压阵，当我们翻过阳山坡时，才发现了问题的极端严重性。

在我们的前山，天上的黑云，厚积层叠，无有边际，黑云带着恐怖而邪恶的黄色，逼面压顶，势欲崩裂。转瞬之间，狂风夹杂着雨滴打下，雨点大到打在身上生疼生疼的。紧接着，便听到噼里啪啦的脆响，众人惊惧地哭喊："疙瘩子，疙瘩子，疙瘩子来啦——"

蚕豆大小的冰雹，借着风势，斜直刺下，坚如弹丸，形同弹雨，在树叶上草丛里和我们的脑袋上，叮咚捶响，女孩子们震惧得撕心裂肺地哭喊。天地相接，世间漆黑，人被风惊噎得吭嗤喘息，像是被割断了喉管的老牛。滚雷像点燃了的二踢脚，天上爆响后，再接着地气在脚底炸开，大地被震得微微发颤。闪电当头劈下，在眉际颈间，撕裂肆虐。电光裹挟着飓风，打着旋子，迎面来抢，妖风像是拧绳一样，一股一旋，开合卷起，人被吸提，踉跄匍匐，艰于呼吸，噎咽几死，战栗发抖，无法行走。闪电劈下的当儿，可以看到地面上的冰雹，像恐怖的白珠精灵，哇啦哇啦地撒欢儿滚跳。

不一会儿，冰雹又幻成暴雨，像打翻了的水桶，瓢泼倾泻，我们没有了路的判断，依稀凭着电光，在大小土坎与马兰草台间，跌跌撞撞地跳跃爬滚，每个人都成了一团烂泥，不知道谁在哪里是否活着，唯觉世间只剩下了自己，极度的恐惧，让我全身像发疟疾般颤抖，手脚已经冻得麻木，只凭直觉在山坡间绝望地跌爬滚翻。

我本来是冲在前面，一手提着裤子，一手按着帽子颠顿，就在我一抬手的当儿，帽子便飞了出去，我惊惧地喊："帽儿，帽儿，我的帽儿！"然后在地上擦挪，在周围的草丛里摸索。那是今天刚戴的崭新帽子，是专门为此次出远门，求了多次父亲才买来的，所以我舍不得就这样丢了。摸了一会儿，听到远处有人喊："有人吗？还有人吗？"我听出是太爷的声音，就喊："太爷！我的帽儿没了。"他一听便暴喝："你这个贼戳刀剐的，命都要没了，你还要帽儿，还不赶紧滚！"我听完没敢吱声，就赶紧往前滚了。

我们尚未下山，山下庄下门村的大人们，已经摸索上山来找娃娃，全村已经乱了套，村口站满了焦急的人们，乱嚷嚷地叫着自己的孩子或亲戚的孩子，我的神志已经有些不清了，只听到有人喊："给我一个，快给我背一个！"一双粗壮有力的手接过我，背着就走了。

等我明白的时候，也不知道躺在谁家，父亲在炕头看着我，我说声"帽儿"，就泣不成声，父亲摸着我的脑瓜子说，雨下起来以后，村里的大人也是分兵两路去救我们，一路朝九眼泉方向去了，明天天亮了，就可以回家了。

可怜的太爷，皮肤病一湿冷就发作，痒痛难忍的他，一夜未睡，抠着大腿，拉着哭腔，挨家挨户地数他的娃娃们，好在大家都安然回来了。

那是我有生以来所经历最大的一次暴风雨。第二天，父亲去山上找帽子，不仅找到了我的帽子，还捡了两顶帽子和好几条红领巾呢。

从神坛跌回凡间的太爷

三年的时光，在太爷的学堂里很快就过去了。那时只学两门课：语文和算术。我考试成绩相当好，能考满分，不过是语文60

分、算术 40 分，加起来 100 分。到三年级时，太爷给了我两个
60 分，就升了四年级，前往紫石小学读书，那里要走数里山路，
爷爷觉得我太小走不动，就求太爷留我一年，太爷说他知道的全
教了，没什么可教的了。又说这娃灵性，兴许能念下书，是递递
高还是鹰鹞子，就看他的运命和福分了。递递高是一种比麻雀还
小的鸟儿，飞的时候直线往上升，摇摇摆摆，慢得要命，如果有
人在下面齐声喊："递递高，递递高，跌着下来摔折腰。"它就真
的掉下来，摔得灰头土脸的。

我离开学堂之后的四五年里，是太爷的荣誉达到鼎盛的时期。
他得到公社、县里甚至天水地区的各色奖励，奖状贴满他家厅房
里的一面墙，那就是他的一切。他经常作为公社或者全县的先进
代表，有时甚至坐着大轿子车去天水市做报告，讲一个只读过
十八天书的泥腿子，如何成为一位优秀的人民教师。

太爷从来没到过城市，第一次到天水，去上公厕，不知道人
家是分男女的，他在女厕里自在地蹲着，女人不敢进去，出来人
家责备他，他又听不大懂，就用我们当地土语，狗日驴檫地跟着
对骂，这是他的长项，城里人哪里骂得过，以为他是疯子，他回
来还把此事当成广经到处显摆，了无害羞难堪的意思。

我上高中的时候，农村实行包产到户，我也因病辍学回家，
当起了农民。未曾想到的是：家家户户分到几只羊一头牛什么的，
大人们下地了，就只能让孩子放羊，于是像我弟弟这一茬孩子，
就一下子失学成了放羊娃。太爷的学堂生源成了问题，他动员这
家劝说那家，但效果并不理想，因为现实明摆着：牛得放牧，羊
得吃草。每天傍晚时节，你就会看到这样的牧归图：一群牛羊在
山路间拥挤踏尘，后面跟一帮不比牛羊少的娃娃，叽叽喳喳地在

暮色中归家！

对太爷来说，还有更不幸的。随着国家的改革开放，中小学教学逐步走向正轨，小学课本的内容，已经远比我们那时难多了。我们总是学"向阳小学的同学们为生产队积肥，甲班积肥15堆，乙班积肥16堆，总共积肥多少堆"之类的算术题。但80年代开始，小学数学中有了ABCD之类的洋文，还有了根号、方程之类的玩意儿，这些对于太爷来说，就都等于是天书。而且有了所谓的会考，村学的学生要到紫石小学去考试。他总是努力地学，而且仍然不允许他的学生学得不好，他甚至想尽了办法来作弊，比如在会考的时候，他跟娃们约定：如果他揪耳朵，答案就是B；如果他摸鼻子，答案就是A；如果他张嘴，答案就是D之类。但这终不是长久之计，慢慢地，他以及他的学生，就老师不是好老师学生不是好学生了。

这样残酷的现实，让凡事求完美，事事不落后的太爷无法接受。他经过痛苦的抉择，断然辞职不干了，任怎么劝说也无济于事。他觉得如果没有学生，或者学生不好好念书，他自己又教不好，那是难以忍受的折辱。于是，太爷就还原成了一位地道的农民。

太爷变得相当古怪，顽固地保留着他自己的一些特征。例如，他有一个手掌大的半导体收音机，因为没有钱，他用的都是别人扔掉的废旧电池，所以他的收音机永远哗啦嘈杂发出刮锅底似的刺音。除了听秦腔与新闻外，他主要是听每天中午的评书连播，单田芳、袁阔成、田连元、刘兰芳讲的《三国》《水浒》《西游》《说岳》《杨家将》等，他都爱听，别人是边听边干活儿，他却坚决不这样，他的条件对于一个农民来说是极度奢侈的，到了评书时间，他要回到家里坐在炕头品着罐罐茶舒舒服服地听，实在不行就在地里搭个凉荫坐着听，这时哪怕是油缸倒掉他也不扶，哪怕是麦子被冰雹砸烂在地里，他也不在乎。

学堂换了老师，太爷不再去那里，只有到过年时唱戏，他才会在众人的央求下去拉角子，但是要请三次以上，他才会做出不情愿的样子大驾光临。他已经"人老珠黄"，无法再演铁梅、阿庆嫂、白蛇和李慧娘了，主角已经换成我们这茬人，但他的三个儿子都是主要演员，每天晚上他抠着腿咬着舌头，面色庄重地出现在后台，骂骂这个，训训那个，但主要是为儿子们勾脸穿戏服，顺便捎带着讽刺旁边的人脸勾得太难看。但往往是戏没开演他就离去了，因为在他看来我们演戏永远都不虔诚不敬意，而且达不到他的水平，那戏是没法儿看的，看了只有生气的份儿。

先是，村里的戏台，由室内转到室外；由过去用木板搭台，到实土夯出的大台子；灯光也由原来的点蜡烛，发展到了亮如白昼的大电灯泡。条件好了，但随着电视进入山村，戏是越来越没人看，也越来越没人演了，后来就干脆揭倒算了。辉煌一时的大戏，就这样退出了历史舞台。

太爷的尊严还在，也仍然崇高，人们还是很敬重他。但年轻识字的比他知道得多，就是没文化的也跑到天南海北去打工，远远超出了他去过的天水。太爷不再是村里的中心人物，不再是知识与权威的象征，更不再是高高在上的神佛。村里无论是牌位上供着的众神，还是生活中的太爷，都从神坛上被打翻在地。金钱，不仅成了城市人的神灵，也成了农村人的佛祖！

贫瘠山野的璀璨明珠

我从入了太爷的私塾那天起，逢年过节就在母亲的督责下，一定要到他家去拜年，从小时候手持几个白面小花卷儿，到我工作后给他买一斤半斤的茶叶，只要我回到家乡，一定会到他家给他磕头祝寿。太爷跟我聊天儿，总向我印证：收音机里听到的那些古代英雄，是否都是真的？天安门究竟有多高？天安门广场有多宽广？总理是不是经常接见我？常去不去中南海？是不是常在大会堂开会？中央知不知道世上有个漆家山？在那里都吃了什么山珍海味？看到了什么别样稀罕？教些什么样大学生？等等。偶尔谈到现在，他就叹气说：如今的娃娃，怎么又成了文盲，伸手数不过来五指，将来可怎么个活法。

当年太爷的家里，只有他一个全劳力，大儿子成家另过，太爷膝下尚有四个孩子，小女儿还有点残疾。他尽责尽职，心血耗尽地经营学堂。偶尔抽空在家里给人家织布，或者在自留地里除草，忙东忙西，片刻无歇。他跟村里人斤斤计较，也不过是卑微的生存所需，要拉扯孩子长大。他经常打骂我们甚至扇自己嘴巴，无非是我们太贪玩儿，让他不放心，恨铁不成钢，但从来没有打伤过哪个娃子。当90年代民办教师纷纷转正，工资待遇大幅度提高的时候，他已经享受不到这些福分。只有那些发黄的奖状和照片，记载着他过去的荣光。他刷写过的标语，在岁月的剥蚀中，也已经浅痕斑驳，终至无形。等到小平、小龙都娶了媳妇，再把女儿打发出嫁了，太爷下巴上的胡子已经花白，那本来就青苔密布的脸上，已是沟壑纵横，他真正成了太爷了。

七年前我的爷爷仙逝，我匍匐奔丧，因为是热孝在身，不能去给太爷请安，他来给爷爷吊孝，农村的老礼儿，他是行家，教我如何行丧礼。我带了瓶茅台酒，请他喝了一杯，算是向他辞行，他兴奋地说这是周总理喝过的酒。他说自己也来日无多，下次就不一定见得到我了。果然，两年后母亲打电话给我说：你的太爷老师也过世了！

太爷把自己一身的本事：木匠传给了大儿子，阴阳传给了二儿子，纸活儿传给了三儿子，唯独没有一个继承他的本业做教师的。我想他的心中，一定会常常闪过一丝无奈和悲凉。

在那个小山村，现在五十岁以上的成人，都是太爷的弟子。他教过的学生中，出了我这么一个大学生，四五个高中生，十来个初中生，其他都是读到小学毕业，或者只上过两三年的村学，但正是他的辛勤努力，为这个村子栽下了读书识字的根基，使三代人脱了盲，就是在外打工，也至少能认得火车站，能辨出东西南北的方向，不至于像我们的父辈，只认识人民币上那几个符号。

在那个偏僻的小学堂，我受到了严格不苟的初级教育，打下了坚实的基础。在我后来的读书生涯中，养成了许多良好的习惯，具有了克服困难的勇气，形成了坚韧不屈的性格，这都得益于太爷的板子教育。我也非常喜好音乐与体育，自学过板胡、口琴、小提琴、小号等，喜欢篮球、乒乓球、足球，甚至喜欢看所有的体育比赛，虽然没有一样学成，也没受过正规的音乐、美术、体育、艺术等教育，但太爷给了我最美好、最自然、最天籁的音体美艺教育，一点一滴地深深浸透在我的骨血里，我认为那才是今天提倡的素质教育之精髓。

我想，在中国的贫困山区，太爷这样的民办教师，在那个特殊年代应该有一大批，他们默默无闻呕心沥血地奉献了一生，给孩子们点亮了知识的明灯，开启了心智的大门，数以亿计的农家子弟，就是以我这样的方式，学会了写自己的姓名，走出了山沟，融入了城市，走向了世界。太爷们在新中国的教育史上，留下了浓墨重彩的一笔。但遗憾的是，我很少见过有人记述他们的功绩，为他们树碑立传，歌功颂德，他们是无言的丰碑，太上的大德。

太爷是一位唯美主义者和理想主义者，他就是我心目中的孔夫子！他亲手缔造了一个理想王国，他的王国一度是那么地熠熠辉煌，就像点缀在贫瘠山野一颗璀璨的明珠，闪耀着最原始、最自然、最美好的人性光芒。他的老去与凋谢，带走了一个山村淳朴自然的天籁时代。他曾经是那个山村的脊梁，经风见雨，质朴坚劲，顶天立地，支柱纲常。我甚至觉得，就像鲁迅说的那样，太爷和他同时代的民办教师，应该也是中国的脊梁！

风雨载途的山路

——我的紫石小学

我给自己的书斋起名叫"紫石斋",并不是我藏有什么稀世的奇石,而因我是甘肃省漳县马泉公社紫石大队漆家山生产队人。"紫石"即"紫石沟",当地方言读"dìshí",不知为什么写成了"紫石",我感觉叫"底石沟"更准确,山底乱石,斜插横卧,如此而已。

紫石沟离我家很远,从漆家山向西,七梁八弯绕下了山,穿过庄下门村,再走一段向西上行的路就到了,大概有十余里的山路,走快些不到一个小时就到了。紫石沟依山自下而上分成三个生产队。因为是大队所在地,所以小学设在此地。校园在村口大路下,原来是座大庙和庙院,院里又自南而北修了两道隔成数间的屋子,有的供老师居住,有的就是各年级的教室。低一点的土坎儿下,是一个操场,虽然也不大,虽然篮球也经常滚到山下去,但和漆家山村学比起来,无论是场地还是篮球架,那都洋气专业多了。我在紫石小学来来往往地走读了两年,度过了我四年级、五年级的校园生活。

神灵祖宗护佑尕娃子

我在漆家山村学,在太爷老师的鞭捶下,度过了一生最欢乐无虑的时光。1974年年初,我升到了四年级,便只能去山下的紫石小学上学。从此,我凄风苦雨的学生生涯,算是搭上了个头儿,如果早知道后来的艰辛,我可能当时就没勇气继续念书了。

记得是一个春寒料峭的早晨,穿着妈妈给我洗干净的补丁摞补丁的棉袄和棉裤,爷爷带着我去紫石小学报名。到了村头的一个山弯里,他警觉地向四周看了看,确定无人后,先是在乱石堆中挑出三个中不溜大而略长的石头立将起来,将它们斗凑在了一起。农村人说,三块石头这么一斗,就有神灵附着了。接着,爷爷取下肩上的褡裢,从里面一点儿一点儿地掏出半包卫生香,更小心翼翼地掐出三根香来,又从缠在棉袄上的羊毛腰带间翻出半盒火柴,费了好大劲,才将三根香点燃。爷爷冲着村顶的大石崖半跪在地上,又歪过头用眼睛命令我也跪下,他双手举香高过头顶拜了几下,再一根一根地插在石头缝儿里。再用火柴点燃黄表纸,手抖嘴颤地念念有词:

> 天王爷、地王爷、西天佛爷、马泉山、九台山(我们当地的神灵)、世间过往经行的神灵:老汉我今儿个壮着胆子虔心诚意地劳扰诸神,只因我孙儿要出门上四年级了,这娃子心灵,人也良善,是个念书的料子。可娃娃太小,身子骨弱,力单劲小,没个脚力,走不了长路,山路又远,路上又有狼又有野狐儿,我又不能按天的接送,实实的放不下心。现在烧上三炷香,祭上黄膘马。我给你们磕三个响头,望你

从漆家山向西望去，远山下的村庄是庄下门，
再往远处看到的就是紫石小学所在地

们从今向后，保佑这娃出出脱脱，脚轻手快，不遇狼豺野狗。
等到三月三了，我给诸神祭献一只毛血凤凰，口愿在此，决
不食言。诸神诸神！保佑我娃！保佑我娃！

　　所谓"毛血凤凰"，也就是杀只鸡而已。那可是"破四旧"的
年代，向来胆小的爷爷竟然敢光天化日之下拜神求佛，让我这个
有革命思想的小学生很是看不起，但震于他的严峻肃穆，也就顺
势跪了。不仅如此，又转了几个弯儿，到了泉儿湾的我家祖坟，
爷爷又拿出他的这套家当来，因为地势相对隐蔽，他没有刚才那
样紧张。一番规矩套子后，爷爷又开始祈祷道：

　　　　列祖列宗！我是你们不成器的后人，我胆子小，怕干部
　　发现，已经好几年不敢来上坟了，你们就不要生气。今儿咱
　　娃娃要上小学，我带他来给列祖列宗磕头，求你们保佑咱娃

平安清洁，利利索索，脚轻手快，没病没灾。

列祖列宗！也不知你们什么时候落难到了漆家山这苦焦的地方，山高路陡得挂不了佛爷献不了饭，祖祖辈辈都是打牛屁股扛锨把子的，连一个洋码字也不认识。现在咱娃已经在庄子上三年级念完了，能认识洋码字，也识得好多孔夫子的字儿，算是咱门里出的个人物。到小学念罢了，学会打算盘，能把人家名字都写全了，还能打个借条收条的，进城赶个集儿，也就不会被城里的油狗子欺负，少上个半斤八两的。将来在村子里当个记工员，拿张破纸儿站在树荫底下画"正"字儿，也就少吃点儿苦，如果他有本事当个保管、会计的，就能多分点儿生产队的粮食，一年养头猪也就能长点膘儿，比社员家的肥一些。就是再差念不下书，让娃娃长点儿个子，身子壮实些，在队里劳动也就有力气了。

列祖列宗！你们就保佑这娃，让他给门里争点气儿，将来不受人欺，如果能当个大队文书，那可真的是光了宗了耀了祖了。列祖列宗！保佑啊保佑！

爷爷又磕了三个响头，我也只好跪拜如仪。做完了他认为神圣而严肃的仪式，而且没有被人发现，爷爷放松了许多，坐在枯草上吸了一袋旱烟，又指着他的坟窠，告诉我将来不要埋错了他，要葬在早死了的奶奶旁边，然后才带我去学校报了名。

我永远都清晰地记得当时的景象：虔诚的爷爷、颤抖的嘴角、念叨的絮语、飞扬的纸灰和奇妙的清香。那时的太阳，已经翻过了东边的山梁，照进了坟场，晌午的阳光，多少有了些暖意，我感到身上紧贴着的寒气逐渐消散，身子骨儿不再紧缩，衣服也不再像是铁打的盔甲，而是柔和温暖了许多，感到周身的舒坦，荒草枯树的坟场，像是热炕暖火，将一对祖孙包裹在氤氲美妙的梦幻之中。

如今，我的爷爷已经安葬在了他墓穴中，而我注定将客死他乡。我不知道在那边的世界里，我还能不能再回到故乡，回到那片坟园，陪伴我的爷爷。我会每天早晨为他笼一盆梨木的旺火，搭一壶滚烫的开水，和他一起煮罐罐茶，呷一口苦茶，嚼一口熟面，在他断续的咳嗽声中，再听他讲盘古开天的古经！

披星戴月与风雪载途的求学路

漆家山和我一起上紫石小学的还有翻成和早来。翻成的父亲是牛产队的副队长，早来的父亲是会计，所以他俩可以算是"高干子弟"；只有我的父亲是谁也不愿意干的"牛倌"。因为风雨雪飞天是老天赐给农民的假日，但牛羊要吃草，所以放牛的大年初一也得把牛羊赶到山上去，如果没看住吃了公家或私人地里的田苗和蔬菜，还要被扣工分骂八辈子祖宗。

我们没有钟表，爷爷就是钟表，每天早上他估计时间喊我起炕，我再到村子西头喊早来和翻成，等我们一路小跑下山了，再和庄下门的同学们会在一起，陆陆续续向学校而去。夏天好歹每天出发时天光就见亮了，到了冬天有时爷爷或被外面的雪影误了，或是搞不清鸡到底是叫几遍了，只见外面有亮光，他就呼喊我大半夜慌里慌张爬起来，我们向山下飞奔到了学校门口，才发现天光未亮，老师们都还没起来呢。

因为离家远，中午不可能回到家中吃饭，我们和周围山上的任家门、马家山、殷家山等村的同学，就每天自己带点儿干粮，凑合咬上几口算是午饭。山乡僻壤，家穷无食，我们吃的是玉米面贴饼、干炒面（熟面），冬天只带两个生洋芋（土豆），在教室里的炉坑子里烧熟了吃，谁要是带了块白面（小麦面）馍馍，会被一哄抢光。西北农村的炒面可不是城里人吃的炒面，而是将玉米或者其他粮食先炒熟了再磨成面，就成了熟面，每天装半碗熟面，吃的时候满唇尽白且呛得死去活来。我们从校长那里借了水桶，几个人去紫石上队的泉里抬水，每人舀一碗凉水喝，其他的校长用来做饭日用。天旱时节，泉里水少，要等着舀水，有时被狗追，就钻进泉中躲避，有时只抬到半桶水，甚至摔破了桶。泉顶上有棵核桃树，深秋时运气好还可以偷偷打几个核桃，那核桃是相当的牢固，经常是把皮打得掉在地上，核桃仍高挂不下，恶狗声近，只好无可奈何，悻悻仓皇而返。

紫石沟、庄下门的学生都回家吃午饭，我们既无饭可吃，又没有午睡的习惯，夏天就到山下的河沟里戏水，冬天最爱关起门来打狗。紫石沟底有一条河，我们将河泥刨刨挖挖，围成一个半人深几米见方的"水坝"，一群小学生光着屁股在水里翻腾，常常比赛的项目是看谁在水里能憋气时间最长，我至今不会游泳，但憋气却能憋好一阵儿，有时能赢一个洋芋，那可是不小的胜利。

我们的书包只是一层破布缝做的小包，也算小小的干粮袋子，干粮在教室里，常常被狗叼去，狗咬破了炒面就会洒一根白色的面道儿，我们循着道儿再找回来。如果到了冬天，玉米饼冻得像石头，也就成了打狗的工具，打完了再捡回来，仍安然无损，再在火上烤化了冰一层一层揭着吃，焦脆脆还蛮香的。我们常常把狗引诱到教室，再关门打狗，大家守着窗子和门，手持柴棒子满

通往紫石小学的山路

教室追着往死里打，狗被打急了就连柴带人咬，打到后面狗支持不住了就稀屎拉得到处都是，恶心至极。有次我们将一只狗打得没了气息，怕主家找麻烦，就拖到很远的庄稼地里，然后远远地看着，没想到过了半小时左右，它竟然爬起来，像个醉汉一样摇摇摆摆地走了，说狗有七条命打不死，从此我真算是信了。

每天放学后，学生们四散而去。庄下门、马家山、任家门、漆家山的先是共走一段路，到了刘家沟十字路口，便兵分三路，各自上山。于是沟口便往往成了战场，隔三岔五要按生产队分阵仗，或摔跤或打架，全武行的摆一次擂台，庄下门人多势众，当然是胜多负少。在这里淹滞狂欢一阵，等我们上山时，就已是黄昏时节了。

翻成大我五岁，已经长小绒须了；就是早来也大我两岁，高出个头来。对于八九岁的小孩子来说，大两岁可就大多了。那时庄下门村子里有许多恶狗，而村子对面的森林里，有狼有狐狸有野鹿；而且一路上经过多个坟滩，还有些孤零零的无主坟头，几乎拐个弯儿翻道沟儿，就有一个鬼的传说。我们每天都提心吊胆，如临大敌，与看见看不见的敌人周旋。村西邻居黑娃哥给出主意说：你们三个人，每人手中提一根棍子，一来防身，二来壮胆，棍子的名字就叫"伟大"，一般的小鬼儿不敢缠身。于是我们三个人每人找了一根光亮顺手的"伟大"，每天早上下了山，就插埋在庄下门山神庙后的柴草中；晚上上山前再抽出来，扛着以壮胆。但"伟大"的作用，能够抖散春天的露珠，支撑夏时的泥泞，惊跑秋日的虫蛇，扫落冬季的早霜，也就仅此而已。

我们经常在放学路上，借着黄昏的天光，看山头路间群狼追逐嬉戏。每到此时，便大气也不敢出，趴在草丛里判断到底是狼还是狐狸。狼的尾巴很长，它们喜欢做的一个动作，就是用尾巴在地上扫来扫去，尘土飞扬；而狐狸尾巴短，达不到这样的效果。一旦判断是真狼，我们就只好瞪大眼睛屏神静气地隐蔽在草丛中，等它们玩够了尽兴了翻过山梁远去，才起身狂奔。又弱又小的我，跟在两个半大人的后面，拖着一双不争气的露头无跟布鞋，拼命奔跑却仍然被甩得很远。每次跑到极深的山弯拐角处，曲径昏幽，萤火扑闪，树影婆娑，丛草摇曳，我的头发就会直竖起来，总觉得路旁头顶的窟窟洞洞里和树根草窠中，会蹿出一只恶狼，闪出一个厉鬼，将我咬成百截，撕得粉碎。

在我的记忆中，小学两年的上学路，几乎没有什么温暖可言，无论是风和日丽，还是雨雪交加，我每天都是在奔跑和追赶中度过。那时的严冬，大概基本都在零下二三十度，我们的冬装，就是一个《南征北战》电影中解放军戴的那种暖帽，只有一层薄薄的棉花，而没有绒的暖耳，即便拉下暖耳系上带子，在刺骨的寒风中几乎就和一张纸没有区别，耳朵冻得通红如针扎般生疼。上身穿一件空心的破棉袄，下身一件棉裤，因为是旧棉花，所以尽管很厚但并不保暖，膝盖和屁股上的棉花总是露在外面，说是一个叫花子的打扮，一点也不为过。一双爷爷用羊毛捻线编的袜子（那可真是纯羊毛啊），一双解放牌胶鞋。这胶鞋真是有特异功能，夏天捂得臭气熏天，冬天冻得脚趾欲裂。在深没脚踝的雪地中顶风冒雪蹚回到家里，帽子的系带被呵出的气冻结，解不开；鞋和袜子全然冻在一起，脱下来时就像只靴子。手指肿得像胡萝卜，脚没了知觉，在热炕上暖一阵儿，一开始是麻，然后是疼，再然后才有脚的感觉。我常常又冻又饿又累又怕，倒在炕头就睡着了，结果是一个星期吃不了两顿像样的晚饭。

皮鞋校长和有趣的班主任

但无论如何，自打上了小学，这变化可就大了。首先是有了校长、班主任和分科上课的老师，我们也不再按辈分叫太爷、行爸了，而是叫田老师、骆老师什么的。校长姓岳，是漳县城郊学田坪人，说一口漳县普通话，穿一双擦油的黑色皮鞋，留着毛主席式样的大背头，无论从地位还是谈吐，当然是全大队文脉最深也最有权威的人。岳校长不苟言笑，平时最喜哼唱的是"蓝蓝的天上白云飘，白云下面马儿跑"，但永远没有第三句词儿。校长房间是个小套间，外间桌子威严刺眼地放着全校唯一的一只闹钟，每到上下课时，他就摇头摆耳地晃着一只当年没收的风水先生用的铃铛。我们离家远，总希望他能晚上早摇铃放学，但他从来不开恩。他喜欢打发我们帮他干活儿，比如劈柴、抬水和烧炕，我们做错了他会用皮鞋踢，腿骨干疼干疼，所以我从小就恨透了穿擦油皮鞋的人。有次我们为了报复校长，就在他的炕洞里填满了刚摘来的松果壳儿，那东西油性大燃火旺，结果他老人家到了下半夜被烫醒，炕席和褥子全给烧出两个大洞来，这让我们开心极啦。

校园东头有一棵冬果树，那是校长的心爱，他严密监视着从开花到果熟的全过程，不许我们碰触，冬果只有经过冬霜刷过之后才脆甜可口，否则吃起来和木头一样。初冬时节，校长公子就会从县城来到我们学校，整天挂在树上可意地摘果子吃，我们恨得钢牙咬碎，铁臂砸断。有一次我们商量好，等那小子在树上正吃得欢之时，四下里石子土块乱飞，弹无虚发，打得树枝和公子同时惨叫。等我上了高中，竟然和那家伙同级，我在高一三班，他在二班，那时才知道他的大名——岳葵。

我的班主任四年级时先是田老师，他是庄下门人，乃大队书记田振国的儿子，照现在的话说就是当地最高的"官二代"了。老师个子不高，语低声柔，因为文化水平不高，学生也不怎么服气，就管不住学生。后来换了吴士琪老师，是紫石沟中队人，好像是初中毕业，文脉已然深了。吴老师是我同班同学吴士明（三娃）的二哥，吴老师既没当过老师，也不怎么上心，更不懂怎么管教这帮野孩子，他经常一边痛斥我们一边窃笑，时间一长大家自然也就不怕他了。后来，他到兰州去做了工人，带回来一些刮胡子的洋刀片儿，三娃和我关系好极了，胜似兄弟，他偷来二哥的刀片，分给我两包，真是锋利无比，我们拿刀片切书边，切桌子边儿，甚至切女生的辫子，都是迎刃而断，好不痛快。三娃还偷偷地带给我一小包白砂糖，晶莹如雪，放在嘴里，脆硌生生地往心里甜，比县城里买的甜菜焦味糖强过百倍，那包糖我吃了大概有半年，每次揪几粒儿放在舌尖上，一粒儿一粒儿地嚼嗑，最后剩的糖粒儿黏化在了纸上，可把我心疼坏了。

五年级的班主任骆繁海老师，是马泉公社所在地骆家沟人，当然比起我们来无论从学问还是地位，那都提升了不止一个层次。骆老师相貌英俊，语文课讲得也好，但就是脾气不好，一旦惹怒了他，轻则责骂，重则痛揍。但骆老师待我极好，翻成姐姐嫁在庄下门下队，早来姑姑嫁在庄下门上队，他们有时不上山就住在姐姐和姑姑家，我没有亲戚无地儿可去，又一个人不敢走夜路，骆老师就收留我。老师那时也相当艰苦，一个小锅煮洋芋拌面糊糊，他一个人的饭我们两个人吃，老师让着我吃，我又不敢也不能多吃，结果是谁也吃不饱。老师破屋子里一张单人小木床，两人睡着实很挤，他要我脱了衣服睡，我打死也不肯，因为衣服固然很脏，但身上比衣服还要脏，骆老师是干净人，我怕蹭脏了他。有一回，我和衣睡下，忘记了衣服口袋里装了只圆规，我睡觉又不老实，滚来转去的，每次转身，圆规的两个小尖头就扎骆老师一下，等老师弄清楚怎么回事时，身上已经被扎了好几个血点儿。我回家给爷爷说了，爷爷过意不去，就让我偷偷带了一罐头瓶蜂蜜给骆老师，那可是最高级的奢侈品和贿赂品了。

城里姐姐来我乡

紫石小学的文化课学习，还不如在太爷老师的门下，因为我们不怎么念书。那个年代虽然高喊革命形势一派大好，但既缺衣少食，还缺少纸张笔墨，每个学期的新书，差不多要么过了"五一"，要么"十一"前后才能来，已然半个学期过去。就是书来了，也顾不上念，因为我们整天忙着和贫下中农在一起，或者

"战天斗地学大寨"，或者"反修防修搞备战"，或者"批林批孔斗地主"，或者"学习雷锋好榜样"，在田间地头的日子多，在书本课桌上的日子，真是少得可怜。

因为"苏修""美帝"亡我之心不死，甘肃又处于"反修防修"前哨，据说苏修在我边境屯兵百万，意欲入侵，所以学校决定执行毛主席他老人家"备战备荒为人民"的教导，"深挖洞，广积粮"。我们在学校北边的土埂上打防空洞，男生在里面挖，女生在外面接土，未曾想挖出几大缸的古钱来，学生们用帽子盛着排队往大队部送，倒在地上一大堆，那些钱币不知上缴到了哪里，如果在今天我或许能挑出几个值钱的来。后来，公社派人来验收，说我们的防空洞还是太浅，防不了一般的手榴弹，更不用说导弹原子弹了。最后就用来"勤工俭学"养猪，结果几头猪没养几天，就得猪瘟死了，令我们备受挫折和打击。

但也有令人振奋的消息，有天校长在操场集合全校学生，极其激动地告诉我们说：伟大领袖毛主席决定派知识青年到紫石大队来，接受贫下中农的再教育。我们小学生的任务是和贫下中农一起，去欢迎大哥哥大姐姐们。因为当地不通公路，大队让各生产队牵马备鞍，农民铺上过年才盖的或新或旧的被子，我们敲锣打鼓地到九眼泉的乡间公路旁去接城里来的哥哥姐姐们。那些攒劲心疼的洋娃娃下了汽车，一脸诧异新奇地改换骑马，大概是新鲜好玩儿，他们似乎比我等还要激动，等几十个知青都上了马，大队田书记喊一声起行，于是炮仗齐放，锣鼓喧天，不料想其中一匹马受惊，双蹄抓天，一声长嘶，便将一个细皮嫩肉的姐姐给掀了下来，众人一片惊呼，扶将起来，女娃子已然吓得半死，本来就白的脸霎时没了血色，噎噎哽哽地又不敢大哭。好在这女娃子屁股敦实，没有大碍，但把毛主席派来的亲人给摔下马，大家觉得对不住得很，双方都好生尴尬。于是便不再放炮响锣，书记亲自扶着刚刚摔下马的女娃子，社员们一人一个，又搀又扶，把马上的知青迎到了大队部，等他们都下了马，这才鸣锣放炮的又折腾了半晌。

西北高原、山深雾障、陡峭险峻、坡急路窄，牛跌坡人滚山是常有的事儿，所以大队将知青安置在落沟的相对平坦的紫石和庄下门，起初山上的生产队还有意见，觉得对不起毛主席，后来证实他们真是太幸运了。因为大家很快发现，毛主席给我们派来的不是亲人，而是刀枪不入的打劫贼。他们既不会种田，也不会锄草，更不会收割，甚至不会做饭，但干起坏事来，可是样样精通。他们和农民打架，见学生就打，就是知青之间也是兰州的和天水的互相群打，庄下门的和紫石沟的打，男的和女的打。打架倒也罢了，社员家中养的鸡啊狗啊，就是老奶奶放在炕角抱在怀里，他们也得给偷着吃了，一只老母鸡相当于一户农家的取款机，一个鸡蛋可是要卖5分钱，但这些人又碰不得惹不得，因为谁要是真伤着了他们，那就是破坏毛主席的知识青年上山下乡政策，得五花大绑捆个结实，那就是现行反革命。所以只好任他们胡作非为，不到一年，凡有知青的村子就既无鸡鸣更无狗吠了。

知青中给我印象最深刻的，是我们小学的两个女老师，我至今还记得她们的相貌和姓名。一个高挑个儿、瓜子脸儿、长辫过膝的叫李卫兵，是语文老师；一个中等个儿、胖乎乎的圆脸儿、齐耳短发的叫桃英，教我们跳舞。李老师走起路来，如风中杨柳，长辫子甩来丢去，富于韵律，好看极了；桃老师跳起舞来，胸前的一对"青春"上下颠顿，按捺不住，火辣极了。一个是水灵仙

子，一个是桃花尕妹，尤其令我感到妙幻的是她们身上的洋胰子
味儿，清香喷鼻，曼妙勾人，那时的我还不明白什么是性感和妩
媚，就是觉得两个老师心疼得不得了，香得不得了，现在想来那
可算作是我欣赏女性美的启蒙了。

因为我是左撇子，做动作手势和别人完全相反，所以没资格
跟桃老师学，只有看的份儿。但李老师教我们语文，领读《马克
思和恩格斯》，她用普通话朗读"马克思和恩格斯是国际无产阶
级的伟大导师"，我们听不懂，就学着她的话瞎起哄，老师气不
过就去找骆老师，老师来了就一个个揪耳朵。我想那时的两位老
师也就十八九岁，大我十岁的样子，现在正是六十岁左右退休的
年龄，不知她们生活得好不好，是不是风采依旧，她们还想不想
当知青的年代，忘没忘记那个穷山恶水的乡间小学和她们教过的
一帮穷学生。我这个老学生真的很想念她们，祝我的老师们健康
长寿！

"批林批孔"与"忆苦思甜"

毛主席派来的城里娃，并没有给他争气，但这也不要紧，他
老人家还说过了阶级斗争要"年年讲、月月讲、天天讲"，我们丢
下了对知青的兴奋与期待，一边继续"批林批孔"，一边狠抓斗私
批修不放松。我还记得当时的快板书中说：

> 林彪和孔老二，都不是好东西。
>
> 一个要复礼，一个要复辟。……

我们顺带也批《三字经》，编的顺口溜有：

三字经，复辟经。

流毒广，害人众。……

可惜我既没有读过《三字经》，也搞不懂"复辟"与"复礼"究竟是个什么意思，好像说孔老二要恢复"吃人"的礼教，林彪要搞反革命政变；但什么是"礼教"，什么是"政变"，对于吃不饱穿不暖又愚笨的我而言，仍然既玄而又晦涩，只知道这两个家伙野心勃勃，心黑手辣，从头到脚都坏得流脓，我们应该将他们打翻在地，并踩

批林批孔读物

上一万脚，让他们永世不得翻身。未曾想到了今天，我却仍然在读孔老二的书。唉！命也夫！

我们实在是太忙，每个村子总有个把大大小小的"五类"分子，学生白天在地里和贫下中农一起"战天斗地学大寨"，晚上就开批判大会，挨村过户地斗"地富反坏右"，地主们被交花十字绑在台上，贫雇农开始鼻涕一把泪一把地控诉当年受剥削和迫害的惨状，然后学生娃们高喊口号，胆儿大的还上去踹地主几脚，社员有的真打，往往将地主揍得鼻青脸肿，然后被地主崽子们架回

家去。

学校组织学生文艺会演，我既不能唱又不会跳，就只能当看客。一般情况下都是全大队贫下中农开大会，先是雇农——紫石下队的"包爷"开始"忆苦思甜"，老头儿往往是从民国十八年讲起，啜啜嘻嘻地一直讲到 1949 年前，诉说地主是怎么黑心黑肺剥削他全家的。有次不小心，老人说"民国十八年有钱还能买到粮食吃，可六〇年有钱也不行，一颗粮食都没有……"。公社雷部长一听就觉得不对劲，当时将老包爷轰下台去，还被专政了几天，从此失去了"忆苦思甜"专业户的资格。我回家问爷爷怎么回事，爷爷说确实 1960 年饿死的人比民国十八年还要多，我就觉得爷爷和老包爷一样，都是给社会主义抹黑的人，还一度内心斗争要不要告发爷爷呢。

小学生的演出，往往是模仿《白毛女》等电影的片断，装扮喜儿和杨白劳很容易，因为不用道具，我们穿的衣服都是破烂不堪的，每一件都能用。但黄世仁和穆仁智穿的新褂子却没有，因为没几个同学穿新衣裳，所以有时就用纸糊，还粘一个瓜皮帽，再拿来校长填炕的推拨算是"文明棍"，就可以演戏了。喜儿往往是大队田书记的女儿田芳来演，如果那时就兴"校花"，田同学就应该是了，长得实在是既水灵又惹人心疼。有时演《沙家浜》，尽管我整本戏都能背出来，但常常演个匪兵甲就不错了。最后大家同声合唱：

> 天上布满星，月牙亮晶晶，生产队里开大会，诉苦把冤伸。万恶的旧社会，穷人的血泪恨。千头万绪，千头万绪涌上了我的心；……

不忘那一年，牢记血泪仇。世世代代不忘本，永远跟党闹革命，永远跟党闹革命；不忘阶级苦啊，牢记血泪仇；不忘阶级苦啊，牢记血泪仇。

那个年代坏人总是很多，除了"黑五类"外，有偷牛盗马的、破坏军婚的、流氓成性的、写反动标语的、偷听敌台的、里通外国的，昨天是好人，不定明天就是破坏无产阶级专政的现行反革命分子，每次判一批人刑罚，都要开公审大会，我们排队去公社参加大会，就像赶大集似的，妈妈也总是给我烙一张白面饼，帮我洗干净破褂子，我们就像过节似的兴奋前往。台上绑着插了牌子的反革命分子和各类罪犯，台下黑压压的人群鸦雀无声，唯有电线杆子上的高音喇叭，放着高亢激越的革命歌曲，一旦宣判，就高呼口号，群情激愤，地动山摇。对我而言，总是进入不了角色，是个一半好奇、一半害怕的看客而已。

由于革命形势一派大好，所以好事也总是一件接着一件。记得一个春日的下午，我们在教室里打闹得正欢，忽然见骆老师拿张报纸，一路小跑地进了教室，激动得满脸通红地高举着报纸大喊："同学们！同学们！快坐好，快坐好，有重大消息。"我们赶快各自坐下，老师将报纸正面高举向我们说："看。"只见报纸上黑字醒目的大标题——"蒋介石死了"。我们先是一抖一惊，接着发出爆劲的掌声。老师通读了全文，在最后铿锵有力地读道：

蒋介石逃到台湾后，在美帝国主义的庇护下苟延残喘，继续坚持与人民为敌。蒋介石集团的反动统治遭到台湾人民的强烈反对，内部矛盾重重。蒋介石死后，有着爱国光荣传统的台湾省人民，必将进一步为解放台湾、实现祖国统一而展开斗争。怀有爱国心的蒋帮军政人员也将更加认清形势，积极为实现解放台湾、统一祖国作出贡献。中国人民一定要解放台湾！（《人民日报》1975年4月7日）

我们顿时感到热血沸腾，胸臆难平。我真是恨自己晚生了十年，要不然当天就可以参加解放军，扛枪跨海去解放台湾，让深受苦难的台湾人民获得新生。我们那时两个同学打架，也往往会说"你厉害，你厉害就去解放台湾啊"！

修水平梯田

毛主席还教导我们，要"抓革命，促生产"，光武斗显然是不行的，因为我们经常吃不饱饭。于是，紫石大队决定在东起九眼泉，西至紫石沟一线十几里的深沟里修水平梯田，以响应毛主席"农业学大寨"的号召。

自紫石沟而下原本有一道河，任性横溢，随意穿流，现在要让河渠改道，将水引到沟南依山而下，中间全修成梯田。冰天雪地，土壤冻层极深，因此挖土凿石就得用炸药轰，工地上红旗招展，锣鼓喧天，喇叭声声，铁锹齐动，镢头同挖，架子车来回推土，担筐队往还如飞，还真有点电影里演的陈永贵领大寨社员干活的场景。每到炸点，哨子一响，千人场面顿时静谧无声，大家都躲在安全地带，兴奋地期待炸药轰鸣和土石漫天飞舞。每个生产队之间搞竞赛，就连炸土层也带有表演性质，看谁家的炸得高炸得远，于是大家就在炸药点的土层上，有意放上几块石头，一旦炸响，就会飞得又高又远，我们每天最期待的就是这个时刻的到来，第二天就成了各生产队小朋友的谈资和自豪的资本。

我们学生的任务有两个：一是给修梯田工地上的社员读报纸，以提高他们的阶级斗争觉悟；二是在修好了的梯田坝子上刷标语。梯田随地势逐层抬高，每一块地的横切面都砌成光平的石墙。骆老师写一笔好字，他拿尺子在石墙上打底画线，我们采来红胶泥，这种胶泥油性大黏性好，兑水刷出来的标语，就像油漆一样光泽鲜亮，且久不脱落。我们在梯田石墙上刷出"农业学大寨""千万不要忘记阶级斗争""扭转南粮北调""水利是农业的命脉"等语录，远远看去，美术字就像刻上去的一样漂亮，虽然手都冻僵没了知觉，但能为社会主义建设添砖加瓦，心中那个美，实在是甜在心间矣。

集中大会战期间，凡山上村子的生产队社员，绝不允许回家住，必须在落沟找地儿安营扎寨，集体吃住。漆家山队被安排在庄下门村头一个废弃了的破瓦窑里，十冬腊月，滴水成冰，人们在窑里铺上一层厚厚的麦草，晚上把窑门一堵，和衣挤在麦草中过夜。村里元元的妈妈给大伙做饭，一口巨大的锅支在窑洞右侧，每天的伙食差不多都是剁白菜帮子和玉米面糊糊。我们几个放学后，经常在工地上蹭饭，元元妈给我们偷偷留三蓝花大碗糊糊，半热不冷，稀稠适中，两手抱碗，双唇啜吮，对于劳累冻饿了一天的我们，那便是人间绝好的美味，啜完将碗再如狗一般舔得干干净净，然后打两个响嗝，钻进窑洞，挤在大人堆里，在草铺上美滋滋地沉沉睡去，竟然不怎么冷。所以，我后来知道王宝钏十八年住寒窑的故事后，就不怎么同情她了，冬暖夏凉嘛。

村中读书室

两年小学期间，好像就没有正儿八经地上完过一门课。课程其实也主要还是语文、算术两门课，其他课本大概城市有，但我们那地儿学校根本就不订，因为一来没人教，二来学生没钱，尽管一册课本也就两毛钱，但那要四个鸡蛋才能换得，是一笔"巨款"。因为在学校的时间少，在农田工地上的时间多，老师们教了些什么内容，我也基本上忘了。

那时的我其实根本不明白学习的目的是什么，还不如向神灵祈祷的爷爷，希望我做个生产队的记工员，有着明确的目标和愿望。但我做到了两点：一是嗜书如命；二是热爱学校。无论刮风下雨，还是大雪纷飞，我从不旷课，不管是在工地还是在课堂。每学期领到两本新课本，我总要激动好几天，书本散发出油墨淡淡的香味，令我着迷不已。穷人家买不起牛皮纸，也没有旧报纸，我就用生产队的化肥袋子上的牛皮纸，撕下来将化肥刮干净，然后包成书皮，但半年过去尿素味儿仍然还在，我现在健忘懵懂，很可能就是那时中了尿素的毒。一册语文书，很快就看完了，然后反复诵读，全部背下来。过年时家中买"四调子"年画，都是样板戏，我将上面的解说词，也全部背下来。实在无聊了，就数画上李玉和、李奶奶、铁梅、鸠山、磨刀人等，各自在画面中出现过几次；更无聊了，就数画里总共有多少人，多少敌人多少好人。我想世上再没有这种方式读连环画的人了吧。

我觉得非常非常幸运的是那时村里有个读书室，这是在今天农村也是不可想象的事情。我们村的读书室里，有几十册书，如《养蜂常识》《林彪与孔老二》《农田管理常识》《化肥与农家肥》

《高玉宝》等，还有一些其他"批林批孔"的书籍，管理员是邻居驴爷（驴爷也就长我10岁左右，多少识点字儿），他偷偷地借书给我看。爷爷给生产队养蜜蜂，所以我就读《养蜂常识》，知道了蜂蜜是如何采来的，蜂瓣是如何形成的，蜂蜜是如何酿造的。读了一些辽沈战役的书，知道了绥远、察哈尔、四平、锦州、沈阳、山海关、营口这样一些远在天边的地名，还知道林彪那个崇死的杂个儿不听毛主席的话，不好好打仗，在营口故意放跑了国民党部队，要不然台湾早就解放了。

刚好我的四太爷（和我爷爷同岁，但辈分大一辈）曾是傅作义手下的连长，因为是国民党的连长，所以解放后没少挨斗，他最大的冤枉就是没有打过共产党，天天和日本人打仗，可没人能够帮他证明。偶尔他高兴了，也愿意给我讲他在绥远、察哈尔省打日本鬼子的战事，他说日本人死硬，打死也不投降，说傅作义人不错，投共改编后四太爷一心想回家，傅作义给他们发回家路费就回来了。我说太爷你如果不回来，会不会当将军？太爷释然地说如果没回来，那是要打过长江去的，也有可能葬尸在哪里也不知道了。

《高玉宝》是我最心爱的书，因为我们暑期也放牛放猪，所以觉得和玉宝经历太相似，我和金德在给生产队放猪时就曾经采用过玉宝给地主家放猪的方式，把猪圈在一个相对固定的地方，三面环堵，然后找肥些的猪来骑着玩。我把整本的《高玉宝》背下来，在每天的放学路上给小伙伴们讲，有次我边退边讲，结果给摔到数米高的田埂下，晕了好一会儿，农家娃命不值钱，爬起来拍拍脑壳，拧巴拧巴儿下大腿，就接着走了。

有一回跟着父亲进城，我在半道的牛蹄窝里，捡到一角钱，但那一角钱被牛在雨天给踩进泥中，干了就和泥土长在一起，我小心翼翼地像起地雷一样掰下一块土疙瘩，一路一点儿一点儿地揉搓，才将这一角钱完整地掰下来。到了县城，小跑扎进新华书店，心跳脸热地瞅了一个晌午，趴在玻璃柜上看柜子里一排排的小人书，不敢问价钱，不敢要拿出来看，只是看看那些封面，就已经心都涨满了，最后才买了一本刚好一角钱的《小英雄雨来》，但走到半道儿就看完了。

村里过年仍然唱样板戏，剧本我几乎都能背下来，每当台上的演员忘词的时候，我就坐在内台口的角上幕后小声地帮他们提醒台词，到了初中以后，我就成村里大戏的主角头牌了。那时家家有一部《毛泽东选集》，除了"老三篇"外，我也似懂非懂地读其他的文章，知道了美帝国主义只不过是"纸老虎"，知道了中国古时候有个文学家叫司马迁，还知道了司徒雷登，心想这个美国人怎么会又像是中国人的姓名。我也忘记了从哪里弄来缺前少后数页的一本书，是"抗美援朝"的回忆录，有秦基伟将军等人的回忆文章，正是上甘岭的故事，但那时这类书是禁书，而且也是繁体字，我将破得不成样的书如获至宝地藏在家里，一页一页地啃。在我反复无数次地哭求之后，父亲和我挖药材换回一元钱，买了一本《新华字典》，那是我小学时代最金贵的宝物，因为不会拼音，也没学过部首，就自己猜着查字典，慢慢地我认识的字，就比语文老师多多了。

我们的教室就是学校的那座大庙，坐南朝北，冬日寒冻难耐，夏天倒很凉爽，檐头墙壁，都绘着五颜六色的鬼魅，抬头望去，张牙舞爪，所以一个人根本不敢在教室待着。我最喜欢上珠算课，家中没有算盘，又买不起，外爷给我借了一把，但很可惜里边还缺几个算珠儿，而且一头松着，我一边打算盘一边还得掐着，不然手一松，珠子可就全撒了。一般的加减乘对我都是小菜一碟（没学过除法），什么"二人看三梅"之类的珠算游戏，我也精通得很，每天晚上在煤油灯下噼里啪啦打几把算盘，觉得成就感极强。我们老师有时演算打不下来，挂在了黑板上，就把我拎上去打，我总能给他算出一个正确的数儿来，这大概是在紫石小学中让我最得意、最体面、最风光无限的事儿了。

到了1975年年底，校长问我们愿不愿意上初中，爷爷说要不算了，初中在马泉公社，实在太远，你已经识得一些字码子，会打算盘，将来做记工员或会计足够用了。但我虽然不知道为什么要读书，可就是爱书爱学校爱得要命，所以就报了名。那年代不兴考试兴推荐，我的家庭成分是"下中农"，自然没有问题。于是，我和翻成、早来一起，在1976年年初就被推荐到了马泉中学上初中，我的小学生涯就在忙碌的革命和战斗岁月中结束了。

两年小学生活，给了我太多的刺激与回忆，虽然我们那时没怎么读书，但从四年级开始直到大学毕业，我一直在班里被老师和同学认为是好学生，这给我奠定了一生存活浮沉的基础，增强了我读书的兴趣，也是我骄傲和赖以学下去的动力。紫石小学给了我真正意义上的学校、班级、老师、同学和课程的概念，树立起了集体意识和纪律精神，还有一点最重要的是无意识间养成了独立自学的良好习惯。虽然我们没有像现在的孩子那样上正规的课程，但我识的字儿和学的数儿，并不比今天的小学生少，甚至我感觉比他们还要多些。我们深入田间地头，与贫下中农打成一片，从小就知道了人世的艰辛和父母的不易。虽然在当时的政治气候下，我的小学属于不正常的环境，但在今天看来，我们所接受的仍然是最好的素质教育，大自然的风霜雨露，是人世最好的课堂。

　　我从紫石小学起，直到高中毕业，在乡村山路间跑了十二年，这让我懂得了没有后路可退，没有停歇的站点，你必须保证不能掉队，学会坚韧、坚持和坚强，无论前路如何艰危，也只有决然前行，更练就了我在山路间行走如飞的脚板和腿功。任何时候，只要看到大山，我的心中就充满了佛喜般的温暖和慰藉。

寒夜热炕与暴雪中的手

——我的三驴班长

饥肠辘辘的捣蛋生

我从小学到高中，有过好几个同学都名唤三驴，这里说的是初中的那个。三驴的官名叫骆廷武，高挑个儿，瘦长的脸，说话走路有点女相，他是我的班长。

我小学毕业后，到了公社所在地骆家沟的马泉中学读书，离家有二十里山路，说是二十里，实际按城里人的细腿量的话，二十公里都超过了。有两条路可走：一条是山路，下了一座山，再翻过一座更高的山就到了；另一条还是山路，下了山后再从一条极深的沟里，沿着乡间公路曲曲弯弯地走进去，当走到人困马乏快要累死在路上的时候，也就到了。

我那时的个头大概一米四多一点儿，瘦得像芦柴棒一样。因为离家太远，学校又没房，我住在阳山里的姑婆家。我那时还不满十二岁，不会做饭，就和姑婆家一起吃，可是学生中午十二点放学吃饭时，往往是生产队的社员地里最忙活的时候，只有牛倌的时间是十一点多就把牛赶回来了，因为牛热了被蚂蟥咬得到处乱跑拢不住。姑婆家院边是高达数十米的悬土崖子，有恐高症的绝对不敢往下看。崖下是牛场，我从十二点过些回到敞院子里，没有钥匙进不了屋，就在院边的大杏树下铺上破褂子趴着乘凉，无聊地看牛场里的牛抵角，并替它们呐喊助威。如果运气好的话，还可以看到公牛拎着小钻子追得母牛满场跑呢。

我们学校在对面半山腰的一块平地上，当我看到学生从四面八方往学校走动的越来越多，就知道差不多到两点了，于是就空着肚子，在沟底的井里倒立着把脑袋戳进去饮满一肚子凉水，打着响嗝回学校去，做出吃得很饱的样子。那时的我，屁股像锥子没有一点肉，坐在板凳上听四十五分钟的课简直就是蹲大狱，一旦没课的时间，我们几个好事者就会打闹得把教室掀翻。但当我吃不到饭的那天，肯定下午会老老实实像一团泥软瘫在凳子上，班主任老师有时见了，就不怀好意地摸摸我的头说："小子！今天又没吃到饭吧。"我立刻就有用头撞他的冲动，可惜一来不敢，二来实在没有力气。

因为太耐不住太捣蛋了，就往往被三驴班长教训，当然我也照例不改。有次我们几个人唱《红灯记》，我扮演磨刀人，拿一条长凳挥舞着向鸠山腰间砸去，那鸠山顺势一蹿一躲没被砸到，凳子就砸在了地上，立时摔成了两截。紧接着全班马上召开批斗会，大家高喊口号，要我深刻检讨破坏社会主义公共财产的反革命罪行。我的唯一抵抗方式是：站在台前，低头啜鼻，一言不发，顽抗到底。于是全班同学高呼口号，要打倒我，我还是任你喊破嗓子，决不表态。到了晚上八点左右，天黑净了，姑婆家叔叔不放心来学校找我，班长才总结说："今晚的批判会没弄下个啥啥，明晚的批判会继续开。"我这才被解救了出来。

寒夜热炕

但是从那次以后，不知为什么三驴慢慢对我好了起来，主动跟我说话，有大大小小的活动，也总让我跟他一组照顾我，我心里有点儿不大情愿，因为他总是跟女生一组，那时我们没有现在的少男少女们打成一片像叠罗汉样的好光景，从来不跟女生说话，站队都不跟女生一起站，男生十几人排一长排，女生五六个排一排，有时老师强迫某个同学站在女生旁边，这个同学便会数日之内不能抬头，像犯了强奸罪似的。因此我跟三驴一组时，便觉得压力很大，可是他竟然能跟那些女娃子们嘻嘻哈哈说个不停，让我想不通得很。

到了冬天，天寒地冻，我们就在教室里用土坯围个火坑，烧上硬柴烤火。有一种柴是沙棘树（当地人称酸刺），材质最差但又是砍来最多的，烧着时必须不断地用嘴吹风才行，否则就不起火只冒浓烟，教室里就像是放了烟雾弹，师生一起呛得掉着眼泪咳成一片。上课时脚冻得跟狗啃似的，就不由得在地上或者凳子上磕，有的老师就骂不让磕，但有位姓杨的数学老师我至今都感念难忘，他上课十分钟左右，就停下来喊"娃娃们跺脚"，于是几十只脚就跺得地上尘土飞扬，老师也把讲桌踢得咚咚作响。我本来觉得老师个个都是神不怕冻，那时才发现老师的脚也是肉长的。

骆家沟近处无柴，我们要么从对面的山后十里远的地方去砍柴，要么从东面沿着公路去森林里砍柴。学校规定每个学生每天必须砍一百斤，这对瘦弱力小的我来说是极其困难的。我们一天砍两趟，我一般上午的一趟背五十多斤，把全身旮旯角儿的劲都用尽了，到了下午没劲儿了，就背四十多斤，勉强能凑够百斤。

但大多数情况下，三驴就会在他的柴背子上替我多加一两根粗柴大柴，大概就会有七八斤。遇到陡坡或者悬崖危险路段，他就先把自己的柴捆背上去，然后再下来把我的拎上去，有的高坎儿下他就连柴带我一起拎上去。

因为常常挨饿，爷爷怕我饿死，就让我自己做饭吃，可是我既不会擀面，又不会切洋芋，甚至连面条是否煮熟了都认不得。于是母亲就给我擀了面，切成韭菜叶宽的面条晾干了，装在笼里让我背着，再拿点洋芋、柴火与盐巴之类，她说你自己多煮一会儿，等面条漂到水面起来就熟了。谁知那面条干了就硬得像皮带，一煮就烂，往锅底下溜，哪里能漂起来，我又怕没熟，所以煮半天之后，就成了一锅面片汤。更惨的是，虽然报纸上说祖国山河一片红，社会主义一年比一年好，不是小好，不是中好，而是一派大好。但我怎么也弄不明白，为什么我的生活却是一年不如一年，后来甚至连面片汤也没了，只能剁几块麻辣洋芋，把粗得像谷糠似的玉米面掺水搅在碗里，再撒上点碱面，用勺子挖成一块一块地放在水里煮了吃，每次咽下这些硬疙瘩时，我都能听到划得嗓子眼儿里哧哧啦啦的响声，我唱歌不好，我想多半就是这个原因。

三驴的家境在当时是极好的，他大哥据说在兰州的工厂里干很大的营生，二哥当兵去了，家里是军属有全劳力的工分优待，他的父亲又是壮劳力，所以每年的工分多得很，分的粮食自然就多些，再加上自留地里产的粮食，吃穿都不缺。三驴时不时地领我到他家去吃饭，我刚开始实在不好意思，觉得白吃不符合社会主义劳动精神。他知道我的心思，就经常在傍晚放学后，领着我到他家的自留地里去拔拔草，松松土，顺便挖几棵野菜，或者掰一颗菜瓜，掐两根大葱。当夕阳西下时，我们俩就在长长的影子里，晃晃悠悠地扛着铁锹拎着铲子唱着花儿回家。

三驴父亲是个沉默寡言的老头，有时半天也不说一句话，但却是一位勤快能干的种地高手，又是生产队的队长，他家地里的庄稼也是全村最好的。那个年代很有意思：你走在山路上，如果看到路两旁地里的庄稼稀稀拉拉的，肯定是生产队的；看到长势苗壮喜人的，肯定是农民自留地的。

三驴饭做得很好，他在灶台上擀面或者干其他的，我在灶膛口给他添柴烧火，他跟我三言两语地拉家常，实际是他说我听，他已经是成人了，总是说些成人的事儿，比如谁家寡妇偷了汉子之类，我还是个毛头童子，听不大懂的。到了晚上，我也常到他家去睡，但我有一样极丢人而胆怕的事情——尿炕。我经常梦见尿憋得满山遍野到处跑找茅坑，但处处人山人海无法尿，醒来就发现尿炕了。这个毛病到上高中时还有，高中时我也住在一个舅婆家里，我早上走了学校，舅婆就将我的破褥子挂在院子正中的大太阳底下晒，老太太一边用棍子敲打着一边用全县城人都能听见的声音喊："又尿了！又尿了！这娃什么时候才不尿啊！"我有时听到了，就想杀人或者自杀！

因为有此恶习，所以我一边极想去三驴家睡，一边又极怕失尿，因为他家富得很，晚上睡觉铺着白的像纸一样的羊毛毡，那毡上一旦尿了，就会像画了意大利地图一样，怎么洗都永不消褪。可是我越怕就越尿，好在他什么也没说过，我也就权当什么也没发生过。

我之所以愿意在他家睡，尤其是冬天最想去他家睡，是因为在西北农村睡的是土炕，这炕要是烧热了，那是通体舒坦极了；

可是烧不热，那就等于睡在冰窝子里，因为房子四面是通风的，与外边区别不大。我因为离家太远，没有什么柴草可以用来填炕烧，所以睡的就是冰窝子。怕我冻死，外爷把他心爱的大黄狗杀了，剥了狗皮给我当褥子，他老人家说有了这狗皮褥子隔潮隔寒，你就是睡在冰上也会暖烘烘的，可是我第一次睡就发现上了大当，因为感觉仍是睡在冰上。但这条狗皮还是陪了我八年，直到我考上大学，它也断成了两截。

我盖的被子是母亲用旧棉花翻做的，虽然很厚但并不保暖，像是盖了张纸，我蜷曲着就像大黄狗活着的时候一样，可是牙还是不争气地使劲儿磕着响，我就觉得真是没出息，对不起给我摇过尾巴的大黄狗，而且还常常怕早上起炕时我会被冻死。我现在常常胃寒怕冷，大夏天也不敢吃冰激凌之类的东西，就是那时种下的恶果。

三驴家的炕既是热的，又有毡铺，对我来说那就是皇上的待遇。我俩只盖一床小被子，但多半会在后半夜被我无意识地全卷在身上，他只是手抓点儿被角盖着肚子而已。我总是试着提醒他，可不可以把毡卷起来睡光席子，意思是那样尿了也就尿了，他总是笑一笑，不说话，也不卷毡子。于是，那白毡上的地图，就由起初的一只意大利靴子，慢慢被我画成了世界地图。

这些年来，流行所谓行为艺术，头发蘸着墨涂的字，屁股坐着颜料蹲的画，据说都是艺术品，有很高的价值，我就想我在二十几年前就已经在三驴家的毡上用我的小茶壶作画了，那才是行为艺术的极品，我应该是中国行为艺术的始祖呢。可惜三驴家的毡早就没了，我的艺术品也就不能拍卖了，实实的有些可惜与怅惋。

学生娃修成大教室

那时的学校，还处于"文革"末期的状态，都是由革命委员会来管理的，委员会成员由校领导、教师与学生代表组成，三驴是两个学生代表中的一个，另一个是我们学校长得很"姿势"的一个女生，叫骆繁菊，是我小学班主任骆老师的亲妹子，按现在的话来说就是校花了。因为三驴是当地人，而且岁数大，又有主意，又精明能干，所以学校的好多事也经常仰仗他。比如有几个住校的外地老师在学校灶上吃饭，他们的面粉就得托三驴帮忙才能从另一个四族公社打回来。三驴一般是从生产队借头毛驴，因为他父亲是队长，这当然不成问题。我们俩天不亮就爬起来，顶着星星出发，毛驴驮着我一颠一颠地前进，我的骑驴技术那是极高的，虽然经过了七沟八岇九架坡十道梁，有时几乎是直立的陡坡，我也在驴背上掉不下来。

到了粮站，打了面，我俩就在招待所的饭馆里，用三毛钱四两粮票买两碗臊子面，我辛辛苦苦来所有的目的全都在此。三驴把他碗里的臊子——几块肥猪肉丁和面条全部捞到我的碗里，说他已经是大个子，我得长点个儿长点肉才行，将来干农活儿就能有劲儿，他自己泡点带的干馍和煮的洋芋吃，我三两口就两碗面全下肚了，极想再吃上两碗，可惜再不可能有了。

吃完了在街上转转，看看稀罕，享享眼福，我们就又赶着毛驴往回走，山路爬坡，西晒的太阳火辣厉毒，像是烤在背上的炭饼，我走不动了就又骑在驴屁股蛋上，三驴捡根棍子在后面拽着驴尾巴"哒哒"地吆喝着，可怜那驴又要驮面还要驮我尾巴还拽着个人，也算是太不幸了，所以当时我就想下辈子转生成什么也不能转成驴。

有一回校长开恩，给我们钱让坐班车，我俩在公路边上等大轿子车，我从来没坐过有点儿紧张，还没坐稳那家伙就轰地叫了一声像大黄狗般蹿了出去，吓得我心跳得要命，山间公路颠簸得厉害，尤其是到了急转弯时，大车撅着屁股虎虎地横摆着走，我总觉着要把我从车窗里扔出去，就一手抓着椅子一手扯着三驴的袖子，他在旁边看得咪咪地笑。我隐约听人家说有的人坐车会晕车，下车后我问三驴我晕车了没有，他很认真地说这得三天以后看反应才能知道，我也就真的怕了三天，三天以后好像没事儿就才放了心。

我们那时，基本上仍然是不读书的。春天帮社员除草，夏天帮着收割，秋天去挖洋芋，冬天无事就到各村去斗地主。我们初中两年半的时间，最大的贡献是给学校修了两座大教室。我们到数十里外的河底村砍椽子，抬杠檩，背瓦片，当满天星斗升起的时候，我们还坐在某个山梁上又累又饿，有气无力地喘着气儿歇息，有时大家为了鼓鼓士气，三驴就起头，我们一起高唱"天上有颗北斗星，北京有个毛主席。毛主席呀我想您，他老人家想我哩"。

我们自己和泥巴裹墙，在土里掺上石灰粉倒上水，光着脚使劲儿踩，因为这样踩出来的泥又细腻黏性又好，当时兴奋莫名，一个个踩得欢实极了，可是几天后我们的脚腿开始麻辣辣地疼痛，后来全都褪了一层皮，才知道那石灰剥蚀得厉害。那个年代人的命，说贱么就比纸贱，随时可以拿你当牲口使；说贵么又比金贵，刀剁斧砍水烫火烧绳捆拳殴投井上吊跳崖吞药，他也总死不了。不像今天的孩子，手上蹭破点儿皮也会得破伤风。

打土坯，是最吃力又要有点儿技术的活儿，三驴干这个是内行。我这样力气的人是提不起来石础子的，一般力大的同学提础子，力小的同学往础圈子里装土，其实装土的人更累。我们干了差不多两个星期，眼看着长长的一排排的土坯如墙而立，心里高兴得不得了。有天我们正打得起劲儿时，突然天空雷声大震，狂风暴雨当头砸下，三驴一声令下，我们把自己的衣服全脱了盖在土坯上，然后在教室里躲在墙角发抖，学校的大喇叭里，不知谁正在与雷声较着劲儿高吼："初二乙班的同学们，为了保护学校公共财产，不惜自己的衣服，这种公而忘私的社会主义劳动精神，是我们马泉中学广大师生的骄傲。"我们美滋滋地享用着，等雨过风停，跑到跟前一看，我们的土坯全倒下成了烂泥，那些汗衫儿全成了泥抹布，于是我们都哭了，不是心疼自己的抹布，而是因为辛辛苦苦的革命战果，转眼间就化为了乌有。

1976——多事之秋

1976年的神州大地，用多灾多难、祸不单行来形容是最恰当不过的。唐山大地震后，全国人民都防震，我们也晚上不睡，在学校操场上看露天电影。因为放映员一个片子一个片子地倒腾着放，技术又不好，不是机器烧了片子，就是把后面的盘当前面的盘放错了，所以慢得要命，一部《决裂》拖拖拉拉看三遍就天亮了。我太矮看不到，三驴就把我架在脖子上骑着看，看着看着我就睡着了，有一回还一个倒栽葱从他肩膀上掉了下来，差点儿擦没了鼻子。

除了地震外，最要命是周总理、朱总司令和毛主席相继撒下我们走了。毛主席逝世那天好像是中秋节，我心惊肉跳地连一年才能吃上一次的蒜拌茄子也没心思吃，凄风迷雾，天地相接，密雨如注，倾泻不止，我从来没见过那样阴雨连绵的日子。我当时想：这天啊，肯定是塌了！不然怎么会成这个样子。没了毛主席，我们可咋活！

紧接着打倒了"四人帮"，当时我们正在离学校很远的一个生产队支农，学校派人来找，说回去参加大批判，等我们回到学校，墙上到处贴满了"打倒王张江姚反革命集团"等大幅标语，我们甚至不知道这王、张、江、姚是哪几个反革命王八蛋驴橛子狗剩子，趁着毛爷爷过世来给我国人民捣乱，知道了又吓得倒出一口凉气儿，噤噤咽咽地，不敢念出声来。

稍过了些日子，我们又排着队敲锣打鼓地到水库大坝的公路上去迎接英明领袖华主席，大老远听到一辆车上的高音喇叭中刺耳的声音："坚决拥护党中央的英明决定！""热烈欢呼我党又有了自己的英明领袖！"那汽车一路呼啸而来，我还没来得及看清英明领袖的样子，就从我身边疾驰而去了。这让我大概有半月的时间闷闷不乐，极度不爽，恨自己的眼睛怎么就那么不争气，在汽车经过的瞬间，我竟然眨眼了。

这一件件惊天地泣鬼神的大事，让我这样一个无论从身体到智力都发育不良的懵懂少年，几乎目瞪口呆地回不过神儿来。

从那以后，学生慢慢回到了课堂上，县里组织各中学的学生到县一中参加数学竞赛，我们学校选了我和其他一位同学参加，那哥有个流哈喇子的特点，破褂子上胸前总是像贴着块他家的大锅巴。我当然也有锅巴但相对他来说要小些薄些，可是褂子比他的更破，连扣子也没有，总是在腰里系根马莲搓的草绳以免开膛破肚，那样我会被人看到肉身，用现在的话来说就会走光。校长让我俩借新点干净点的衣服穿，我们都没借到，校方怕丢不起马泉中学的人，就放弃了。实际数学老师——一个自吹和刘志丹一起革命过的老陕，那时教我们查了一年多的平方表也没查完，他上课总是提问 8 的平方是多少之类的"难题"，如果有人回答是64，他就跷起大拇指夸奖说："这娃脑瓜子好使得紧，准能考上大学。"这样水平的我们，根本不知道一元二次方程还有两个根。我后来想幸亏没去，如果去了，可能也会扛着两只硕大无比的鸭蛋回来，丢的人比穿破裢子会更大。

于是校长说：这样不行，学生得上晚自习，抓紧时间学习才成。可是那地方连电都没有，老师就命令每个学生必须自制一盏油灯，到学校上晚自习。

我想很少有人看到过这样的场景：一间黑漆漆的教室里，亮着二十几盏明灭扑闪像鬼火似的油灯，油灯后面有二十几颗瞪着绿眼的鬼头，无数个模糊的鬼影在四周的墙上晃动。三驴的灯最高级，是一盏真正的马灯，玻璃罩子被他擦得贼亮，就成了我们教室里的北斗星，我当时总觉得那就是当年《红灯记》里李玉和手提的红灯，不知怎么就落难到了三驴家里。因为煤油太贵，我们都点柴油，柴油的烟很大，每盏灯的火苗上都冒着一股黑烟，就像电影里被击落的日本战机冒着的浓烟。等下自习时，我们也一个个鼻子下边熏出两道像日本鬼子状的八字胡，大家互相看着哈哈取笑，接着就自编自演一段打鬼子的故事。

有次晚自习，我百无聊赖，就卷了一个长长的纸筒，吹灭了隔着排桌子女生的灯，那姑奶奶把我骂了个狗血喷头，把我家无数代祖宗都骂得从坟里钻出来之后还不算完，又托着极其尖厉凄苦的秦腔呼爹喊娘地去找班主任控诉。我知道大祸将临，就暗中运气准备吃皮肉之苦，甚至事先在帽子里垫了本书准备挨揍，可是老师来了后，只是皱着眉看着我，没有动手的意思。我正在庆幸他老人家可能是念我年幼无知，又骨瘦如柴禁不住两棍子，怕打折了不好给我父母交代，所以发了慈悲，就在我多少有点感动有点窃喜的当儿，老师却嘿嘿地干笑了两声，然后把我灯里所有的柴油全倒在姑奶奶的灯里算是摆平，那小蹄子登时由满脸血泪化作面如桃花，我心疼得几乎晕了过去，因为那半墨水瓶柴油啊，可是我费了好大的劲儿才从公路道板房偷来的！

下自习的时候，如果是大雪天，我们就都把自己的油灯用铁丝固定在一块小木板上，卷个纸筒套上提在手里当马灯用。我跟在三驴的身后，在没踝的大雪中深一脚浅一脚地挪动着，狂风夹着雪花迎面一团一团地紧砸着撕扯着，像要把我唯一的一件破棉袄剥去，油灯火苗一闪一歪间就把纸筒点着了，灰飞灯灭，天地间成了浑融的昏色。三驴在这时就会用他有力的手拉着我摸索前行，我当时的感觉是如果没有他的手我就会被风雪卷走，这时我的心里真的就像抒情散文里常常描述的"有一股暖流经过"，可惜我从来没向我的班长表达过我的这种心情。

稀里糊涂考高中

初中毕业，不满十四岁的我是全班成绩第一名，在毕业证书上都写了，让我好不得意。校长说现在国家的政策变了，不是由贫下中农推荐，而是要凭自己的本事去考高中。三驴学习成绩不好，他除了毛笔字写大仿时的一撇如刀比我强之外，其他的统统不成，而且他岁数不小了，又要照顾父亲，想娶个媳妇成家尽孝，所以就放弃了。我是"状元"，自然从学校到父母都寄托了很多的期望，但我却愁得要命，因为我既没钱又没粮

初中毕业证书（我的姓都被写错了！）

票，无法去考试，那时钱可以东凑西借，粮票农民是万万没有的，而没有粮票在县城是吃不到饭的。

我回家之前，三驴给了我一个纸包，说他大哥从兰州寄来的茶叶，他父亲不烟不茶，就让我带给我爷爷享用。我将纸包带回家里，母亲打开一看，除了茶叶外，还有五元钱五斤粮票，我就是用这些钱和粮票考上了高中。

高中的我，并不因为到了县城境况就有了改善，而是更糟了，因为我的生活依旧没有好转的迹象，仍然是吃不饱，也仍然是睡冰炕，但是再没有了护着我给我吃给我喝给我热炕睡给我讲故事的三驴！

这期间和三驴来往的不是我，而是我的父母，因为我在县城里，离公社所在地更远了，有时公社开社员大会什么的，父亲就会去三驴家转转，三驴结婚时也捎过话来，好像是我母亲带着弟弟去参加了，回来说三驴的媳妇又懂事又攒劲又心疼又水灵又麻利，那时我多半懂得水灵的意思了，就打心眼里替三驴高兴。

又经过两番上高中五年的抗战，我终于梦幻般地考上了大学，在另一个三驴式的朋友王耀州大哥的帮助下，在他的粮本子上领

马泉中学毕业合影（第三排左五是班长）

了 30 斤粮票，带着家里东凑西拼的 40 元钱去了兰州。临行办手
续时，我特意去了三驴家向他道别，他的兴奋程度甚至超过了我，
就像是他考上了大学，拉着我的手连着说了好几十个没想到，说
我是个有福人，以后不会再睡冰炕再挨饿再受冻了，后半辈子就
只是享不尽的荣华富贵，葱花油饼和炒鸡蛋我都会看不上的。

　　我在兰州上学期间，三驴勤劳而慈祥的老父亲仙逝，我的父
亲替我去向老人家吊孝。虽然我在兰州，但两家就像走亲戚似的
来回走动着，爷爷总是给我说不能忘了三驴，不然初中时我可能
已经冻饿身亡了。每到逢年过节，三驴有时也来看看我的爷爷。
我弟弟结婚时，听说他还当了喜席的大厨，他心灵手巧，厨艺在
当地颇有些名声。

　　本科毕业后，我被系里推荐上了硕士研究生，不得不继续苦
读，每天对着生冰的几案发呆。好不容易熬到寒假，回到老家，

于是就下决心要故地重游一次。1987年快要过年的时节，我开始环游马泉公社，走了好几个同学处，最后落脚在三驴家，他家原来空着的北边也盖了一间新瓦房，成了真正的四合院。那时他已经是两个女儿的父亲，他说还想生个男孩，但又怕再生还是个女孩，又碍政策又挨罚款，我嘴上没说什么，但心里真觉得三驴应该有个男孩。再后来，我也既非法又合法地结了婚，带着我的洋媳妇回到老家，三驴知道了也来家里看过，打这以后我们再没见过面，已经足足有十余年了。

苦命的三驴

三驴是个苦命的人，他过去经常给我这样讲。因为他自小就没了娘亲，两个哥哥都不在跟前，父亲全靠他侍奉，还有一个年老的姑姑无人照顾经常要他帮扶。后来的事情也的确应验了他的话，虽然他终于生了儿子，但自己却不幸出了车祸，命是保住了，但那个精干麻利的三驴却成了半个残疾人。母亲托人给我写信说三驴出事了，我听到后极其难过，就特意捎带了一株价钱不菲的人参，让我弟弟专程送去给三驴补补身子，他那时脑子不太清楚，听人说他整天在村里讲大学生给他送人参的事，就像是阿毛娘一样。后来他脑子渐渐清楚了，但说话办事都很慢，也不能干力气活儿。再后来他家里装了电话，我偶尔打个电话，聊上两句，他总是很感激的腔调，放了电话，我就半晌难过得缓不过劲儿来。

大前年的冬天，我的爷爷过世，我万里奔丧，想着可以见到三驴。没想到他当时去了兰州大哥家，他命儿子江龙前来吊孝，一个跟他父亲从长相到说话都完全不一样的初中生，但他让我想

在三驴家合影（从左至右分别是漆永祥、骆廷武、郭爱武）

到了我和他父亲的初中生活，我在这个一脸惶惶的少年面前眼泪止不住地流，我给了孩子一点钱，他千恩万谢地走了。

三驴的两个女儿，前几年都在北京打工，也都到我家里来过，我能做的也就是给她们一点儿钱，我没有本事替她们找个体面又能多挣点钱的工作，觉得愧对我的班长，可三驴说有个人在北京照应着，他已经很感激很放心了。她的女儿来时总是一身的不自在，坐在我家柔软舒适的沙发上，就像是坐在火山口上，我用乡音和她们说话，但她们仍然是怯怯的不怎么张口。在她们看来，我这个叔叔早已不是受过他父亲恩惠的那个缺衣少食的农家子弟，而是大官场上的北京人和大学堂里的阔教授，她们在我的家里，就像我当年偶尔到了公社书记家里一样，不知道手脚该往哪里放，一切都离她们是那样的遥远和陌生。我看着她们的举动，也就不怎么留她们吃饭或者游玩，任她们匆匆地迫不及待地去了。因为只有回到她们住的杂乱阴湿的宿舍里，她们的精神和腿脚才都会自在而舒坦。

去年三驴的大女儿要出嫁，二女儿也打算回老家去，行前来我家辞别，我给她姐姐买了一件大红喜庆的羊毛衫算是贺礼，看着眼前长成大姑娘的女孩子，我才意识到我和我的班长都在慢慢老去，我们已经是翻过山头的驴驮子，在走下坡路了！

再后来江龙也结婚了，生了一对双胞胎女儿，然而其中一个耳朵失聪。江龙和媳妇带孩子来北京看病，我听说有诸多慈善机构可以免费安装人工耳蜗，就跑前跑后地去求人，结果没有一家理睬。装一个澳大利亚人工耳蜗12万元，国产得3万~5万元。我给江龙说装个好的吧，你俩还年轻，将来打工挣钱，慢慢还账，总会有希望的。我也给孩子凑了点钱，算是给江龙搭帮了一下。后来小娃恢复得挺好，三驴带着孩子在定西市的医院做康复治疗，说效果越来越好，孩子逐渐有听力能说话了。

大前年我带儿子回老家，专程去拜望三驴，他杀鸡割肉地招待我们父子。未曾想我们回到兰州，四川就发生了雅安大地震，老家有震感，三驴家的一座房子又倒了，幸好家人无恙。我也不知道，上天怎么总是和这个善良苦命的兄弟过不去，只有扼腕而已。

我无法让三驴的子女和我的儿子知道我的心里在想着些什么，我也无法向我的班长述说我是如何感恩与感念着他，我更无法向我的家人述说我是如何五味杂陈地过着今日似乎人模狗样的生活。我一个人常常像老牛反刍似的咀嚼着我的过去，心里充塞着苦涩、伤感、失落与无奈。

我不止一次地想我读书识字是不是真的错了，我知道活人的世界里也有天堂与地狱，是不是知道的太多了，我从地狱走到所谓的天堂是不是走错路了，或者说从一种地狱走到另一种地狱是不是更遭罪了，如果还在大山沟里，我心里是不是会更安逸更好受。这种变幻莫名又百感交集的心情，有时是淡淡的，就像一抹微云飘在天际，慢慢地就散了；有时又是浓浓的，就像一块巨石压在胸口，渐渐地就沉了。

我想我的一生大概都会在这种无限不安与无处诉说中度过，因为我自己也驾驭不了这种若即若离的莫名心境。从某种程度上来说，我虽然貌似走出了大山，但是我的心仍然被大山牢牢地套着罩着缠着绕着，今生也休想挣脱，我经常梦见在大山里狂吹乱叫地跑着奔着，那里是我的本根和我的本心，而在这天子脚下飘着的，只不过是我随风飘浮在空中的躯壳而已！

"二进宫"与"渣子生"的传奇高中

——我的漳县一中

　　我在马泉中学上了两年半的初中，1978年秋，虽然没学英语，虽然不懂汉语拼音，虽然一元二次方程我不知道有两个根，但我仍然以全年级第一名的成绩毕业，是这所山沟初级中学的"状元"，而且毕业证上就大大地写了"第一名"，这也是我一生唯一的一次"状元"经历（年龄被爷爷多报了两岁）。推荐上高中，已经没有那样的美事了，我用三驴给我的5斤粮票5元钱，到县城去考试，回到家里觉得考得不好，就复习准备报考中专（当时初中生也可以考），有天我趴在炕上念书，进城的邻居回来说县一中门口张榜，你娃考上高中了。我听完就冲出门去，一口气跑到城里，到一中门口见榜单残破不全，而且找寻不到我的大名，问过老师说的确有我这么一号人物，名次也就中等而已，但无论怎么说我终于可以到漳县一中读书，开始我的高中生活，这就足够了。

老师眼中的"滚刀肉"

　　"高干子弟"早来也考上了，好像成绩还比我好一点儿。马泉中学共考上了六名，紫石大队占三位，早来和我外还有庄下门的田忠，很是拉风挣面子了。高一共五个班，早来和田忠在高一二班，我在三班，都是普通班；一班是重点班（尖子班），那帮骄子确实也够厉害，后来陆续高考成功的，比其他四个班要多多了。

"四人帮"已经打倒，流毒据说正在肃清；万象更新，广播说"科学的春天"也将要来临。开学伊始，朱承业校长将全校同学集中在校门口院子里，讲当年高二毕业生漆元、郭开雄的高考故事，他们一个上了兰州大学，一个上了陕西师范大学。郭同学原来物理考0分，高考时考了90多分，校长激励大家要向他们学习，争当飞出山沟的"金凤凰"，为祖国的"四化"建设添砖加瓦。我在下边和同学们打闹，根本就没有听进去几句，因为我觉得大学是天边的彩云和水中的月亮，虚幻而捉摸不到。我心中比起小学时，野心也不小，那就是再长高点个儿、长多点肉能到50公斤，我就可以参军了。

"文革"期间，漳县一中在城西北的红沟里修建了一个农场，那时的高中生被分为"林果班""粮油班"和"畜牧班"等。现在开始正规的高中教学，农场自然要撤了，我们就去拆农场，然后往回搬椽子、砖头、瓦片、门窗还有农具等，因为我们的教室中，桌凳还是土坯垒起来的台子，而校园中也没几间像样的教室。

饥饿依然是我的头号大敌，肚子无时无刻不在咕咕叫着抗议，每天走在路上都低头到处找寻可吃的东西，像是捕捉残食败羹的狗。农场种的水萝卜脆甜水灵，我空腹一口气吃了五六根儿，结果胃里顿时翻江倒海，肠子似乎结成了麻花，疼得在地上打滚撒欢儿，差点要了小命，从此好长时间一见萝卜就条件反射般胃缩着疼起来。

每隔一周或者两周，我就回家一趟。我背一个背篼，里面有一个褡裢，一头装半小袋白面，一头装满袋子玉米面，妈妈给我做的玉米锅贴厚饼两个，还有十来个洋芋和一捆硬柴，有四十来斤重，这就是我半月的伙食。这些吃食显然远远不够，等到城郊菜园子长菜，玉米秆结穗，我们就有了生天——偷白菜和玉米。在通往盐井的路上全是玉米地，晚上有人巡逻，我们装扮成路人在大路上溜达，趁巡逻的人不注意就钻进地里掰棒子，做贼心虚，那棒子掰断时的响声就像炸弹，吓得我心要跳出来，从地里蹿出来和巡逻的人赛跑。我买了一个解放军的绿色书包，第一次背着去偷玉米，结果被逮了个现形，书包被杨家寺的队长没收，我天天去要不给，后来发现队长儿子背着，但他不承认。我在背带上用墨水写了姓名，被他妈给洗掉了，但依稀仿佛还能看出来，我天天找老师告状，要了半年才要回来，可是书包已经被那小子给背破了，懊恼和后悔得肠子又青又紫了无数回。

每年到了腊月，父亲千方百计为我和弟弟置办一件新衣裳，买布交到缝纫店，做出来的衣服要么袖子短要么不对称，反正难看得要命。一件衣服穿好几年，又总是不洗，里面就藏了许多的微物，最常见的是虱子和虮子，哪里痒起，伸手一摸，准能捉到一只肥虱子。半月回趟家，母亲就烧一大锅开水，把我的衣裤全烫熟了，可以稍微安稳一段时间。我们山里的穷孩子，经常互相到对方住的地方睡觉，也一起做饭吃。有天晚上我到田忠那里睡觉，我俩打赌看谁身上的虱子多，他将一个装墨汁的8厘米见方的盒子倒了半盒子水，将我衣服中捉下来的虱子，放进墨盒的水里，我一点也不夸张竟然漂了厚厚的一层。田老二看完感慨地说：怪不得你娃这么瘦，血都让虱子吸光了。

七七、七八级的高中生，实际处在读书与不读书的过渡阶段，拆农场这样的事我们驾轻就熟，因为从小学到初中都干类似的活儿；但要安坐在课桌上读书，对我们来说却是一件极难的事儿。我从小身子瘦弱，绝不是横刀立马在班上称王称霸呼风唤雨的角色，我的恶劣的根源就是性子太急，又因为太瘦屁股像个锥子，所以根本就坐不住板凳，半小时后全身的细胞就异常活跃，按捺不住。无论是上课还是自习，我坐会儿就必须要动，不然就受不了。而动起来时，一个人动总觉得无趣，就会拉旁边的人动，蹿来溜去，整个教室就乱套了。

我的中小学生涯里，几乎一直是全班个子最小的学生，现在这点个儿还是托福在大学里长的，幸好刚刚摆脱"残废"的边缘（那时兴一米七以下为"残废"）。因为个子小，所以排座位我永远是第一排，而教室的门也往往直冲着第一排，其实经常是全班人都在打闹，但当班主任突然出现在门口时，后排的同学都有足够的时间来迅速蹿回位子，翻开书本捧起做出苦读状。而我根本连收回手脚的时间都没有，首先映入老师眼帘的往往是我张牙舞爪的形象，自然就免不了被扯着耳朵提出去。我们家族遗传的耳朵很大，耳垂又肥又厚，就像佛祖的一样，所以我一般被揪耳朵时还受得了，不像其他同学那样疼得龇牙咧嘴的。还有很重要的一点是：大多数同学在被揪耳朵的时候，都是撅着屁股身子重心往后拽，老师往前走，他往后扯，结果越扯越长，越揪越疼。我经过无数次被揪得到的宝贵经验是：老师一旦揪了耳朵，我就顺从地跟着，而且高度配合，身子前倾小跑走在前头，让他有劲儿使不上，于是我的耳朵也就不那么疼，这招让我很是受用。上大学后，竟然可以自选座位，让我大喜若狂，逆反心理让我马上选择

漳县一中毕业合影

坐最后一排，直坐到毕业散伙了之。

　　高一似乎也没学什么，就是一个乱，印象最深的还是经常被班主任训斥。有一回我和同桌王强被老师从早上八点叫去，一直断断续续训到十二点。老师大清早买的五花肉，在锅里炒肉臊子，香味四溢，直钻我们的心肺撞得肠胃乱转。老师有条不紊地将炒好的臊子盛在碗里晾凉装在罐头瓶里，把油清出来装在啤酒瓶中。然后开始在一块小案板上和面擀面，擀两下回头吐三五个字。王强那天运气不好，穿了一件新棉袄，所以老师重点骂他。比如说"你大你妈"——砰砰，"把你送来"——砰砰，"让你念书"——砰砰，"给你缝的新裹袄"——砰砰，"真是让你糟蹋了"——砰砰，"你个狗油儿"——砰砰，"我捶你个背耳朵的"——砰砰。老师扬起擀面杖要捶，大概怕弄脏了面，就又收了回去。擀面声和斥责声相配合，极富韵律。王强脸上红一阵白一阵，我在他旁边乐得挤眉弄眼。我们挺立在门后，背着双手抠墙皮和土渣，权算是报复老师，被肉香馋得哈喇子又溢又咽，相当难受，只好不断地吸鼻涕。老师放行后，我俩在路上直恨为什么不给我们尝一口肉呢，哪怕是一个小肉丁儿也好啊。

我从初中到大学毕业，都是班主任眼中的"异类"。我想全中国的班主任，大概区别班上学生好坏的标准都是一样的：学习好又听话的自然是最好的优等生，学习差但听话的大概是二等生，学习差不听话的应该是三等生；而学习好却不听话的，我自己的教训在班主任眼里就是眼中钉肉中刺了。

我在班主任眼里的坏，不是学习不好，不是迟到早退，不是无故旷课，不是打架斗殴，不是偷鸡摸狗，不是破坏公物。我从来没有大动作，不违犯国法，不碰触校纪，不拉帮结派，不暴力顶撞，但又足以让班上失去秩序，乱作一团，而且还颇有凝聚力和人缘，因为任课老师和同学待我都很好。这才是让班主任恨恨不已又无可奈何的坏分子，用我们当地方言来说就是"滚刀肉"——鼓鼓团团，筋筋串串，剁而不烂，切又不碎矣。

沉迷于小说世界

从学校而言，正常教学秩序得到恢复，学生也终于回到了课堂，但认真学习的，尤其是我们这些普通班的学生，还真没几个人。学校在分班的时候，就已经把重点放在了一班，无论从班主任还是任课教师，都是当时顶级的配置；而普通班的教师，要么是教得不好，要么就是临时客串，走马灯似的换着，一个老师刚认识了，又来一个新的。而我们自己，也总觉低人一等，像我这种吃不饱穿得破又来自穷乡僻壤的"山毛"，就更无地自容。这种"重点班""尖子班""实验班"之类的怪种，在时下仍大行其道（今日超级中学更甚）。我常常到全国各地的中学做北大的招生宣传，有次在一所中学演讲，教导主任说来的都是全年级一百名以内的，其他学生都没有资格，我当时的心中，五味杂陈。我不知道这种分班制度，还要祸害多久；这种做法，伤害的是五分之四的中学生，甚至可能会伤害他们一生！

"文革"结束，拨乱反正，但师资队伍的教学质量，并不是喊口号能解决的。我们的语文岳老师口头禅喜说"啥"（当地读音为sà），其实老师讲的还是不错的，但我辈上课时无人听讲，每人铺张纸画杠杠，记老师一堂课究竟能说多少个"啥"，下课对数赌油条吃。比如第一课是碧野的《天山景物记》，如"马走在花海中，显得格外矫健；人走在花海里，显得格外精神"。如此美妙的对偶句，老师却读成"马走在花海中，啥。显得格外矫健，啥啥。人走在花海里，这个啥。显得格外精神，这个啥啥"。我想大学课堂老师怎么说怎么做都没关系，但中学教师如果有口头禅和习惯性的小动作，可真是会极大地影响课堂效果的。

最好玩的是英语课，因为我们大多数连汉语拼音都没学过（我是在高考前才学的汉语拼音），二十六个洋文字母都认不全，教我们英文的王老师已是古稀之年，他老人家是临时请来的美髯公，慈祥可敬，老师年轻时学过几句英文，不懂音标，读不准音，而且说话还漏风。比如他读"what is this"为"滑茄一次勒死"，我们也跟着读一遍。他问"滑茄油啊奶没"（what your name），有聪明的学生就回答"麻衣奶没一次李萍安得魏芳"（my name is Liping and Weifang），老师就骂说"and 你大的脑壳子"。没有英

漳县一中新校区

文课本，老师在黑板上草书写英文句子，比如他写"S"好像是"8"，我们就照着画画儿，也不知他到底在写什么，看不明白听不明白我就真想把自己或者老师给"勒死"。

我偏科得非常厉害，语文、历史、地理都很好。而数理化从初中就学得很差，简直就是天敌，以致我见到物理老师牟育英先生、化学老师梁其武先生，都气不打一处来。牟老师是语文课高平老师的夫人，高挑貌美，嗓音甜美，不苟言笑，据说她父亲是书法家，牟老师也写一笔很好的很特别的板书，课也上得很好，但每当她讲物理公式的时候，我根本就听不进去，看着黑板上一串串的符号朝我狞笑。梁老师本身就是个"问题学生"，经常打架斗殴，惹是生非，校长也奈何不了他，化学是什么他比我清楚不了多少。两位老师都是兰州人，说普通话，让我对普通话也充满了厌恶。最头痛的是数学，每当我打开课本，那些公式符号就在眼前挤眉弄眼地飘舞起来。每天下午，我等数学好的同学做完了作业就拿过来照着抄，可是等从老师处发还，人家的是对的，我抄的是错的，即便我极度耐心地一个数字一个符号地摁住了抄，结果仍是错的，不知哪个点儿漏掉，我都快要抓狂了。

但我的语文一直很好，作文写得也不错，在班上常常被老师评为范文，也是我唯一的安慰。那时许多过去不能看的"毒草"都开始解禁，我开始着魔于小说的世界，记得自己花钱第一次买的长篇小说是周立波的《暴风骤雨》，然后像《林海雪原》《青春之歌》《红岩》《红日》《敌后武工队》《钢铁是怎样炼成的》《第二次握手》《红与黑》《巴黎圣母院》《战争与和平》等名著，以及《唐诗三百首》《古文观止》等古典名著，《儿女英雄传》《三国演义》《水浒传》《封神演义》等白话小说，当然还有《少女之心》这样的手抄本淫秽小说，都是在高中读完的。可能许多朋友都有过将小说包上书皮写上"语文""物理"之类的字，在上课时偷看以蒙哄老师的经历。我深陷在小说中，上课下课走路吃饭都在读，不知被老师没收过多少次，不知又厚着脸要回来过多少次，好在虽然我买不起书，但总能跟同学借到好书，有的书翻破了前后几页都没有，读完连书名都不知道。我想高中至少我认真读完过五十部中外名著，那时没有各类名言警句的词典，自己还摘抄了不少的精警名句，写作中不时地转上两句，以示自己的"博学"。

我也尝试创作，虽然分不清平声、仄声字，也模仿写五、七言诗歌，凑足二十字、二十八字就以为是绝句。我在一个刊物上读到汪曾祺写他小时候的同学，我想我为什么不能写呢，于是我也写了我的儿时伙伴，并寄给了那家刊物，当然不可能发表。有老师的鼓励，同学的赞扬，还有学校举行的作文竞赛中获个小奖，就已经够我满足的了。到处找小说读和对文学的爱好，是支撑我在一中坚持下来的原动力之一。

风雨飘摇的自建宿舍

漳县一中的学生半数来自边远山区，学校没有宿舍，学生都三三两两分散在城里的百姓家中，有亲的投亲，有故的寻故，八仙过海，各显其能。我的爷爷和外爷苦思搜索才想起我有个舅婆家在城里，舅婆是我外奶奶弟弟的媳妇，本色舅爷不幸早亡，舅婆就嫁到城里成了另一个舅爷的媳妇，舅爷和舅婆收留了我，但条件是必须每月不断给他家送柴草和面油等。舅爷高度近视，舅婆右手四个手指长在一起像鸭掌，做饭放调料时就将油盐瓶子掌在手中往里簸两下，要么多了要么少了。舅爷的儿媳妇是个厉害角色，总是欺负舅婆，所以也分开来另过。两个老人共用一双眼睛和一双手，相依为命。

我起初和舅婆他们一起吃饭，每天中午、晚上放学了就帮舅婆擀面烧火。舅婆还兼着给上班的双职工干部照顾婴幼儿，赚点油盐钱，她的手不能包裹孩子，需要我帮忙，常常是我抱着哄孩子她忙着做饭，孩子需要喂奶或者送回家，尤其是雨雪天气，这都是我的活儿。我记得有个孩子叫"农国正"，长得就像《闪闪的红星》里的潘冬子，白嫩胖墩可爱极了。有一回泥泞天我抱着国正在半道上摔趴在烂泥中，但我仍将孩子双手高高举在空中，未沾半点泥水，他妈妈见了非常感动，送我一个塑料皮儿的笔记本，那可是奢侈而难得的物什。

和舅爷舅婆同吃，极不方便。不能按时吃饭，上学经常迟到；我又太能吃，城里老奶奶做饭量很小，稀多稠少，我吃两碗就不好意思吃了，总是半饥不饱。我和两个老人睡个大炕，晚上我想看看书，舅婆心疼浪费电，就隔三五分钟催我关灯睡觉，我只好倒头闷睡。

舅爷的院子不大，坐南朝北一坐大瓦房，是解放前地主家的；西边一座低矮的土坯房隔成两间，是儿子一家的；东厢一座土坯房，老人用来做临时的客店，以招徕行商往客，挣点零用钱花。舅爷和儿子两家，本来是一个院子，大门朝西同出同入，但有次打完架后儿媳妇发威，命令儿子在院子中间夯起一道小矮墙，隔断了舅爷老两口的出路，舅爷无奈就在东北角上挖倒半截土墙权做大门，但还剩两米来宽的一点空间，我动员舅爷说，干脆在这点空当里修一间小屋子，我分出来单住，这样就不干扰他们老两口，而且舅爷还在城里逢集天里能多收几个客人，我说修房的材料我来打凑，舅爷考虑再三后同意了我的请求。

于是，父亲从山里拉来一些胳膊粗的小橡子，我们挑了其中较粗的一根做房梁，我到处连偷带摸，弄米一些水泥石灰，又从老远的红沟里背来一些垫底的石头，我和舅爷打土坯垒墙，和泥抹灰，安门装窗，前后花了两月终于垒出一间宽两米长不到三米的"房子"来。门是半扇儿捡来的木板，窗子只是做了个方框，中间插了两根小木棍儿，以防小猫小狗钻进去，我做饭用的二尺长宽的小案板，平时用来擀面切洋芋，不用时就顶在窗口全当窗扇。窗下垒了一个小灶台，安一口小铁锅，旁边横放着一只从大姑姑家借来的小木箱，装着我的日用什物，箱子下堆放着我的柴禾。最里是一个长宽约一米五的小炕，炕上铺了半截捡来的破席子和纸箱子，再上面铺了一张外爷家大黄狗皮褥子，还有妈妈缝给我的一床小被子，一个破布斗凑两头花的小枕头，由于太窄，炕深一米五左右伸不开脚，只好斜着身子睡。地上容不下两个人站着，看书写字就得俯贴在箱子上面。这就是我全部的家当和地盘，但谢天谢地我终于有一间单独生活的"宿舍"了。

每当我想起这间屋子的时候，我总是既爱又恨，我在这间蜗室中生活了四年多，给了我苦读的栖身之地，但也让我吃尽了苦头。冬天屋子是透风的，西北风吹打在窗台的案板上叮当作响，我不得不用柴棒子顶住以免"窗扇"倒下来。屋子像个冰窖，寒冻侵骨的土炕上，被子长期不拆洗，又脏又不保暖，老杜诗"布衾多年冷似铁"真是有得之言，我完全能体会得到，尽管我将衣服裤子能盖的全盖在身上，但仍如盖了张纸，我蜷缩在狗皮上像只流浪的小狗，冰得牙壳子忍不住地打战。夏天不怕寒冰，但怕雨淋。屋顶只抹了一层泥，如果是暴雨还好，一会儿就过去了。一旦淅淅沥沥下几天雨，屋子里和外面就没了区别。有一次半夜被雨淋醒，发现被子已然全湿了，我赶忙将两三个盆儿碗儿接到滴水的地方，但全然无用，因为到处都在漏水，我将一张大塑料单子绑在屋顶的四角，等塑料单子里漏一盆水，我就倒一盆，一盆接一盆地倒，然后坐在下面听着雨声发呆，满脸是雨水和泪水，我呜呜咽咽地哭到大天亮，大概是哭声感天，雨终于停了。

就这样撑到高二的第一学期末，我就病倒了。因为长年累月的营养不良，又长期睡在冰冷的土炕上受潮气侵蚀，身体完全垮掉，勉强熬到期末考试结束，平常两个多小时就能赶回家的山路，我花了大半天歇了无数次才爬到家，一头倒插在爷爷温暖的大炕上，卧床不起，全身从脸到腿起了一身的疱疹，痛痒至极，艰于喘息。大年初一，父亲和邻居从几十里外搬请来在当地有名的名医给我诊病，医生说像是伤寒。整个正月、二月我都不能下炕，看着日出日落，人来人往，了无生趣，几成废人。

慢慢歇缓到了春季开学，我先是报了名，领了新书，但只去了一个下午，趴在桌子上不想起来，脸上仍是一层红斑疙瘩，抬头都没有力气。我找校领导说想休学，副校长说毕业班不可以休学，我一气之下便发誓不再读书，我想在家里至少每天晚上有爷爷的热炕暖火，不受寒冻，不怕雨淋，于是辍学回家，据说一中给我发了《肄业证》，但我从来没见过。

辍学务农与"二进宫"

农民的身份不用申请也不用谁批准，既然回到家里，那自然是地道的农民了。也就是在那年，漳县农村也实行"包产到户"，先是将一个村分成三个自然组，我和小玩伴金德，春耕、夏耘、秋播、冬藏，都是放牛的主儿，我们先早早给自己打一捆柴草，然后抢大人的犁铧学耕地，等大人耕完了，我们牵一匹马拉着耱，站在耱上耱地，都干完了，正是烈日当顶的中午，背着柴捆回家，又饿又累，汗如雨下。不久，土地被完全承包到家庭，开始家家户户各干各活儿了。

八月夏收毕了，我受不了农活的苦，又想回到校园读书，于是在外爷的"攻关"下，我这个被肄业的学生又回到了校园，但朱承业校长动员我去重新读高一，于是我又成了高一的学生。后来我才知道，原来当年全中国学制改革，初二学生都升了初三，高一没了生源，县一中就在社会上招了两个闲杂人员组班，当时统称这两个班为"渣子班"，一开始就分文科、理科两班，我自然成了文科"渣子班"的一员。

新的高一年级，就这么两个乌合之众的班，但校方仍然高度重视，当成宝贝。文科班的班主任是已经退休又请回来的张继业老先生，老人家干瘦干瘦的，青筋外露，走路背着手驼着腰，唯喜抽烟和看戏，抽一口就咳得要断气。县秦腔剧团的美女有两个是他干女儿，老人家挣的工资，既不给儿子也舍不得自己花，全给干女儿买吃喝了，换来的是看戏时坐特殊座位，并给我们炫耀说"我看戏1排1号，看电影15排1号，全场最好的位置，你们一辈子都坐不到的"。只要我们没课，他就守在教室里，如果有事就把我们反锁在教室里。我和边疆有次从窗子里跳出去到北渠上玩，被老人家瞅见了，就在渠沿上边骂边找，我们藏在麦浪中，他假装看见了，就威胁着喊"我看见了，你们赶快出来，不然我一石头就把腿砸折了"，"边疆！你出来，你不要学他漆永祥狗油儿"。我们迂回在他背后跑回来，他骂累了返回来时我们已经在教室了，死不承认，于是他就打自己，然后拎着铺盖卷儿不干了要回家（颇有"太爷老师"的风格）。我们太了解老头的脾气了，先是无人理会，等他快走到校门口时，再有同学出面去拉回来，他就又接着干了。老人家上地理课，最喜欢将地名配成绝对，比如"汉阳"对"汝阴"，"武功"对"文治"之类，他特别欣赏我，是我一生难得的与班主任短暂的"蜜月"，每次考试他都拿我的卷子当标准答案，哪怕是我错了，那也是对的。

语文老师高平先生，绝对是大帅哥，而且操一口标准的男中音普通话，漳县广播站遇到重大新闻什么的，都请高老师诵读稿子，和中央人民广播电台的播音员有得一比。老师写一笔秀美的楷体板书，下课后我们舍不得擦掉。他常常坐在宿舍门口，一个一个地让我们轮流背书，我们用漳县话一开口，他就大吼"用普通话"，于是我们羞答答地用漳县普通话背课文。高老师有两个漂亮的女儿，有着天生的大城市美女的高贵大气，但老师打心眼儿里喜欢儿子，经常让我们帮他劈柴打水，边看边叹气道"儿子好哟"。我参加高考前，高老师调到《兰州晚报》社工作，我到兰州后还曾到报社拜谒过他，这些年也没有联系了，不知高老师和牟老师一切安好否！

历史老师赵康兴先生，漳县盐井人，是绝对的权威。他戴一副近视镜，阴阴地笑着。瘦瘦的个儿，但腿脚麻利，是一个舞拳弄棍的高手，每天早晨都要练功，他还是学校武术队的教练，所以学生有点怕他。老师画一手好画，学校板报大都请他画插图。两个儿子赵华、赵强比我们小，在上初中，跟着他练武。老师的心爱之物是一辆永久牌自行车，他的车永远都是崭新的，辐条铮亮，遇到水遇到泥，他就扛着车走，绝不让车沾上水和泥，这车子他儿子都不让骑。赵老师不苟言笑，但有时有些冷幽默，一针见血。他的教案经常更换，讲课绘声绘色，能将死去的历史讲得活灵活现，我大学上了历史系，有不情愿的成分，但也有受赵老师影响的成分在内。

政治老师范兴业先生，武山人。范老师先后在武当、马泉、柯寨等中学教书，后来在一中教学，在漳县待了一辈子，把一生贡献给了漳县的孩子们。那时条件非常艰苦，老师带着儿子提高上学，既当爹又当娘。范老师圆圆白净的脸上，架着一副金丝边眼镜，特别像《小兵张嘎》电影中那个被嘎子扣了西瓜的翻译官。有次他讲"比如说一个物质"，我们就大声说"西瓜"，范老师差点没气疯了。范老师特别内秀，吹拉弹唱，样样能行，我们参加歌咏比赛，记得有一首歌叫《我们爱唱四化歌》，就是范老师为我们改歌词编曲的。范老师板书一般，但毛笔字特好，教室的标语都出自他手，他还能做一手好木活儿，闲时就见他在房间里刀砍斧剁地忙活，老师们家具坏了，也都是范老师给修理。范老师的政治课上得最好，他不是那种一年一换教案的人，而是在旧课本上圈画得密密麻麻，将新内容加在上面，三言两语，就说得清清楚楚、明明白白，也是政治课绝对的权威。

范老师是我高中后半段的班主任，我因为捣蛋，给他惹了无数的麻烦，让他操碎了心。我同桌李洪涛（二娃）是象棋高手，我发明了一种象棋，就是买来"食母生"（酵母片），既便宜又片儿大，在上面用红黑两色写上"车马炮兵将"，再在课本封皮上画张棋盘，就成了一副高级象棋。不论什么课，我俩都头对头地酣战，老师有疑惑下来看，我们就用笔记本将书本盖上，做出无辜状，不露痕迹。渐渐地在全班流行开来，每张桌子都捉对厮杀。有次我和别人下棋，旁边围一圈看热闹的，正杀得红眼起兴时，有人拉我的袖子要我起来，我骂了声"滚开！都要输了"。对方竟然还拉，我一肘子捣了出去，只听教室里一片惊呼，抬头一看范老师被我捣得趔趄，我吓坏了不知该如何收场。范老师涨红了脸，在桌面用太极推手猛推一把，哗啦啦药片棋子儿就掉了一地，他一颗一颗地踩成了粉末，每踩一子儿，我就又可惜又胆怕地心疼一下，直到全部踩碎了，自始至终未发一言，扬长而去，从此我的下棋生涯就结束了。

我和范老师的关系，就这样一直很尴尬。我到西北师范大学上学后，和老师成了校友，老师在"文革"中毕业，但没拿到毕业证，后来师母要"农转非"，需要老师的毕业证书。老师寄来他年轻时的照片，要我帮他补办毕业证，我抱着赎罪的心理上下奔波，终于为老师办好了证件。记得那照片上的范先生，年轻英俊，着实大帅哥一个。后来听朋友们说，范老师夸奖说漆永祥是个好学生，我听了觉得美滋滋儿的，像被平反昭雪了一样。

老师都是好老师，学生也都认真地在学习。"二进宫"而且又是从高一读起，我开始有些压力了。因为全村大大小小的孩子，因为包产到户每家分头牛或羊的原因，都成了放牛娃，只有我和在马泉中学读初中的一个学生仍在念书，我想如果再读三年仍然回家种地，恐怕是无法给父母也无法给自己交代，更对不起年迈的爷爷、外爷和外婆。于是，我便有了些小小的志向，我初中的同学梁建明从渭南师范毕业，我便超越了想当公社广播员和想当兵的目标，把渭南师范定为我奋斗的最高目标。

我的身体仍然孱弱不济，暑期收割时节，我先到大姑姑家帮忙割麦，回家后正是雨后光景，无法下地，我就帮父亲牵马驮粪往地里送，我站在马头前感觉有点迷糊，就抱着马头想立住脚，却一头栽倒在马蹄下，等我醒来时已经被父亲背在爷爷的大炕上，七狼八吼的一堆人在围着叫我，原来我是昏死过去了，妈妈用筷子撬开我的嘴，灌了半碗蜂蜜水，又拍又打的才苏醒过来，后来一查是严重的低血糖，于是天天输盐水，直到折腾到九月开学，面如黄蜡，身如芦柴，真成弱不禁风的"林妹妹"了。

要想考大学，这样的身体肯定是不行的，于是我开始发愤锻炼。我坚持每天早上起来跑操，即便寒风雪飘，也从不旷操。体育课在单杠上拉引体向上，我一个也拉不上去，但坚持每天拉，后来可以用标准姿势一口气拉二十个。每到下午没课的时候，我就登上学校后面的泰山庙，既健身又可以找僻静处背书。李二娃的爸爸是百货公司经理，二娃从百货公司院里偷来两个磅秤的大圆秤砣，我俩晚上当哑铃来练臂力，结果第二天农民卖药材粮食的排着长队，就是没有秤砣称重，在院子里吵嚷，二娃中午吃饭见着魂吓丢了，饭也没吃赶来告诉我，我们也没胆儿再送回去，索性就每天晚上练几把。这种苦练还真起作用，尽管高考时我仍然不到五十公斤，但身体明显地逐渐好了起来。

改变我命运的三位数学老师

第二次上高中，我仍然住在自己修的宿舍里，我暑期挖药材卖了些钱，换回来几米的牛毛毡，铺在我的屋顶上，这样下霖雨时即便仍然渗漏，也比以前好了许多。舅爷的客店没有营业执照，时好时坏，有时客人住一段时间，分文不给就溜了，所以就干脆也招租给了远山的学生，院子里除我外又住了五六个年级高低不等的同学，一下子热闹了起来。农村包产到户以后，爷爷贷款买了一匹马，时不时就给我驮些吃的用的，土炕时热时冷，勉强能抵挡一下寒冰，较前也好多了。

改革开放头几年，要风有风，要雨有雨，可谓风调雨顺，粮食增了产，农民就高兴。白面也经常能吃到，当然菜是没有的。我从初中时起先后给自己做了八年的饭，从不认识生熟到自己擀面，每天中午、晚上做两顿饭。我有两个绝活儿：一是擀面；一是切土豆丝儿。我的擀面技术那是相当的高，我可以擀一个人吃的，也可以擀十人吃的，面和得好，而且擀得又圆又薄又匀。因为几乎天天吃土豆，我们就比赛切土豆，我切的土豆丝儿又快又细。可惜进城以后，没有案板和擀面杖，我的技术就丢了。

虽然避开了学物理、化学，但课业仍相当重，而且数学是必须要学躲不开的。说到数学，可以算是我高中学得最神奇的一门课，从我抄作业也抄不对，到高考时考 88 分（总分 120 分），是我六门课的最高分，这中间的变化要归功于三位女老师。

第一次上高中时，教数学的是董玉玲老师。老师苗条的个儿，声音有点嘶哑，是临时顶替的。有次不知是期中还是期末考试，考前头天晚上，董老师匆匆来到教室，在黑板上演了一道习题，也不讲解就又匆匆走了，我觉得老师的眼神充满了期待，有点儿暗示的意思，于是就多了个心眼儿，把那道题抄在纸上，非常认真地核对了好多遍，确认无误后当晚背了下来。第二天考卷上果然那道题是100分之外20分的附加题，我将其他题胡乱算了一下，就把这道题默写在试卷上交卷了事。

过了两天，在路上遇到同班好友张建成，他数学很好，告诉我这次数学考试全班只及格一个人就是我！我是打死也不会相信的，他说不信咱俩打赌，我问赌什么，他说赌十根油条。那时刚实行市场开放，县新华书店的小门洞里有家炸油条的小摊儿，每天早晨上学经过那儿，油条的香味儿就让我们馋得口水成线地流，能吃根油条就成了奢望。所以这家伙才脱口而出赌油条，我想他要输定的，就爽快地答应了，甚至已经感觉到油条在嘴里的滑爽脆香味儿了。

我俩当即跑到董老师房间去看试卷，还真只我一人及格，而且是61分！我仔细看了试卷，我的分数原来是59分，老师把这个成绩给划掉，硬给写成了61分，大概她觉得60分一看就是勉强加的，61分好看点自然点儿吧。

我不知是该惊喜还是倒霉，就借了五毛钱买了十根油条，看着那小子狼吞虎咽地享用，我只能在旁边随着他的嘴动空自抽搐着嘴角，等吃到第七根，他终于开了天恩，像大赦似的一挥手说：那三根归你了！我的佛祖宗天爷爷，我一把抄起三根油条，三秒钟就吞掉了。

奇怪的是，从那以后，我突然对数学有了好感，再后来教数学的仍然是二位女老师——朱玉兰先生和卢欢凤先生，在她们的雕琢护佑下，我越来越喜欢学数学。朱老师齐耳短发，圆圆的脸上长着一对小酒窝，常带笑意。老师讲课时嘴里含着薄荷片，边吮边讲，我常在她的课堂昏黑醋睡，有难题不解，自习时就厚脸缩脖地往老师宿舍求教。朱老师每次必说的话与必做的动作是先抬头做惊讶状："哟！孕七子，你来啦！"然后低头做事，复又抬头做不解状："咦！不睡啦！睡吧！睡吧！睡醒了再问吧。"然后又不理。过会儿又抬头做明白状："噢！睡醒了，拿来吧。"然后耐心讲解，以教愚顽。顾盼之间，凤眼圆睁，酒窝隐显，齐耳短发摆来丢去，可爱至极矣。

卢老师也是短发，瘦小精干。老师讲课也是面带微笑，细声细气，耐心至极，我不知道问过多少次老师，把老师宿舍的门槛都踏断了。我高考成功时，朱老师已经调走，先是定西后来到兰州工作。我买了一斤点心去向卢老师表示感谢，她的丈夫米良玉先生也是数学名师，问我平常看什么参考书，卢老师替我回答说："这孩子穷得哪里买得起参考书呀！"米老师又问我有什么学习方法，我说我没有方法，只是把高中六册数学书上所有的习题翻来覆去做了好几遍，米老师忽地抬头道："咦！这本身就是方法嘛。"卢老师两口子后来也调到定西，我上大学后还专程去看过一次卢老师，后来他们又调往陕西（米老师是陕西米脂人），就再无会面之机。而朱老师退休后常来北京，但我竟然无心无肺没看过老师一次。而今年年前，朱老师忽然托人带来文老师（朱老师爱人文占魁先生，原来是漳县一中副校长）出的书，上面有二老的签名，还有两瓶阿拉斯加深海鱼油，让我这个老学生堪堪愧煞，等开春朱老师到了北京，我一定前往拜谒，请老师恕罪！

学习慢慢上了轨道，我的成绩也明显好转，在班上稳居第一。我最得意的是考试的那段时间，甚至盼望着考试，每次六门课考下来，总有三门至四门课我一定是第一。地理课无论我考好考坏，似乎总是第一；政治课不一定每次得第一，但八九不离十；数学我的同学王万斌远比我好，可是他考试总是考不过我，因为他能思考肯钻研，可以花半天来琢磨一道题，但考试是不允许慢慢琢磨的，许多这样的优秀学生就被考试给毁了，而他们中才应该是最能出数学家、物理学家和化学家的；历史课大多数情况下，我也能拿第一；语文在班上我和边疆竞争激烈，总是我俩轮换着当第一名，现在想来高平老师真是太好的老师，他可能是为了鼓励我们的竞争，也为了保护学生的自尊，所以才这样做的吧；最差的是英语，老师换来换去，我基本上不怎么学放弃了。补习的李根代最牛了，他字母也不会写，高考时选择填空的 30 分题，据有人研究选 "B" 和 "C" 的概率最高，他就 "B" "C" "B" "C" 一路填下来，最后得了 12 分，考上了天水师专。

天啦！——我考上了大学

时光过得飞快，三年转瞬就要过去，随着高考的来临，毕业生们都紧张起来，那时考前还有一次预选考试，预选通过了才能参加正式的高考。预选考试结束后，我感觉有些不妙，在家待了几天，心神不定就想到县城探探风声，我腰里系了一根绳子，想如果预选不上我就先把箱子半夜背回家来，以免白天丢人现眼。

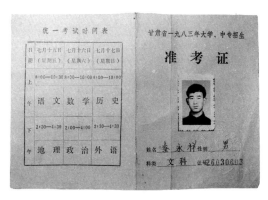

高考准考证

傍晚时分，我到离县城近处的坝儿上，看到老远迎面走来了李满存，他已经毕业两年，每次都预选不上，我看到他的动作像是抹泪，我俩本来就不熟，在擦肩而过的瞬间，我没敢问他，他也假装没看见我，我的心就悬了起来咚咚直跳，到了学校不敢进校门，最后硬着头皮去问老师，才知道我们班很惨，预选仅通过了边疆、李鹏翔和我三个人而已。

预选成功，心中妥帖了许多，离高考还有一个多月，为了抓紧时间复习，我在学校灶上交了面粉打饭吃，每天早上可以吃到两个热腾腾的白面馍馍，中午可以吃到一碗土豆酱的炸酱面，香得不得了。其他预选上的都是留级生或者补习生，我们三个显得势孤力单，自惭形秽，我和边疆在北渠上的杨树荫里背书，累了就躺在树荫下骂高考骂老师骂对方骂自己，以此来发泄抑郁的心情和背负的压力。那一个月其实完全没有必要，复习也几乎没什么效果，我们就像腊月里的猪——昏活着，等被宰时刻的到来！

好不容易到了"黑色七月"，六门课考了三天，我只记得头场考语文，最后一场考英语，其他的次序已经忘记了。恢复高考当初，英语是不考的，后来成参考分，再后来从 10% 计入总分算起，逐年增多，恰好到 1983 年我考试的时候，100% 计入总分，让我痛恨真是生错了时间，要么早点要么晚点，为什么偏偏是我考的这一年要全部计入总分呢？

前面说过，我最得意的是语文，但头场语文考下来，就砸了个结实。主要是那道华君武的漫画《这里没有水》的挖坑作文，严重脱题。作文要求就漫画先写一篇说明文，再写一篇议论文。我们没学过说明文，于是就扭扭捏捏起来，把挖坑人着实批评数落了一通，那年文科生语文普遍考得不好，原因就在这里。我给自己挖了一个大坑，沉沉地埋了进去。本来想语文考好点儿，给英语拉一下分数，但 120 分的语文我得了不到 70 分，也就是不及格，实在是让以语文自傲的我太丢人太想不通也太受打击了。

其他几场考试，稀里糊涂地顶了下来，到了最后考英语，反正也不行，就洒脱多了。中午帮舅爷打了一阵土坯子，出一身臭汗，到时间了就去考场，胡乱猜猜，填填写写，一会儿就答完了。不让早交卷，当时借了同学的一块手表，就在考场上玩手表，翻过来倒过去地欣赏，挨到半小时过去，就交卷了事。于是我的高考就这样草草地结束了。

考试完毕，向高平老师报告，老师嘴里不说，但看出来他的失望，老师当时正调往兰州，在收拾搬家，我心不在焉地帮老师装家具什物，送走了老师，觉得心中空落落的。要填志愿了，外省的高校不敢想也不敢填，就是兰州大学也觉得自己可能差得远不敢填，第一志愿填了西北师范学院，专业也不敢报中文系，就填了历史系和政治系；第二志愿填了什么，已经忘记了；第三志愿填了渭南师范——我的奋斗目标！现在想来，似乎是命中注定，我"胡汉三"晃晃悠悠地转回了中文系，但这一晃竟是十年！

等到高考参考答案来了，就买了一册，回到宿舍自己凭记忆又将所有卷子答了一遍，然后自己给每门课打分，总分估算了401分，我觉得似乎有戏。于是就心神不定地回了家，在漫长的等待中煎熬着。

那时正是麦收时节，有天我在地里顶着骄阳割麦，突然听到山顶有人喊着我的名字，说高考分数出来了，听说你娃考上了，你赶快进城吧。我扔下镰刀和草帽，裤管也顾不上捋下来，就直接"杀"向县城，到了学校才知道我考了393.5分（当年甘肃一本线为360分），数学88分，和事先估分完全吻合，可怜的英语虽只有29.5分，但已经大喜过望了。

这个不起眼的393.5分，对北大、清华的本科生来说，在当年即不值一提（当年北大在甘肃的录取分数应该在450分左右），今日更不值一提。我曾在北大元培学院的开学典礼上，代表元培导师向新生致欢迎词，并自嘲说"一个当年语文、算术两门课加起来考100分的老学生，对你们一门课就能考150分的骄子讲学习经验，这本身就是一件很幽默滑稽的事情"。我对这些高分小青年表示由衷的佩服，他们真是太强太牛了。但我的393.5分，是我十余年费尽心力、耗干心血努力的结果，我为这个分数感到无比的自豪与骄傲！

我到舅爷家要了碗饭吃，并告诉他们我可能考上大学了，舅婆欢喜地直喊这娃命大有福。我匆匆踏上回家的路，走到汪家坟的树林中，看到我来来往往五年间，手可把握的小白杨，已经长成了遮阴蔽天的大树，这是我每次回家休息乘凉的地方。"树犹如此，人何以堪"，我坐在树荫下放肆地哇哇痛哭，把十年的憋屈全都吐在了那片坟场。傍黑时我先赶到外爷家，告诉外爷和外婆好消息，外婆喜泪横流，"我的乖娃""我的行娃""我的长命娃"叫个不停，要给我烙油饼吃，我没顾上吃饭就赶到了家里，母亲巴望着门等着，看到我却又不敢说话，这时的我已经非常淡定，我平缓地站在母亲面前说："妈妈！给我缝一床三面新的被子吧，我能上大学了。"听罢此言，母亲张大着嘴看着我，好像不敢相信，她愣了一会儿，就坐在房檐下无声地也抹起泪来，那是幸福溢心看到了希望和天光的喜泪。

又是近月的等待，我隔三岔五地往县城跑，终于拿到了西北师范学院的录取通知书，我被录取到了历史系（谢天谢地没录取到政治系！），当年全县文科一本才录取了两个学生，任振兴考到了中国人民大学（他的英语考了60多分），另一个就是我，边疆和李根代考到了天水师专。我的高中生活，应该说是圆满甚至是梦幻般地结束了！

1983年8月底，父亲借了四十元人民币，我的朋友王耀州送给我30斤粮票，母亲缝了三面新的被子，我穿着一身极其别扭的新衣服，拜别了老师和母校。爷爷、外爷和父亲千叮咛万嘱咐地把我送上了开往陇西的班车。这是我第一次出远门第一次跨县境第一次坐火车第一次见黄河等，创造了我生命历程中的无数个第一次。我的人生彻底改变，我将离开大山，混迹于城市。视天梦梦，长路漫漫，我像高玉宝一样，在西去的火车中，充满了幻想、向往和期待。我的大学生活会是怎样？等待我的是前程斑斓，还是布满荆棘呢？！

隐耀在旧文科楼里的母校恩泽
——我的西北师大

　　这两天微信圈里突然有师友推送的图片和怀旧文章，知道母校西北师范大学的旧文科楼要拆了，逗得我生出无限的感慨，忍不住想写几句话儿。

　　这些年有闲暇时，我就写写自己的过去，曾经先后发表过《我的太爷老师》《我的紫石小学》《我的三驴班长》《吊儿郎当上高中》，分别写我村学、小学、初中和高中生活的实录，在友朋间流播甚广，说我把苦难当成笑话来写。我把自己的人生分为吃不饱饭和吃饱饭两个阶段：上大学前吃不饱饭，风刀霜剑，艰辛备尝，但也充满了生机和意趣；上大学后吃饱饭不受寒冻雨淋了，却感觉不大好玩了。

　　而且，我好像总在回避上大学后的过去，不愿意直视与相忆，就像尘封了的盒子，被厚厚的寒灰所埋没，以至于有意无意地忘记了盒子的存在。而文科楼要拆的消息，似乎是将尘灰吹起，让我心生涟漪，看到了泛着微光盒子里的过去，浮现出点点滴滴旧时的光景，闪烁着隐耀在旧文科楼里的母校恩泽。

敦实厚重的校园与众家兄弟

我是 1983 年考入母校的，那时还称"西北师范学院"。当时学校的主要建筑，以办公楼、理科楼与文科楼为地标，方正厚实，内敛凝重，庄严肃穆，沉稳大气。宿舍区也只有环围而建的七八栋三四层楼，没有如今森严的楼管人员。东边的教工宿舍区，以大板楼最为气派，为名教授所居，其他多平房；而水塔区只有几座高低不等的房屋，其余地带或为野草蔓密，或为树林相间；校医院由几排平房组成，像是一座大四合院。办公楼和理科楼相向而立，中间两条笔直的马路，被绿松间隔开来，左右是两块大操场。理科楼前地稍开阔，建有高低适恰的方塔柱，上树旗杆，下面有数层绕圈的台阶拱卫，我们戏称为转盘，为学校的核心地区。整座校园，布局合理，疏密有致，低调中暗敛着奢华，喧杂中隐含着静雅，既有浓浓的学院派味道，也散发着厚重的黄土气息。

我从乡下来到城里，一切都觉得既好玩儿又陌生。小时候对黄河的印象，是一望无尽，雾氛浸天，波涛汹涌，巨浪拍岸。但当我从兰州西站乘校车经过黄河桥时，看到浑浊的河水和窄细的河道，大为疑惑，问我身边的韩文，这难道真的是黄河吗？竟然得到了肯定的答复，让我大失所望。韩兄上的是体育系，他经常来兰州参加比赛，所见甚广。

初入校园，极为好奇，这儿逛逛，那儿晃晃，胆子特小，而又野性未泯。报到的第二天，我就无意干了一件高年级同学不敢干的露脸事儿。当时东操场北边有不少枣树，对于我这个从来没见过青枣的青衿来说，看到枣树结枣儿，着实兴奋。我麻利地蹿到树上，持着一根长棍儿打枣，二年级的老乡在树下捡，突然那

即将被拆除的旧文科楼

哥们撇下我亡命逃窜，我向他身后望去，只见一个微胖的长者，背手稳步而来，他到了树下抬头看着我，我戴着蓝色帽子，一副无赖烦厌的样貌，边看着他边不停地打，枣儿和树叶掉在他头上身边，长者欲言又止，自顾自地走了，我兄弟从树林后跑过来冲我喊"快下来！快下来！那是白院长"！后来才知道是学校大掌柜化学系白教授光弼院长。白先生肯定是看我一个新生，怕给吓得掉下来，所以什么也没说就走了，长者之风，至今想来，仍有余温。

我们当时宿舍紧张，一开始是在七号楼住八个人，一间屋里四张双人床，一张宽长桌子，几个将散未散的木凳，就是全部家当，大家也没什么行李，我自己只有一个木箱子，三五件换洗的衣裤而已。我住靠窗左手边下铺，上铺王克斌来自静宁，诚恳憨厚，干活儿卖命，不惜体力；对面下铺孙志中来自兰州，高度近视，手上总叼根烟卷儿，他最酷的是记得世界各国首都名称，冷不丁考我们嘚瑟一下；上铺大个子祁玉峰，来自镇原，青春洋溢，满脸疙瘩，爱照镜子，头发梳得光亮；靠门我旁边下铺是又一大个儿杨智锋，来自张家川，汉人却不习惯吃猪肉，所以在清真食堂吃饭，清真兄弟的饭比我们好吃多了，他碗里的牛羊肉我吃得比他吃得要多；上铺杨光强亦镇原人，腿稍有疾，好强果勇，光强兄后来得了肝炎，因为我们经常互相挑对方碗里的菜吃，吓得大伙纷纷去查，但都无事；他们对面下铺为陇西丁尚仁，方脸壮实，初为班长，标准烟民，我生平第一根烟是他给我的，那晚通宵看世界杯，早上考试他给我点烟让我抽，说保证精神百倍，考试不瞌睡，结果我考砸了；上铺为通渭蒲崇华，每天早上起来，他老人家盘腿端坐在床上搓脸，皮肤光洁如脂，脸上露出佛慈般的微笑，故俗称为"老佛爷"。兄弟八人，亲密无间，偶尔吵架，瞬间即和也。

我们住在一层，水房和厕所为一间，中间隔半截水泥墙，地上水深半尺，里面垫着两三块碎砖头，踩在上头像是跳舞。水房的灯是昏暗的，不睁大眼睛是看不到人的。有一回我在门口往里泼洗脚水，未曾想全泼在四年级的一个大高个儿腿上，师兄是北京人，京腔京韵，风流倜傥，穿得非常姿势，裤子有棱有线，他看我一介山毛，没说什么，问题是我竟然也没说什么。过了一会儿，师兄可能又想不通了，敲我宿舍门，质问我为什么泼他，我说我不小心，他说你不会道个歉说句对不起吗？哎呀喂！我这才知道还有这么个规矩，我红着脸懦懦别扭地说：对不起！这是我在世间学会做错事说对不起的开始，感谢师兄！据说他回了北京，不知现在哪厢工作，一切可好！

最可怕又好玩儿的是老鼠横行，如果半夜到了水房，就会看到一群硕鼠围着剩菜破篮子，吱吱嘎嘎地打架，场面盛大，阵势凶猛。我们经常半夜拽着拖鞋饭盆打老鼠，以为乐事。一个假期，老鼠就会把书本啃成纸屑，衣服啮成碎布。记得有一年暑假回来，好像是刘进禄兄的被子卷里下了一窝小老鼠，红如炭火，既可爱至极，又恶心透顶。三年级时，我们换到了三号楼二层，住六个人，鼠患才稍平定，学校环境也较前好多了。

那时大学中特别流行"同乡会"，同县来的老乡也格外亲热团结，一至周末，我们漳县的几个往往会集中在地理系高建荣兄的宿舍谝传，我特别能喝水，高兄老早就打满水等我们去，因此我和地理系的一帮哥们儿也非常熟悉。

当年学生管理，比现在要严格很多，每天早上要出操，还要点名，冬日天还未亮，睡眼惺忪，全班成队，跑上几圈，偶尔还有校领导训话。有次训话毕了，一哄而散，操场边上有一排单双杠，跑在我前面的刚果（甘谷）张广明帅哥，嘭一声就撞在单杠上，我抱起他的脑袋，借着操场微弱的灯光，只见一股血水沿额头流下来，吓得我"啊"的一声，咣唧扔在地上，结果后脑勺又给摔出个大包来，这要是现在，那家伙肯定会索赔的吧。

文科楼中的惬意时光

文科楼是我大学四年的安身立命之所，几乎所有的课程都是在那里上完的，而大部分的晚自习时间，都是在本班教室里度过的。那时觉得到文科楼好远好远，出了宿舍区右转，沿着笔直的马路东向，经过理科楼，所以很羡慕理科生，觉得他们占了太大的便宜，离宿舍区几步路就到教室，理科楼因为有实验室，我轻易不敢进去，颇有几分的神秘感。

办公楼是校领导的办公所在地，北向是正门，高深莫测，我似乎没敢进去过。南门的二道门原来是开着的，后来锁上了，闲杂人等不能随意出入，但门廊两侧，是全校学生的信箱，我当过一年多的学习委员，最大的荣耀是负责从信箱拿信和报纸。所以，我对班上女生和外校同学谈恋爱的，可以说了如指掌，因为恋爱中的可意人儿通信是有规律的，一周一封或者两周一封，如果一方的信停了，或者不规律了，那就意味着吹了，或者出现问题了。恋爱中的女生要拿到信，我得索要二两饭票才行，看到她们拿着信，兴奋得羞羞答答，一扭一扭地小跑而去，我心里就想：恋爱真能让人变态啊！

夏日的晚上，吃了晚饭，取了报纸，找个空闲地儿，边乘凉边翻报纸，然后再拿到教室，挂在墙角的铁丝上，任务就算完成了。80年代初的大学生，关心国家大事，大家围着看报，边看边议。每个班的教室扫地洒水，擦桌修凳，都由本班管理。我负责本班教室晚上关门和早上开门，每天早起跑步经过文科楼，先将教室门打开；晚上等全班同学都离开了，最后一个人写完日记，再关灯锁门，离开教室，顶着灿烂星空回宿舍，既充实欢悦，又特有成就感。

我现在记不太清楚了，好像一开始历史系的办公室在一楼西侧（中文系在东），往里左手边是系办公室、系主任办公室和几间各教研室的屋子，右拐过弯儿是系资料室，再旁边是厕所。当时每个班的教室是固定的，我们班的教室在资料室再往前行到头左手边的101教室，是一间大教室，旁边是二年级或四年级的教室。

彼时的教室，相当简陋，一张黑板，一张讲桌，下面八十来张小桌子，偶尔老师需要挂地图，我们就拿图钉钉在墙上。我们班是大班，全班六十多人外，还有十来个进修生。我因为在初、高中时代个子小，永远被摁在第一排，那时大家都不学习，全班人在教室打闹，但老师往往看到的是第一排的，后面的完全可以从容地打开书本，假装苦读状，而我们前排的连伸出的手都收不回来，所以我经常被老师从耳朵上拎出去教训，我极是恨透了坐第一排。到了大学，竟然可以自由随意地坐，我便逆反地在最后一排坐了四年。

我对大学生活，很快就适应并且喜欢无比，最直观的好印象一是不做饭还能吃饱饭，二是可以随便在教室里坐位子，三是房间冬天有暖气，四是偶尔还可以逃课去玩儿，不会被老师揪耳朵，实在是不能再好了。

神奇的 88 分

80 年代的大学，简朴而不失典雅，开学没有隆重的典礼，但领导肯定要讲话的，当时吴先生廷桢教授为历史系主任，他用四川话慢条斯理地训示我们，其他的都已经忘记了，只记得他说要有纪律，并且引用《说文解字》"纪者，丝别也；律者，别纪也"。着实吓我一跳，我才知道世上有《说文》这本字典，算是先生教会我说话要引经据典的滥觞。

一年级第一学期，日子既快又慢，快的是稀里糊涂就过去了，既不知道怎么听课，也不知道怎么读书；慢的是天天想家，希望寒假早点到来。当时大学本科生毕业，甘肃的月工资是 54.08 元，所以老师们总是批评我们，不好好读书，整天想的一毕业就拿"5408"，而且我也确实是那么想的，当时的民办教师一月工资大概是 8 元钱哪。我觉得本班同学，个个都比我强，加上我穿着旧棉袄，吃着便宜菜，连块手表也没有，所以非常自卑，将来混到毕业，回到漳县，在一中当名历史老师，娶房妻子，生三个儿子，不是挺拉风牛气的吗？

挨到期末考试，未曾想王震亚老师的《中国古代史》，我竟然考了 88 分，是全班最高。我们当时用的是十院校合编、福建人民出版社出版的《中国古代史》上中下三册。有次我在图书馆翻书，发现王老师用的是一本单册的《秦汉史》，编者是谁我已经忘记了，我就借了那本书读，这大概是我考分最高的主因。

这个 88 分给了我极大的刺激和鼓励，更增添了我无尽的自信心，我突然觉得我真的可以，我有能力学好，也有能力当个好学生，有了这份自信，从此学习成绩就真的在班上一直名列前茅。我离开师大后，只要回到母校，我一定到土老师家拜望，和先生聊聊天。王老师已经驾鹤仙去，我从来没有告诉他我因什么原因总去看望他，他无意中给的这个 88 分，成了在我大学努力学习的原动力！

令人艳羡的课程表

我永远怀念 80 年代初期的社会风气，昂扬向上，朝气蓬勃，举国振奋，欣欣向荣。大学有着浓厚的学习氛围，学生关心国家大事，学术自由，思想开放，各种中外思潮，异常活跃，彼伏此起，精彩纷呈。师生重视专业课程，评骘研核，你追我赶，真是一个激越澎湃血脉偾张的时代。母校虽远僻西北，但学术风气与环境，并不落后于其他大学。

"西北师范学院"改成"大学",不知是二年级还是三年级的事情。当时母校如历史、中文、哲学、教育、化学、物理、数学等系,均有一批国家级的教授与学者。教育系的李教授秉德先生,是我们的老校长,先生在新中国成立前就已负盛名,有"南陶北李"之说("南陶"即陶行知先生)。改革开放后恢复博士学位,教育系一度是甘肃唯一的人文社科博士学位授予点。老校长离休后,鹤发童颜,身体硬朗,经常在东操场一角的门球场,和一群老先生们打门球。晚年隐居北京,先生大归之后,我曾偕魏明孔兄等奔往八宝山,送老校长一程,以示我们心中对先生的无限敬意与感恩。

就中文、历史两系而言,如中文系彭铎、郑文、匡扶、郭晋稀、李鼎文等老教授,以及吴福熙、张文熊、支克坚、孙克恒、霍旭东、蹇长春、胡大浚、赵逵夫、侯兰笙等先生,可谓老壮青年,师资雄厚。历史系研究中国史的金宝祥、王俊杰、龚泽铣、陈守忠、业师李庆善、牛得权、路志霄、吴廷桢、郭厚安、宋仲福、赵吉惠、潘策、王震亚、丁焕章、赵向群、李清凌等先生,专治世界史的吴英贵、张绍卿、马英昌、张培德、洪聚堂、丘少伟、水天长等先生,或老当益壮,或年富力强,齐聚一堂,共襄盛举。我辈有福,在诸先生熏沐之下,耳提面命,左采右获,蒙荫得庇,学养日增,春华秋实,渐次成人。

在我四年所学课程中,如教育学、心理学、哲学、政治经济学等课程,因为是外院系的课程,已经记不得是哪些先生们教了,但本系老师的课程,我记得相当清楚,试列之如下:

中国古代史:王震亚、赵向群、潘策、郭厚安诸先生

中国近代史：吴廷桢、丁焕章先生

中国现代史：徐世华、任效中先生

世界古代史：吴英贵先生

世界中古史：张绍卿先生

世界近代史：马英昌先生

世界现代史：张培德、洪聚堂先生

大学语文：牛得权先生

中国历史文选：路志霄先生

魏晋南北朝史研究：王俊杰先生

唐史研究：金宝祥先生

宋史专题研究：陈守忠先生

文献学概要：业师李庆善先生

史学概论：李清凌先生

十一届三中全会以来决议研究：宋仲福先生

目录学：周丕显先生（甘肃省图书馆）

考古学：薛英群先生（甘肃省博物馆）

国际关系史：张培德先生

这份课程教授名单，在今天的西北师大历史系同学来看，可以用"惊艳"来形容了，这也是我从来不后悔我本科上了西北师大而不是北大的原因。这批老中青相结合而实力雄厚的师资队伍，放在当时全国范围内，虽然不能和北大历史系相比，但也处在全国的中上水平，而老辈的先生们，更是处在一流甚至超一流的地位。

最好玩儿的是外语，据说学校公共外语在排到历史系的时候，英语教师排不开了，所以我们班学的是日语，这对我来说反而是大大的好事儿，因为我高考英语只考了 29.5 分，恨透了英国拼音，这一改换门庭，给了我从头学好外语的机会。我们的日语教师是年轻的武国珺先生，她满脸羞涩，认真负责，课余只是读书，无他爱好，每天晚上宿舍关灯后，她就在水房昏暗的灯下读书，吃饭唯煮挂面，学生中有诸多她刻苦励学的传说，后来她去日本留学，归国后在北京邮电大学工作，现已安享幸福的退休生活。

风格独具的先生们

历史系的教授们，上课神采各异，别具风格。中国史课程，王震亚先生讲课，激情有力，板书漂亮，交代清楚，绘声绘色。赵向群先生思维敏捷，异见迭出，言必称我师王仲荦教授，他当时刚从山东大学进修而来，故有如此之说，复好臧否人物，睥睨余子。潘策先生、郭厚安先生皆讲四川话，潘师谦谦君子，微笑之中，古贤面目复见于今日。郭先生极有派头，授课有条不紊，多出新意，板书略有草意，偶尔不大认识，期末考试他出了个名词解释"三不足"，许多同学都认成了"三不畏""三不是"等，就胡编乱造，不知所云，实际是王安石的"天变不足畏，祖宗不足法，人言不足恤"也。

吴廷桢先生上课，不怎么看教案，边思考边讲，有时绕了道儿，过会儿又转回来了，意趣顿生；丁焕章先生最为好玩儿，眯缝着眼睛，激情之处哈喇子直流，讲"虎门销烟"，他特别强调是"销烟"而不是"烧烟"。有一次我在路中碰上丁先生，他说正在烦恼，原来系里分配了一台彩电券，被先生抽到，他正发愁没钱购买。宋仲福先生，个小敦实，永远剔个寸头，讲课四川话像连珠炮，他思维缜密，极有创见，如对抗战时期国民党正面战场的肯定，对党的十一届三中全会以来决议深入独到的分析研究等，在当时全国也是开先河的。宋老师的党史与现代史研究水平，远胜全中国绝大部分的同行博导，而先生竟以副教授终矣！徐世华先生非常斯文，声音不大，效果颇佳。任效中先生坐在讲台上，一手端大茶杯，一手掐烟卷儿，大方脑袋往讲台上一搁，慢慢吞吞，就是一尊弥勒佛。

世界史课程，吴英贵、张绍卿、马英昌先生，都是一口东北腔。吴先生脸上永远堆着笑容，就像观音一样，板书浑圆有力，授课简洁明净，最让我们感佩的是先生画一手好地图，他的意大利靴子和地中海，一笔勾成，如同刻模，我们百学不像。张先生授课，不疾不徐，清晰有度。马先生富态威严，令人胆慑，他手中拿两副眼镜，换来换去，不时盯着听众，看到谁没有记笔记，就狠扫一眼，用手一指，大家赶紧做出认真记的样子，两节课下来，手酸腰痛，叫苦不迭。洪聚堂先生一手拿教案，一手撮指挥来舞去，先生在家做饭，经常指尖缝里，都是面粉。张培德先生声音尖厉远扬，浑厚有力，高低顿挫，气势不凡，先生讲到高兴处，满脸赤红冒汗，手势夸张。我学张先生的话，可算一绝，比如他说"苏联先进的核弹头，可以同时打三个方向，能升能降，遇着山了上去了，遇着水了下去了"，那简直是一绝。有次先生课间休息晚了几分钟，我们在下面嘘声四起，竟然把老先生气哭在台上，当晚我们到先生家去道歉，师母笑盈盈地用兰州话说：我跟老张说了，你跟一帮娃娃子生的啥气嘛！先生在旁羞羞地说：我也不是不休息，就是稍晚点儿，我对你们班最有感情了。哈哈！可爱的先生和宽容的师母！

老教授中，金宝祥先生威严无比，我们轻易不敢吭气儿，先生挂根枴杖，双手按扶，闭目开讲，他根本不管你听众有无反应，进入自己的世界，徐徐道来，时而摇头，时而赞叹，时而思考，时而停顿，浙江话三句能听懂半句，已然不错。我曾有幸在先生家捧赏他读过的《资本论》《小逻辑》，上面密密麻麻有先生的圈点和批语，或蓝笔，或红笔，诸如"妙""甚妙""不通""不懂""还是不懂"等，前辈读书之用力，岂是我等可及于万一。先生讲隋唐史，其理论水平与见解之深刻，堪称大家，举国之内，匹敌者寥寥无几。先生虽北大毕业，但他常对北大史学风格，颇有微词矣。

王俊杰先生，高个清癯，银发雪亮，道骨仙风，一生治学，重点在魏晋南北朝与清史，晚年不太讲课，偶尔开讲弘法，河南普通话，斯文至极。先生经常在理科楼前转盘处，转旋升降，健身漫步。公子三北先生，承其家学，又入金先生门下，治魏晋隋唐史，一度为历史系掌门，发型飘逸，属偶像级教授。

陈守忠先生是老革命了，一口通渭普通话，上宋史专题课，我负责给先生挂地图，经常挂错，惹他责训，但先生非常喜欢我，不叫我学习委员，而是称"学习班长"。先生一生练武，打拳不辍，清瘦健朗，走路极快，说话坚实铿锵，动作孔武有力，讲到长城内外，河套上下，如数家珍，汩汩而出。他老人家考试出了道"五鬼六贼"，将我们全班吓晕。我们读研期间，他有次来宿舍看其弟子朱红亮、赵忠祥，下午3点我们还在懒睡，我一开门，先生看到我们在和周公开研讨会，竟然像做了错事，退出门外，连声说"休息，休息，好好休息"，缓步下楼而去，把两个弟子羞到姥姥家去了。老辈先生中，今陈先生人瑞仅存，去年我和刘进宝学兄，曾到先生府上拜谒，九十五岁高龄的先生，思路清晰，语音敏速，敬祝先生健康无疆！

牛得权先生书法极佳，写字之前，先要练功，通体活动开了才写，有一套不乱的程序，颇具喜感。先生上"大学语文"课，清脸瘦削，筋骨外露，说话转身，都是慢镜头，嘴中叼烟，边咳边讲，一口兰州话，温和有味，先生说对于汉字造字的结构与来历，有的有道理，有的没道理，那么怎么办呢？先生抬头看着我们说："娃娃们！我教给你们口诀：'没意思，没道理，记不住，死记下。'"这十二个字先生用兰州话读起来，真是韵协律动，妙趣天然，我现在经常还把这"十二字真诀"，用兰州话授给我的学生们。

路志霄先生上课，通渭话声音极小，懦懦慑慑，自说自话，我们经常不知道他在说些什么，他也不管我们在做些什么。先生质实简朴，温厚寡言，课程实在是不大中听，也很少写现代人写的所谓论文，但先生为陇上著名诗人，古今诸体皆具，长篇铺叙，大气磅礴，直抒胸臆。人们常说文如其人，但先生的诗风，完全和本人外形不符，诗传日本，为东瀛诗家所赏。记得有同学写了首《感冒》近体，请先生指点，先生极为不屑地说：感冒有什么好写的！

业师李庆善先生，为我们授"文献学概要"，先生穿天蓝色中山装，整齐干练，关发灰白，梳理整齐，有道家风骨。当时先生已有轻度气喘，河北普通话，笑语温温，嗓音浑厚，极富磁力。讲义清整干脆，绝无半句衍羡。课间休息时，先生坐在讲台前吸烟，也不打话，乐呵呵地看着同学。我当时已经推荐入先生门下读硕士，但我不大愿意，所以先生的课上，我都是尽量回避与先生接触，小子轻狂，恬不知耻，此中故事，我已写过纪念先生的

学校特意按照旧文科楼的原样重建了楼前部分旧貌，
其实我认为拆后重建新楼才是最好的纪念

《大音稀声》一文，在此不表了。

其他授课教授，如周丕显先生是从甘肃省图书馆请来，讲授"目录学"，七略隋志，娓娓而谈，如数家珍。先生晚年得子，培植不易，故每次见到我都殷殷嘱咐，要早结婚早生孩子。薛英群先生从甘肃省博物馆聘来讲"考古学"，石器文化，居延简牍，史料精熟，信手拈来。中青年教师中，如赵茨先生授中国"历史文选"课，释词清楚，不涉芜杂。李清凌先生上"史学概论"，动辄背诵《大学》"天下为公"等篇，如珠玉泻地，委实让我们咋舌感佩。李积顺老师刚从武大毕业而来，谦和帅气，一表人才，讲课气势充沛，酣畅淋漓。其他先生如水天长、侯丕勋、徐孝德、王三北、刘建丽等先生，因我无缘选他们的课程，也就不敢妄议了。

我们当时受到的历史学课程教育，可以说是专业系统，名师云集，先生们给我们奠定了基础知识和基本理论的扎实功底，为日后的成长，打下了基石，托起了希望，我们永远感念先生们的泽露恩德！

"挨刀的"与"野狐狸"

我自幼身体不大好，初高中阶段，睡了七八年的冷炕，体虚阴湿，常犯胃病。高中时期，常加锻炼，稍有好转。到了大学后，我坚持无论周末，还是刮风下雨，都每日早起出操，长年不断。这其中还有一个重要原因，就是冬天早上五六点钟，暖气冷热置换之时，我的胃就胀得像铜鼓，爬起来操场跑上几圈，就运转正常，一切安好。所以，其实不是我勤快，也不是我有恒心，而是不起来胃胀得难受也。

因此之故，我的胃或胀或疼，是长年分内之事，了不为意。二年级夏日的某个周末，突然疼得缩成一团，汗珠如雨，痛如刀割，几个兄弟用自行车将我驮往校医院，只有一个急诊的女大夫，一大堆人在排队，我疼得要死不活，他们出主意让我使劲儿喊，于是我就连叫带喊，终于把大夫给喊过来，揉揉压压，说可能是阑尾炎，火速转到学校对面的兰空医院，化验检查，确诊是阑尾炎，大夫说已经化脓，如不马上手术，命将不测，将我吓了个魂飞天外，不容分说就刮洗剖肚，一番折腾，挨一小刀，此命方无忧也。

第二天大夫查房，我看检查单子上写有"右肺结核灶钙化"，以为自己得了肺结核，又吓了个半死，问大夫怎么回事，大夫也颇为吃惊，说你竟然不知道自己得过肺结核，钙化表示已经好了。我说我从来没查出来过，他说也有这样的情况，身体抵抗力强的人，有时候会得了后自己痊愈。回思往想，一年级时总觉全身乏力，原来是得肺结核了！

第二天，兰空医院放露天电影《高山下的花环》，我和另一个空军战士，互相扶助，从病房溜出去看电影，电影是反映对越自卫反击战的，有些镜头非常可乐，我一笑差点把术后的刀口给挣破，疼得差点儿背过气去。电影散场，我们俩走两步缓三步，疼得汗珠直落，回去让护士大夫骂了个狗粪猪食，现在想来还有些后怕哩。

我来自山里，灵魂骨肉都喜欢大山。彼时大学生实习实践活动与文体娱乐活动也非常多，我们班曾爬过白塔山、五泉山、兴隆山，只要登山，我一般不是第一也不会落到第二。记得去兴隆山，下山时有雪路滑，我还给女生搓草绳绑在鞋底，以防滑倒，效果极佳，她们不知，这是农村人常用的方法，没什么可奇怪的。

最好玩的是去西安实习，当时领了一大书包人民币，我们几个人分开带着，当时还没有百元大钞，每人几捆，用腰带扎在腰里，火车上都不敢睡着，总觉周边都是小偷，望着我硬硬的腰里。到了西安，薛英群先生带着我去解放路饺子馆吃珍珠饺，排了老长的队才吃到。他又带我去半坡博物馆请一位老先生给我们讲解，但先生中风，嘴巴竟然完全立起来了，根本无法讲话，是我见到嘴巴中风最夸张的例子，只好罢了。

我们去参观完兵马俑，看了华清池、捉蒋亭（今改名兵谏亭）后，我和巩旭东兄想登骊山，这家伙原是八二级的，因病休了一年，落难在我们班里，他像占便宜似的，把兰州的医院住了个遍，又极不讲究饮食与禁忌，我经常跑到各家医院找他，担心他会挂了，所幸后来终于痊愈。他从西安同学处借了个135式的照相机，我俩也不会照，瞎拍乱摄。我们一口气儿攀到山顶，却发现后面还有山，又跑到那座山顶，发现后面还有山，我们一直想攀到最高的山巅，又腰立绝顶找"一览众山小"的感觉。不知觉间，早已过了约定的上车时间，想反正也赶不上了，估计大家也不会等我们，自己搭车回西安得了，索性就不顾时间，东奔西跑玩了个尽兴，未曾想我们下山出了山门，老远看见李清凌先生急得走来走去，一看到我俩气得跺着脚连喊带叫，这才知道全班人马，散布山下找我们，把李老师差点急出病来，我俩钻进车里，被大家指着鼻子叫骂喊打，蒙着脑袋，不吭一声，从此落了两个相当响亮的外号——"土匪"和"狐狸"。

丰富多彩的课外活动

20 世纪 80 年代初的大学，非常纯净，这种纯净几乎体现在学习、生活、恋爱、娱乐的方方面面。热爱学习的心无旁骛地读书，不爱学习的各玩各的兴趣爱好，就是恋爱中人，也不敢明目张胆地勾肩搭背，卿卿我我，更不用说在十字路口当众拥吻目无他人了，在校园树荫中拉拉手，在黄河边逛逛景，已是浓情蜜意不得了了。我当时有喜欢的女生，也有喜欢我的女生，可惜情商太低，捂在心底，四年晃尽，竟然没有好好恋爱过一场。遗哉憾甚矣！

文科楼的后面有几个水泥板的乒乓球台，下课晚了还占不到。十几个人轮流上台，胜方不下台，先发一个球，如果挑战方胜了，就打一局，如果输了就换人，这样的好处是轮得快，大家都有得打。我们班打得好的是潘诚和杜建军（进修生），其他人水平差不了多少。我因是左撇子，偶尔出其不意，能赢一个球，就可以打一盘过过瘾哪。

记得当时有一部电影叫《女大学生宿舍》，里面有跳集体舞的场面，然后全国就掀起了跳舞热。我班教室在一层，要学习跳舞又怕其他师生知道，就把半截窗户用报纸糊起来，偷偷摸摸地学。我天生左撇子，在小学时代老师教革命舞蹈，大家做锄地的动作，一起手往左撇，我一个人往右撇，被老师开除出革命舞蹈队，受此打击，终身厌恶跳舞，所以我只为大家服务，而从来不进舞场，跳个三步四步，对我来说也的确有难度，常常赶不上点儿。

到了研究生阶段，周末在学生食堂跳舞，等到个把小时后，地上的菜叶被踩出难闻的菜味儿，和着大家的汗味儿，产生一种奇怪的综合味儿。我偶尔混在乐队中吹小号伴奏，一个晚上能挣十元钱，那可是大钱。中间放迪斯科伴奏带，我们休息一下，等从打饭的台子里转出来，长得苗条漂亮的姑娘们，早被色狼们挑走，翩翩起舞，剩下的胖丫头们，根本带不动，所以我们就两个男生互相抱着转上几圈儿。因此啊，女生如果没有好的身材，可千万别去舞会场所，实在是太残忍啦。

我们班文武全才的是王旭东，人帅灵性，嗓音又好，唱歌跳舞，打架子鼓，组织编剧，样样在行。高红和谈振好是舞蹈人才，曾在全校舞台上表演，高兄女势花调，挽着兰花指，他老人家的舞蹈动作，常常是我们讽刺的对象。马克林拉提琴，有模有样，我拉板胡，调子一般，但响亮无比，遇到高兴了，有人吼一嗓子秦腔，也颇为过瘾呢。

我喜好了一辈子体育和音乐，玩过乒乓球、篮球、足球、武术、长跑之类，曾为踢球和打球断了两次鼻梁骨，一次脚骨，差点残废，可竟然连班队队员都不是，真是比窦娥还冤。又学过口琴、板胡、小提琴和小号，也没有一样玩儿得好的。后来加入了学校的管乐队，刚开始发的一把小号，是"文革"武斗中断成三截的，根本就拿不住。后来，我们的领队中文系党鸿枢教授告诉我民院有位老师，曾经拿走师大一把小号，你去把它找来就属于你，我冒着被民院的恶狗咬伤的危险，勇斗狼狗才找来了那把小号。

说起党老师，可是大大有名，他老先生研究台湾文学，但不爱钻研学术，整天和我们乐队一起玩儿。我们每回吹国歌，最后的"5ii"（前进进）高音总是上不去，他经常斥责"年纪轻轻就没气儿了"，我们听了觉得似乎不大对劲儿。他每次见了我，总有新闻，有次很神秘地说：我看英国首相梅杰的嘴唇，最适合吹圆号了。还有一回拉着我在墙角说：我有一位朋友，有三个女儿，个个美如天仙，你去任选一个，哪个都行。有回学校开运动会，我们请来了甘肃省第一把小号张璇（名字不一定正确），他就在我旁边，我们吹国歌到最后飙高音时，我停下故意听他吹，结果他也没上去，让我很是欣慰。后来我吹了几句，向他请教我吹的如何，那哥们想了一会儿，说了一句非常中肯而恰当的评语：你吹得很响！

三年级时，我们做了件令学校和系里领导头痛但自己觉得光彩露脸的事儿。当时流行和外单位联谊，我们和安宁区计量局（不准确）搞联谊，好像去他们那里元旦联欢，我当时还扛着板胡准备"献艺"，未曾想我们两个同学被不知身份的醉鬼给揍了。那时学生动辄示威，我们就找安宁区派出所，找学校领导，要求严惩凶手，我第一次到办公楼书记办公室谈判，威胁如果不严惩肇事者，我们将罢考期末考试，颇感牛气冲天。当时还起草了抗议信和要求惩办凶手的条件等，我还认真地学习了治安条例，明白了什么是"拘留"和"拘役"，后来安宁区公安局政委委员来教室，我当场宣读了我们的条件，把打人者铐上车拉走，我们颇有胜利的感觉，但据说人家出了校门就放了。秀才革命，如此而已。

文科楼的三层，原是图书馆，借书极其复杂，先将借书条交给管理员，他们将书条放在一个小框里，从楼层中间的直道拉上拉下，其他层的工作人员按条子把书拿了，放在框里，再拉到柜台借出，常常是五张条子一本书也借不到，令人七窍冒烟。后来在楼后修了图书馆，那可就气派宽敞多了，等上了研究生，我三年时间，就基本上在教工阅览室度过了。

学校要发展，基建要扩大。就在文科楼南隔马路的空地上，开始建新文科楼，此前靠近南单楼侧有一座小平房，其他地方是荒草，里面既脏又乱，平日人多不敢进入，但我发现绕过平房，有一片相对清净的地儿，我每天早上出操早餐毕，就钻到平房后面背外语单词，那块小地儿成了我的小天地，新文科楼破土动工，小平房拆的时候，我感觉像是我的秘密被人发现并破译了，好长一段时间，极感失落。

新文科楼修建过程中，楼给修歪了，有天来了好多辆车，据说是有关方面来视察，后来又听说通过什么手段，给扶正了。于是文科楼变成了旧文科楼，一二层左侧都归了历史系，右侧仍是中文系。我原本是想到大学写小说入中文系的，和所有中文系的同学一样有大大的"作家梦"，但因为高考作文写砸了，就上了历史系。奇怪的是，我在母校四年期间，竟然丝毫没有到中文系看看的想法，也没有羡慕中文系的同学，而是被历史系活活地套牢；更没想到的是，我晃晃悠悠在十年之后，又进了北大中文系，而且成为一名中文系教师，在课堂上哄孩子们玩儿。尤其没想到的是，我参与语文高考与中学语文教学多年，到处给孩子们讲如何写作文，自己却实际是一个高考作文的失败者。世事如梦，真有庄生蝴蝶之感！

狂傲无知的保研故事

转眼之间，就到了四年级，要写学位论文了。我当时对魏晋南北朝史兴味浓甚，山东大学王仲荦先生的《魏晋南北朝史》两册，都被我翻烂了。

我选来选去，选了《试论北魏孝文帝的迁都与南伐》作为论文题目。学术界认为，正是孝文帝从平城迁都洛阳，导致拓跋贵族汉化，腐败滋生，很快衰微不振。同时学界还以为孝文帝南伐不成功，是因为他在南齐皇帝驾崩后，不愿乘人之危，如宋襄公之愚。我通过阅读大量史料后，觉得这些观点都不足以说服我，孝文帝迁都是必然的结果，北魏的衰亡并不是迁都导致的，而是另有其因。又当时南伐撤兵，并不是孝文帝学宋襄公，而是实力不济军需不备，不得不罢兵。至今思之，我的文章还是颇有道理的，应该发表才好。可惜当时没有电脑，论文都是手抄，我曾抄了一份带到北京，但多次搬家，早已遗落无存。

历史系在分配论文指导教师时，指定李宝通老师为我的导师，李老师为金宝祥先生得意弟子，青年才俊，意气风发，指示点拨，言简意赅。他好像新婚未久，在夫人单位有一间宿舍，夫人叫老师"哥哥"，我们感觉很新奇，他家有一台大彩电，当时八六版《红楼梦》正在热播，陈晓旭等一帮大观园的姑娘们，惹闹得我们神魂颠倒，每晚连续剧播放之时，我们就正好去找李老师指导，

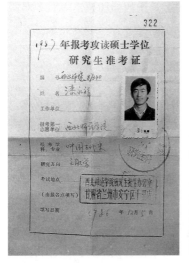

硕士研究生准考证与入学通知书

老师两口子都明白我们的来意，大家喝着茶水，嗑着瓜子，高高兴兴看完了电视，再谈论文，真可谓学习娱乐两不误也。

1987 年我们毕业时，分配体制已经改革，正处于国家包分配和自己找工作的过渡阶段。师大的毕业生，基本上都要到中学工作，我们班有四个调干名额，是在公检法系统工作，我的成绩是全班最好的，如果我提出调干，应该能争到一个名额，但考虑到我性格卞急，脾气不好，又滴酒不沾，不好刀枪棍棒，显然不适合做公检法系统的工作，也就没有提出调干的要求，放弃了一个好的工作机会。

那年好像是研究生推荐保送试行开始的第二个年头，我班有两个名额，经过全班民主投票和系里考察，推荐了谈振好和我两人，我当时正在努力复习，准备报考山大王仲荦先生的魏晋南北朝史专业，但不可能既报考外校，又占着本系的名额，如何取舍，非常纠结，后来打算一意孤行，报考山大，真所谓胆大不知天高矣。

李清凌先生当时是历史系党总支书记，先生平时对我的学习与生活关照有加，有一天他找到我宿舍，关切地训示说："小伙子！你很有勇气，我很欣赏。但你想一想，如果你考上了山东大学，很潇洒就走了。但山大是全国名校，王仲荦先生是顶尖的名教授，万一你考不上，我们可不能等你，你把本校的保研名额丢了，可就只能再找工作了。你好好考虑，再给系里一个答复，既不要意气用事，也不要瞻前顾后，考虑好了就按自己的决定做，坚定地向前走。"我考虑了两天后，还是自信心不足，就放弃了报考山大的打算，经过外语考试过关后，成了母校历史系的一名硕士研究生。

因为留校继续读书，也就没有了找工作的忧虑，也不用搬家，很是洒脱。随着毕业季的到来，校园中充斥着淡淡的忧愁与别离的伤感，铁打的营盘流水的兵，四年的兄弟姐妹，一朝分别，真是悲喜参半。大家通宵达旦，吃喝闹腾，食堂聚餐，还将餐厅桌椅灯具给砸了。我因无事，就一趟一趟地送同学到火车站和汽车站，据说兰州大学的毕业生在车站分别时，男女同学会拥抱痛哭，不忍别去，这在当时是很罕见的现象。我和谈振好送同学到火车站，笛声一起，我说赶快拥抱拥抱，没想到那姑娘痴痴地光是傻笑，男生也不好意思，就这样遗憾地上车离去了。等把最后一个去往黑龙江读研的刘勇强送走，我已经身无分文了。

我的本科生涯，就这样在既热闹非凡，又平淡无奇中度过。毕业后又读了三年的研究生，然后留系任教三年，复负笈北上，在北大求学。从1983年到1993年，我在师大待了整整十年，刚好是我从十八岁到二十八岁人生最青春最灿烂的十年！

毕业之后，如果回到兰州，总是要到母校转转，看看师长，会会友朋。业师李庆善先生已经鹤归近十年，每次回兰州总去拜望师母，缅怀先师。随着老辈先生们的凋谢与老去，我们也白发驼背，日向老境，淡出母校，终向幻影。

偶尔得空，我也会在校园里漫无目标地逛逛，原来的宿舍区，已经拆翻改造，早已失去了往日模样。办公楼、文科楼已经成为危楼，墙裂楼颓，门圻窗破，蛛网残败，惹人落泪。今文科楼即将拆除，我想办公楼、理科楼的拆建，也是不久的将来，也就是说我们当年在校时的主体建筑，很快都将化为灰尘，随风而去。

但无论如何，母校将永远矗立在黄河北岸，凤仪凰来，绘文焕彩，文质彬彬，师生融融，是我们永远的母校！而隐耀在文科楼里的师长深情和母校恩泽，已经化为我们的骨血，永不分离，永葆青春！

筒子楼杂忆

——我的蜗居生活

　　"筒子楼"这个词，大概将要慢慢变成历史名词。筒子楼带给我的感受，就是喜乐忧愁，各占其半。于今思之，则忧愁已然消散无踪，而喜乐却日兹而弥漫，历久而长新。

何谓筒子楼

　　何谓筒子楼？筒子楼者，双面单间、门户相对、过道如筒子大小的板楼之谓也。我甚至认为，单面楼都不算，一定要双面楼才算是标准的筒子楼，也才具有以下所言各种"筒子"的表征与功能。

　　窃以为筒子楼有五大特色：

　　一是昏花灰暗。我的印象中，极少看到有堂皇明亮的筒子楼，总是脏污断阶的楼梯，昏暗甚至漆黑的楼道，即使偶尔亮几盏顶灯，也是淡如昏雾，几近于无光。

　　二是杂物叠置。各家各户的锅碗瓢盆以及诸多家当，都是摆在楼道里，灯光昏暗，触物莫辨，行在中间，如机关暗藏，处处险情，然最可称奇的就是这里的饮食男女们，却可以自如灵活地穿梭其间，视如无物。

三是百味杂陈。楼道里充斥着油烟、煤气、香水、茅厕以及各种说不清楚的杂味儿。如果是在午间或晚饭时，则家家门口，炉火高蹿，刀剁锤砸，烹煮煎炒，锅铲翻飞，这时便千香万辣，竖飘横移，沁心呛鼻。

四是充满温情。这里的邻居们，因为有一半生活区域在楼道，所以大家不可避免地要接触，新老住户很快就会熟识，尤其是在做饭的时候，或者大嗓门，或者轻曼语，大家总是聊得热火。遇上谁家孩子感冒，谁家老人来了，或者出个事儿故儿的，大家还可以互相关照，互通有无。

五是蟊贼公行。凡住过筒子楼的，几乎没有哪家没有丢过东西的，从家电、煤气罐、衣服、米袋、锅碗等，小到一块香皂甚至一块破抹布，都为可偷的奇货。蟊贼似乎具有电子眼的功能，因为他能在最短时间内，知道你刚买了块新香皂，中午刚打开包装纸，尚未用过就不翼而飞了。有时候一家忍不住，骂几句粗口，周围便会起一片随喜声，同时通报各自丢的物什，比比损失大小，苦中作乐一番。

在西北师大：流浪借居筒子楼

我自己的筒子楼生活，比起长期蜗居数十年筒子楼的前辈来说，无甚可谈，但也还有些说道的话题。

上高中的时候，我与房东舅爷垒了一间小土屋，不足五平方米，就是当时个头才一米六又骨瘦如柴的我，也在里面很难打转身，但我仍在里面蜷缩了五年，虽然冬不遮风，夏不挡雨，但却养成了"独居"的习惯，最不喜与人"同居"。但上了大学，先是八个毛头小子住一间宿舍，后来是六个，再后来四个，留校任教时为两人一间。从发展的前景看，势头喜人，似乎马上就要一个人住一间屋了，但在那个时代，这却是一件天大的难事。因为只有结婚的同事，校方才能赐给一间屋子，我是钻石牌的，根本就没有资格。

我当时那些住筒子楼的朋友们，谁家的屋子空着，凡出国的、外地读书的、城里有房的屋主，都愿意找个熟人帮着看房子，以免遭肤箧之灾。那个年代的人，经济意识不强，房子空着的也不知道出租来赚钱，借房子的也不知道给人家房钱，我借住过的房子，甚至连一分钱的水电费也没有掏过，脸皮硬是比城墙还厚三分。

我在母校西北师大的时候，住过学校有名的南单楼、单三楼、旧校医院平房、学生区的旧家属区等筒子楼，但都是借居。后来学校修了一栋个别有小套间的单面楼，家家户户有个小厨房，分配给已婚的青年教师，当时被称为"鸳鸯楼"，热极一时，我在那栋楼里，也曾经栖身，当然还是借居。

当时古籍所的王锷师兄，因为在城里有房，所以他在南单楼的一间房，就成了朋友们的"眼中钉"，我借他房子住的时候，正是因踢球断了脚的"蒙难"时期，脚坏不能走路，就整天躺在床上发呆，刚好是"一缺三"，所以晚上常常有几个弟兄来打麻将，天冷脚疼，我就包着毯子打牌，好在赢多输少，还不至于把王兄的房子给输掉。王锷兄在那里生了儿子，后来凡是借他房子住过的夫妻，据说都生了儿子，因此他的房子就成了颇具神秘感的阳刚宝地。我在北京数年后，也生了儿子，还有朋友说这根基啦，就是在那间屋子栽的。

世上最无聊的，莫过一个人住又一个人做饭吃了，我当时经常在路口堵和我一样的光棍儿一起做饭吃，我手艺本就极差，有时做了请人家吃，还落得个太难吃的评价，极是扫兴。所以我也就不怎么做饭，硕士期间的同学离开兰州时，留下七八个不同类型的饭盒饭碗，于是我就一天用两个在学校食堂买饭吃，一周洗两次，最合我懒人的习性。

有次拎着饭盆到食堂门口，碰到本系的一位仁兄，他说家里正在炖排骨，请我去品尝，他家嫂夫人炖了一锅猪排，竟然被啃个精光，为了照顾好我这个饕餮，嫂子都没怎么吃。第二天上午，我仍打着饱嗝晃到系里，见我的人都大吃一惊，说昨晚那位仁兄和儿子食物中毒去了医院，一大早他夫人风火颠倒地来办公室说赶快找小漆，他吃得最多，是不是这人已经没了。那时没电话，大伙正着急找人的当口，我竟然天全浑然地出现了，大家像是遇到了鬼，从此我就落了个"铁肚"之名，说那小子是百毒不侵的。我在师大期间，在朋友们家吃白食，不知多少次，此不过极端之一例而已，于今想来，仍感念不已。

我到北京上学后大概第二年，师大也在南单楼给了我一间屋子，但是因为我已经决意要离开，所以好不容易到手的屋子，对我来说仍是借居的感觉。等我离开的时候，那座小楼也很快被推平，盖起了漂亮的家属楼。

舒心惬意的筒子楼生活：北大南门 27 楼

1996 年秋，我经过一番艰苦而不卓绝的折腾，终于留在了北大。当时新教员一般都住在南门附近的那几幢旧筒子楼里。因为我是定向委培生改派留校的，所以要等教育部改派完毕，才能正式报到，当时没有工作证、身份证，粮户关系无处落脚，身份不明，被大家戏称为"三无"人员，校方总务处房管科觉得像我这样的人，万一给了房子人又进不来将来赖着不还，岂不麻烦，后来好说歹说缴了押金，才暂时在27楼借我一间屋子，才算是栖身有地了。我当时教香港来的短训班，有同学写作文说"进入南门，两边有一些快倒的破烂大屋"，我说我就是那些"破烂大屋"的住户，不知为何同学们不露惊异，反而是一片钦羡之色！

27楼的那间房子，伴随我在北大度过了一段最舒心惬意的光景。房间不足十平方米，一张双人床，一个衣柜，一张电脑桌，便占据了所有空间，虽然简单却不失安宁。第二年，妻子也经过千难万险，终于到了北京工作，两个人都领薪了，便陡觉银子多得不行，就天天请人吃饭，楼道里总是我家在叮里哐啷地做饭，假若哪天不请客，对门数学系的哥们儿就会奇怪地问：今天你家怎么没人来吃饭呢？

那时一起留校住前后几个楼的，有中文系的孔庆东、历史系的黄春高、哲学系的周学农、数学系的王福正等一彪人马。因为我们读博士期间住在四院，所以别人称我们为"和尚"，我们称自己为"院士"。"院士"们经常打扑克牌，"手扶拖拉机"开得热火朝天，这一伟大传统在工作后，也得以继续发扬光大。先是在学农家中，他夫人每天笑盈盈地为我们端饭添茶，众人杀得天昏地暗。后来他们的宝贝女儿降生，据点就转到了我家，偶尔有外地进京的原四院"拖拉机手"，就开一个通宵以示隆重欢迎。那些可怜的家伙，输得糊里糊涂大清早红肿着眼睛就直接上车了，好在还没听说过往南边走的坐到哈尔滨去的。

筒子楼最大的不便，是在过道做饭，菜刀米盐常常被偷。甚至有一次我怎么也找不到洗锅的抹布，到水房一看，原来被人顺手擦完皮鞋，扔在水房的地上，这时候你的气儿就会直冲脑门。一块抹布不算什么，可被人用来擦鞋，让我感到深深的愤郁与无奈。于是我也隔三岔五、一趟又一趟地跑房管处，希望换房，有次房管处领导问我有没有孩子，我说没有，领导黑着脸正色道："没有孩子你急什么急？"孩子不是一天两天能有的，所以我很是垂头丧气。有次碰到中文系的杨荣祥老哥，也苦着脸在跑房子，他夫人孩子进京了，急需像样点儿的屋子，我赶快给他通风报信，说你要特别强调你的困难，你有孩子，他依计而行，结果没想到领导说："这算什么困难，结了婚的，谁家没个孩子？"

热门非凡百鸣室：中关村 25 楼

过了两年多，我终于从校内搬到了中关村。说起来，这次得到两间屋子，纯属偶然。

有天晚上，我在楼道里做饭，看到有人敲楼道口春高兄的门，就随口问了一句："您找春高有事吗？"找人的是位老太太，说她刚旅游回来，有两大包东西，想请春高帮忙给送到家里去，我说这点儿小忙我也可以帮，就帮老人将两件行李送到了承泽园家中，老人极其热情，请我喝茶聊天，其间聊到我的住房不能落户口。老人主动说她跟一位副校长很熟络，她出面请校长帮忙。

我依老人之计，又递了报告，没过几日，还真管事儿，主管校长批了，然后又七转八拐地经过几道衙门签注意见，最后到了房管那里，这样我终于搬到了中关村科学院 25 号楼。虽然仍是筒子楼，但由一间屋子，扩大到了两间，且有公用厨房，当时幸福感从心中往外溢流，有进了天堂般的美妙。因为一点小小的善举，因缘得到两间屋子，可见在人世间还是要多多行善的！

我的房子朝南的一间，窗下正好是 320 路车站，那正是客运小公共车盛行的年代。每天早上从六点钟开始，到晚上十二点前后，日复一日地重复"320—人大—白石桥—木樨地—西客站—走啦"的吼声，呼喝者有男有女，有高清浏亮如小号者，有腔润浑厚似圆号者，有尖厉凄苦像板胡者，有嘶哑断续如沙锤者。没过多久，马路被剖，千军万马会战，开始修建四环路，大型挖掘机巨大的钻头震动，有摇滚乐中的重金属铿锵震颤心肝的效果，我的书架玻璃，也有节奏地配合发出吧吧嗒嗒的声音，犹如密集的鼓点。上下班时间，马路上车辆堵塞，各色喇叭，此起彼伏，刺耳竞鸣，像初学者在吹奏黑管。这些声音，响彻在我的房间里，再加上屋子里的电视声，孩子叫声，真如同是管弦乐团大合奏，所以我当时称我的书屋为"百鸣室"者，即因此也。又因为线路老化，带不动空调，每到夏日，顶楼西晒，屋子里总是在 40 度以上，如同桑拿，我经常光着膀子挥汗如雨地读书写字。但那时气力之雄壮，精神之强健，堪比牦牛，我的好多拙劣文字，就是在"百鸣室"里拼凑出来的。

在中关村住了三年多，中间经历了 2003 年"非典"的考验，而且与邻居打了一场不大不小的架之后。在盛夏酷暑之日，我搬到了京郊西二旗的新家，终于有了像样的套房，有了一间真正的书房，也正式结束了住筒子楼的历史。

然而颇具讽刺意味的是，虽然从此有了好的住房条件，整齐的书架，宽大的书桌，舒适的座椅，终于像过去电影里演的教授的书房了，可我似乎也失去了很多的乐趣，整日孤单寂寥地坐在生冰的案头，脑袋发木，两眼呆滞，笔墨干涩，思维枯竭，黄面对墙，形同楚囚。偶尔想到筒子楼昏暗的灯光，杂乱的过道，那些荡在鼻间口中的各色味道，以及渊睦弥漫的人情味儿，总有一种身在世外的感觉。住房改善，换得了宁静与安逸，但那些浓郁的生活味和温暖的人情味儿，却如浮云刍狗，消散无踪。有时想想，这得之与失，还真是难说哪！

下篇

我的火盆爷爷

漆大娃是我爷爷的名讳。爷爷属鸡，出生在民国十年（1921），他是家中独子，所以祖爷爷给他起了这个可以说没有名字的名字，农村人给娃儿起名，或者就大娃、二娃、三娃……，或者就大哥、二哥、三哥……，各村各庄，都有无数这样的名字。

一

我家祖祖爷爷兄弟好几个，但从祖爷爷、爷爷、父亲三代都是单传，但因为从老祖宗根儿上就是老大，俗话说"长房出小辈"，到我这辈就比其他同族亲房多出生了两代人，所以我家在同族辈分最小，还没出生的都属我的父辈或者姑姑辈，几乎见了谁都要磕头的份儿。

到祖爷爷持家的时候，和同族兄弟分产，因为力单势薄，原本一个四合院被强分成两家，由我家和同族三太爷家均分，结果就是两家都特别逼仄，我家北边一道短墙，把两家隔开。北边不能建房，所以主房是西房，那座破破烂烂的房子，前后上盖拆换过多次，但主墙和柱子仍是原来的，现在已经超过 60 年的历史，是我们村里最古老的一座房子了。

爷爷尚未成年，就遇上民国十八年（1929）的大饥荒，所幸没有饿死活了下来。他年轻时应该是个大个子，身高至少在一米八左右。爷爷经常给我吹他年轻时是如何风光的，他攒下银子就买地，尽管漆家山的山地不值钱，但阳坡地能种麦子，他有不少好地。他的家业最繁盛的时候，家里有几十塪地、四头牛、六匹骡子。他和他的同伙干的是贩木材、药材和私盐的买卖，漳县的漳盐非常有名，不仅是井盐，而且质量高，当归、党参都是上佳的药材。他们向北到过宁夏的中卫，向东南到了陕西汉中、四川中坝，去的时候贩盐或药材，回来的时候贩棺材板儿，而食盐与木材是国家专营，属于禁物，不允许民间私贩的。所以他们白天住店休息，晚上摸黑赶路，爷爷说他力大无比，骡子训练有素，他一个人可以往骡子背上撑上去货物，不用麻烦别人，而骡子在重物上身的时候，还会往人的一侧斜靠，一来人可以借力，二来容易扶到骡子背上，所以他看到村里的年轻人三四个往往给骡子背上掌不上去驮子的时候，就会轻蔑地嘲笑他们。爷爷说最恶劣的是大雪天里，前无人家，后无小店，晚上把骡子拴在树上，棺材板儿几块搭上头斜立着，人钻进里面躲着，外面是鹅毛大雪，然后雪会把人拥起来；还要经常赤脚蹚过冰雪的河水，脚被冻烂扎破，刺骨寒彻。正因为年轻时长期的风侵冰蚀，爷爷的腰很早就如弯弓，脑袋、膝盖和手脚长年发凉，夏日晚上睡觉，他都戴个帽子，炕烧得滚烫，一个火盆更是守在跟前，长年不灭。眼睛视物无睹，但耳朵贼亮，一只小鸡跳到房里，几无声音，但他马上就能警醒，拿着鞭子"走，走"地吓唬着。

爷爷年轻时做过的两件事，对他一生有太大的影响，他一直耿耿于怀，百思不通。一件是他的母亲——我的祖奶奶生病，久治不愈，爷爷毫无能力为母亲治病，突然有人蛊惑，说你加入"一贯道"，老人的病就好了，他就稀里糊涂地加入了，结果老母亲也过世了，但他也没参加过这个组织的任何活动。解放后，因为他加入过"一贯道"，每次"运动"一来，就紧张得要命，生怕自己被五花大绑逮了去。"文革"期间经常会有干部找他训话，要他老实交代与国民党反动派勾结的反革命罪行，他当然交代不出来什么，因为他压根儿不知道这个组织是干了啥妖魔事体的，所以有时还被认为是顽固抗拒。有此黑底和重大嫌疑，每次有大小批斗会，爷爷都极其担惊受怕，他虽然不是站在台上挨打挨批，但时常会被勒令坐在前排，以儆效尤。直到我上大学后，爷爷还交代说：你现在是有文脉的人了，这个"一贯道"很奇怪，国民党反对，共产党也反对，你能不能琢磨调查一下这是个什么坏组织，干了哪些伤天害理的事体。我后来专门查了"一贯道"相关资料，才逐渐弄清了这个组织，如今在台湾仍有活动。

第二件事是当年"社改"时，他的土地、牛马和骡子被折价入了社，他嫌给的价太低，一度不愿意入社，受到严厉训斥警告，后来就有人一直揭发他私心杂念太重，革命觉悟不高，留恋国民党反动统治，对社会主义怀有刻骨仇恨。他告诉我其实当年无论折价多少，最后一分钱也没给，早知道就什么也不说了。

这两顶帽子导致爷爷的性格都发生了变化，我家成分是中农，算不到"地富反坏右"行列中，但爷爷的情况与贫下中农又有区别，所以只要村里的有线广播唱起雄壮的革命歌曲，中央又打倒了哪个反革命集团，或者喊打倒某某人的时候，爷爷就紧张地喊"阿谁又黑了！阿谁又黑了"！他在公开场合都沉默不语，常说"树叶掉下来会把头打破"，公私之事，粮食多分少分，工分多记少记，他能让则让，能忍则忍，顶多也就偶尔发几句牢骚而已。

二

爷爷是哪年哪月娶的奶奶，我已经不知道了。奶奶是离漆家山相对较远的殷家山娶来的，她生了一儿两女，可怜在1955年前后就病逝了，所以我都不知道奶奶长什么样儿。留下爷爷带着父亲和两个姑姑，爷爷的风光时代早已过去，为了不让子女受后妈的欺凌，当时才三十多岁的他终生再未续娶，拉扯三个孩子长大。平素吃喝，就两个女娃子糊弄，反正做熟不生吃也就是了。那时候极少有卖的衣服和鞋袜，都是买来布剪裁缝制，爷爷在买布的时候特意多买一尺两尺的，把多余的送给剪裁或帮忙缝衣的人家，就这人家也不愿意做，他东家进西家出，求奶奶告爷爷的才能给娃儿们穿件新衣服，至于平时的缝缝补补，洗洗涮涮，我都难以想象他们是怎么煎熬过来的。

解放后，漳县黑虎林场收归国有，爷爷的一个朋友在那里当厂长，曾经一度想带他去帮助放牧牲口，因为他多少会给牲口治病，那就意味着当国家工人，可是极好的差事，有工资领的。但爷爷担心他一走，三个孩子会饿死，所以就放弃了。三年困难时期，甘肃在冼恒汉、年继荣极左路线祸害下，漆家山也饿死了不少人。但爷爷带着三个孩子竟然都活了过来。据说父亲有次担着犁铧去耕地，饿得晕倒在路上，被村里人发现搭救回来，那时人都浮肿，一旦晕倒，如果不及时发现，自己起不来就会死人。父亲当时十七八岁，正是能吃的时候，后来被归入救助者吃独灶，一天供应一斤面，吃了一个月，就活蹦乱跳了。这个故事爷爷常给我讲，每次都伸出一根手指，夸张地说："一斤面！一斤面！就能救活了一个人。"

父亲属马，1942年生，农历九月初九生日，我是九月初十，父子相差一天，但父亲大我两轮。父亲小时候出痘疹，没做好预防措施，脸上留下些麻点儿，虽然不严重，但也不好看。他个子不高，年轻时也就一米七不到的样子，沉默寡言，木讷固拙，只有一身使不完的蛮力。因为他不善言谈，又不挑不拣，所以生产队凡降牛试马，有什么苦活重活出死力的，都会派给父亲，父亲的一双手，就像搓板一样粗糙，像是树根树皮，沟壑纵横，根本看不到肉色。不到四十岁的时候，父亲满嘴已经没牙了，一辈子就用牙龈啃食东西。但造化给了他一副好身体，除了曾经摔断腿进了一次医院，他平常从来不吃药不打针，感冒之类扛几天就好，现在七十多岁的人，还种地打柴，牧马放牛，锄地拔草，收割打碾，与年轻时没有区别。

父亲到谈婚论嫁的年龄时，以他的长相与性格，我想爷爷一定不知犯了多少愁，但也可能是命中注定，竟然把母亲给娶来了。母亲娘家在离漆家山最近的任家门，走路快点半个小时就到了。母亲聪慧明理，高挑俏丽，一对长辫子乌黑油亮，也是远近闻名的水灵灵女娃子。我没有问过母亲，她究竟愿不愿嫁给父亲，但我问过外爷，外爷说你爷爷和你大人诚实厚道，门风好，你爷爷只有一个儿子，也用不着分房分产，你妈虽然没有婆婆，但也就不受婆婆的气，嫁过来能做得了主，提得了家。外爷真的很神灵，母亲嫁过来后，就成了家里的主心骨，父亲就是掏死力气干活儿而已。

父亲婚事顺利，儿媳肯下苦又顾家，爷爷颇为安慰。因为从小没有了亲娘，爷爷特别护着他的两个女儿，无论在家还是婚后，都让他操碎了心。大姑姑名唤女娃，1947 年生人，出嫁到了城关公社的赵李山生产队，要从漆家山翻过两座山才能到。赵李山土壤肥沃，生活条件各方面也比漆家山要优越，但不幸姑父家庭成分是地主，不仅经常要受批斗，而且本家兄弟两个也不和，姑父家在破院子里一间房，败落不堪，每当雨淋，院子里就像烂泥场，屋子里也到处漏雨，后来分家另过，在旁边的园子里修了一间小屋子栖身。我小时候经常去姑姑家，又想去又怕去，那时候不知道什么叫难过和忧愁，但每次去心中都特别压抑，许多场景我都忘了，只记得下雨天，我肘在她家土窗台上，看着雨帘饿着肚子发呆，不敢跟姑姑要吃的，因为压根儿没有吃的。

大姑姑生有一男一女，儿子小我一岁，取名如福，憨厚可爱，但耳朵有毛病，听力不好，好像是链霉素打多了造成的。女儿叫如爱，伶俐聪颖，跑来跑去的讨人欢喜。但老天无眼，这一双儿女都长成人了，用爷爷的话说，就是男娃会砍柴，女娃会洗锅了，竟然相继病夭。姑姑遭此打击，几乎断气，爷爷老泪纵横，不知如何安慰女儿。所幸后来姑姑又举二男一女，健康成长，直到改革开放后，姑父家的日子才开始好转，姑父本就勤谨能干，在村中地位也很高，姑姑家的日子开始过得红红火火，爷爷才稍放宽心矣。

二姑姑名叫尕妹，1953 年出生。尕，在西北方言中是小的意思，所以很多娃子名叫尕娃、尕哥、尕妹、尕女等，说尕尕的，就是小小的意思。二姑姑一开始出嫁在本村骆姓人家，但一直不生育，在农村夫妻不能育子，都认为是女性的问题，所以骆家公婆与丈夫，初时抱怨，接着虐待，继以暴打，三天一嚷仗，半月必遭打。两家相离不远，骂声时闻。姑姑被虐后，就来娘家，坐在厅房门蹲儿上痛哭，爷爷吸着水烟，默然无语。在爷爷的心中，一来女儿不生养，理亏在先；二来丈夫是女人所天，命中注定，怎能轻易离婚。爷爷是个旧社会过来的人，"烈女不事二夫"是他的正主张和口头禅。所以就一再姑息女婿，甚至姑姑被拖到大门口，人家在门外喊"就是娶个母猪，也能生一窝猪娃儿，没用的东西，不要了"。在这种极端侮辱下，爷爷也不允许二姑姑离婚。长期被折磨的姑姑，身体极度虚弱，病痛几殆。直到有一次晕倒在炕上，打翻了煤油灯，煤油在炕上燃烧，姑姑的半截胳膊大面积烧伤，如果不是被邻居发现，就可能烧死在家中，爷爷一看不离婚姑姑可能会被折磨致死，所以这才离了婚。

离婚后的二姑姑，还很年轻，上门提亲的人络绎不绝，几乎踏断了门槛，但在那个年月，三十来岁还没有结婚的，基本上都是"地富反坏右"系列的青年男性，爷爷觉得大姑姑嫁给了地主家庭，苦茹黄连，度日如年，尽管漳县城里的成分不好的家庭，都家道殷实，条件极好，但他仍不松口，生怕姑姑再嫁错了人家，可就无活命可逃了。可是，挑来挑去最后仍然选中的是谈家山我后来的二姑父，而且这家也是有名的地主家庭。好在二姑父为人极其诚厚老实，我后来想爷爷大概还是把人本分老实放在了首位，他实在是怕这个命苦的女儿再受遭磨了。二姑姑再嫁后，前后生了两个健硕的儿子，虽然日子清苦，但至少夫妻相敬，不再受骂，不再挨打，不再像牲口一样被拖到我家大门口受折辱了。

我家和两位姑姑家，都不富裕，将将衣食果腹，但亲情却浓如稠蜜，来往频繁，谁家有事，三方参与。改革开放后，土地分到农民家中，日子渐渐有了奔头，三家人也都能吃饱穿暖了。随着爷爷的老去，逢年过节和爷爷生日，两个女儿就领着外孙回来给老父亲拜寿祝福，几个外孙子外孙女更是对外爷亲的不得了，都是爷爷心头肉。爷爷给两位姑姑操的心，比自己家里操的要多得多，尤其是二姑姑，是他生前死后永久的心疼。我工作以后，每次回家他都忘不了嘱咐我，要照顾你两个姑姑，尤其是谈家山姑姑，她的命太苦了！

三

随着我的降生到世上，爷爷的生命就延续到了第三代，我几乎就成了他的一切。之所以如此宝贝我，就是因为在同族中我们家这一支一路单传，到我已经是四世单传了，所以我就是爷爷的天爷和地皇，要什么他就必须给什么。母亲一旦打我，我只要躲在爷爷身后，她就不敢再张狂，但仍然可以骂天骂地；如果是外爷来了，我往两个爷爷中间一钻，母亲不仅不敢打，就是骂也不敢骂了。因为外爷虎起脸来，指着母亲说"咦！看你个样子"，母亲就乖乖地退下，我就万无一失了，所以小时候我巴望着外爷天天来我家哪。

我记事的时候，爷爷已经有点驼背了，我就是在他的驼背上长大的。爷爷对我是极端的宠爱，无论他背着背篓，还是背着麦捆，只要我喊累了不想走了，他就把我架在脖子上，再背上他的背子，我能看到他脖子上露出的青筋和脸上滚落的汗珠。寒冬腊月，他凌晨到生产队的场上碾场，清早回来胡茬子上带着冰霜，他在我脸上亲一下，冰得我打激灵，然后他掖好我的被子，连着声自言自语："我的娃！我的娃！乖乖睡着，太冷了，太冷了。"然后搓着手又走了。有时母亲在院子里喊："快起来！日头都照到柱子上了。"爷爷说："不管他，睡着。乖。"我就睡着不起来，因此我一辈子都懒，早上起不来，这是爷爷给我惯下的毛病。

我从小和爷爷睡一张大炕，他的炕夏天也烧得滚烫，我细皮嫩肉的根本就不能沾炕，一条破被子经常被我连铺带盖，裹着在炕上滚来滚去，这样还经常被席子扎破屁股，有时候就钻进炕边的被褥架子底下，能睡五六个人的通间大炕，我可能一晚上会横竖斜歪地腾挪个遍，爷爷经常被我挤得贴在炕边，就只盖自己的破棉袄，也舍不得让我冻着了。

1972 年，我的弟弟孝福降生。我隐约记得在此之前，母亲还生过一个儿子，两三岁上病夭了，母亲经常在背阴地哭得死去活来，被邻居揽回来。那时每年青黄不接挨饿受饥的总有好几个月，可能是母亲营养跟不上，孝福生下来就瘦弱多病，人家娃子满地跑的时候，他还不怎么能走路，两个屁股侧面窝儿里像是开着一个眼儿，流着淡黄的水儿，总是长合不起。大夫说要打一种叫"维生素 B12"的针剂，到处找买不到。外爷本事大，进城找了大干部，走了后门不知从哪里才买来几盒药，他从怀里小心翼翼地掏出来，母亲接过来又小心翼翼地打开一盒，我一看小玻璃瓶中的药水是红红的颜色，爷爷说也许是老虎的血造的吧，不然怎么这么金贵难得呢。

弟弟就一直弱弱晃晃地长着，爷爷带他出门，看到别家的孩子白白胖胖蹦蹦跳跳的，就羡慕得不得了。家里没什么好吃的，

爷爷的水烟瓶

常半饥不饱，有次祖孙二人在火盆上搭着小铁锅，把生的玉米面放在锅里翻炒，炒熟倒出来，饿急了的弟弟就拿舌头舔了一口，结果把舌头烫坏了，好多天不能吃东西，后来掉了一层皮才好。

弟弟生性就不爱念书，进了学堂就头疼，还跟老师干仗，最喜欢放羊牧马。包产到户，家里分了一头牛，几只羊，他就辍学放羊，从此成了一个大字不识的文盲，和爷爷父母一起，起早贪黑，风里雨里地苦庄稼，打下的粮食磨下的面，换成了钱，都供我上学了。

从我上初中时开始，爷爷就是我的后勤保障，驮柴送面，从不间断。我到了县城念书后，他进城卖柴卖粮，给家中置办家具什物，剩的多多少少几毛钱，全都给了我。那时正是长身体的阶段，我感觉从早到晚只有一个字——"饿"。每次爷爷进城，当我十二点下课回到住处时，一看到院子里拴着马，就知道爷爷来了，我会把他带的一点儿干粮吃个精光，他心疼地在一旁边看边说："我的娃！小心点小心点，小心噎着！"爷爷将褡裢里所余的馍馍渣子嚼上两口，再煮着喝上几盅罐罐茶，然后就赶着牲口回山里了。我到了很多年以后，才突然开窍，想到爷爷二三十里的山路，是怎么空腹饥渴地回家的，我真是一个混账的孙子！

爷爷让我读书识字，最初的动力是认得几个孔夫子的字和洋码子，将来当个生产队的记工员，可以不出死力，坐在树荫底下画"正"字。而我的志向是做公社书记的通讯员，左边挂个军用水壶，右边挎个军用书包，那真是洒脱极了。随着我小学、初中到高中不断升学，加上我是全县有名的所谓"好学生"，爷爷和我的志向也开始膨胀，他希望我高中毕业后，做个小学教员，可以有工资吃公家饭；我呢希望考上陕西渭南师范，上个中专，便是极好的。我经过两次上高中，前后五年的倒腾，未曾想考上了西北师范学院，远远超出了爷爷和我的预期，可是把一家人和戚里邻居高兴坏了，都来道喜，如范进中举似的。

我拿到师大的录取通知书，父亲到处打凑借贷，给我凑了40元，买了一身的新衣鞋袜，我穿戴得像新女婿似的，这对穿惯了补丁脏衣服的我来说，实在是既不自然又不自在。爷爷、外爷、父亲、大姑父送我到县城，他们也搞不清楚大学到底是个什么玩意儿，因为上中学时经常偷白菜玉米棒子，让爷爷操碎了心，所以他在我上了车，还在车下可着劲儿喊："我的娃！饿了就坐着别动，缓一会儿就好些了。千千万万，不要偷不能抢，不能犯国家王法！"

四

1980 年，也是我第一次高中辍学在家务农的一年，这年甘肃农村开始实行大包干，先是漆家山生产队分成三个小组，不到半年就将土地牲口农具等，全部分到各家各户。爷爷和我去本组开会，他对村里的土地太熟悉了，我家的地虽然相对离村子远，但土壤的肥力都不错，也多能种小麦，相当满意了。

家中分到一头牛，三四只羊，和其他两家共用一匹马，弟弟就不念书了，开始放羊。牛马合用，家家都不方便，爷爷不知怎么心血来潮，就要恢复他当年的基业，净想着发家致富。他不顾全家反对，贷了银行的 300 元巨款，自己打凑些钱，加起来买来一匹骒马驹儿，想着长大了可以生骡子，或使或卖，一本万利。那是一匹浅青色的小马驹儿，全身纯净发亮，我每天牵着它，干活时就拴在野地里吃草，收工时就骑着回家，感觉拉风高档极了。

不仅如此，几年之间，爷爷又倒腾牛羊。本来已到耳顺之年的爷爷，如果是公家人已经该退休了，他却精力无限，到处看牛买羊，家里牛羊盛时，有四头牛，百多只羊，但很难再起群了。还养过一头能配种的大牤牛，以图做种牛赚钱。山区陡峭，牛经常发生滚亢的情况，一旦摔滚下山，就只能吃一顿牛肉，卖一张牛皮了。最让爷爷感到没面子的是，他的那匹骒马始终不给力，从买来到后来不幸在草地上被缰绳缠住勒死，养了好多年，都没有生过马驹和骡子。马死那天，我去剥皮，村里人帮忙，将皮剥了回来。马肉大家各自分别拿回家去，低调满足地享用。我家一块马肉也没有带回来，一家人伤心欲绝，既无心思煮肉，更不忍心吃肉，邻居家将煮好的肉端来一大盆，可全家人竟然吃不下去，感觉完全是家中死了一个人一般。就这样，六匹骡子的家业，到爷爷过世都没有达到，这大概是他终身之憾吧。

爷爷的另一个爱好，就是养蜜蜂。人民公社的时候，他就替生产队养蜜蜂，我家院子里每年夏秋间都有二三十盒蜂槽，到农历八月十五中秋节前杀蜜，好的年景能产两大缸蜂蜜，足有上千斤，过节时分给全村家家户户，也由村里派人偷偷地送给公社大队的干部行贿用。我家也混在生产队的蜂槽中间，每年养几盒蜜蜂。春夏之交，是蜜蜂出窝分群的密集期，爷爷经常脑袋上顶个破麻布衣，爬在树上，一手持蜂斗，一手抓把蒿草，嘴上喊着"蜂王进斗，进斗，进斗"，用蒿草怂恿蜜蜂钻进斗中，身上脸上被蛰的处处是伤，好在爷爷的皮肤不怎么过敏，蛰完了也不怎么肿，而我一旦被蛰，就会肿得像是发面馍馍，难受极了。

社员家中私自养蜂，这本来就是属于"资本主义尾巴"，是不合法要割掉的。漆家山人情好，我家从来不得罪亲族邻人，所以也没人告发。爷爷胆小，从来不敢占生产队的便宜，公家和自家的蜜蜂，分得极是清楚。我家的蜂蜜，因为不掺假不兑水，质量非常好，能够长期保存，所以远近闻名，常常不用拿到县城赶集去卖，有人会找上门来买，卖完的钱，马上就转寄到了我手里。

爷爷忙他的喜好，父母也没闲着。除了种自家分的土地外，雨天不能下地，就披着蓑衣去开荒。别人热炕暖火谝传喝茶的时候，我的父母就在野外忙碌，挖草药、烧灰肥、打猪草、平坡地，如果风雨交加不能出门，父亲往往就在厅房廊上，编背篼、扎药材，母亲则缝缝补补，东扫西清，周年四季，无一日之闲暇。在漆家山这样焦苦的山区，也只有这样，才能吃得饱饭穿得上衣，再加上我在外上学，时时需要钱，他们只要换得一些钱，就马上兑汇给我，直到我本科毕业，开始能打工赚钱养活自己，才给了全家人稍作喘息的机会。

我本科毕业，又开始攻读历史文献学专业硕士研究生，爷爷大失所望，他的意愿是我赶快分配到漳县一中，娶妻生子，让他好抱孙子。他弄不懂研究生是个啥劳什子，只是觉得书已经被我读完了，再读那么多有什么用。每次我回家，他就给我数村里谁结婚了，谁生子了，到凌晨我偶尔醒来，还听到他一个人自言自语地在数落哪。

爷爷（右）与外爷

到我后来上了北京，离家越来越远，他越来越管顾不到，就对我逐渐放弃，转而把抱孙子的希望，投向了弟弟。弟弟先是在远山里定了一门亲，父母弟弟赶着牛马，春时耕耘，夏季锄田，秋季收割，冬季劳作，几乎成了那家人的长工，但人家仍然欲壑难填，最后只好两家脸翻皮破，空忙一场。好在上天不亡良善人家，弟弟终于在庄下门村娶来了弟媳，先是生了两个女娃子，全家齐心，必欲生男娃而后快。我回家做动员，说两个女娃子很好，不必要再生了。爷爷说："你婚否未定，将来也只能生一个，如果你再生个女娃子，岂不就断了后了？"母亲鉴于外爷无子而受尽了一生的屈辱，坚定得像《红灯记》里的铁梅，盯着我两眼冒火，斩钉截铁地说："你难道没见过外爷过的日子吗？就是公社、大队的干部把这破房子拆了，牛羊全部牵走，孝福也得生个儿子！"谢天谢地，弟弟和弟媳到处流浪，老三终于生了个儿子，这一家人才安定下来。

到我三十五岁的时候，也终于喜得一子，可把爷爷和父母给高兴坏了。等儿子会走路了，我带着回到老家，那时的爷爷已经看不清楚重孙子的模样了，但过一会儿就摸索着抱在怀里，翘着他的山羊胡子，在四代孙脸上一通猛亲。爷爷感慨地说："当年你大和姑姑小的时候，我觉得这个家就像火苗一闪一闪的，随时都要熄灭了。到你兄弟出生，家里就一直只有五口人，也不旺啊。现在山里八口人，加上你们家三口，共十一口人，在咱漆家山可算是大家口了，真不枉我辛苦一生，死而无憾了！"

2003年的初冬，有天晚上我做了个梦，老家村里下着一场鹅毛大雪，我心惊肉跳，大感不妙。凌晨就接到老家来的电话，爷爷过世了！我又是飞机又是汽车又是走路地赶回家奔丧，但跪在爷爷灵前时，却无心无肺地没怎么哭。父亲给我说："你爷爷稍微有点感冒，早上说他想喝茶，我笼了火烧了水，煮了第一盅茶请他喝的时候，人已经断气了，太快了。"父亲抹了把泪，接着说："要是喝上口茶就好了，临咽气都没喝到一口茶，好在没受床褥之罪，去得干干净净。"我安慰父亲说："爷爷虽然没喝过什么好茶，但全国各地的茶叶，我也给他买的喝过了，这口茶没喝上就没喝上吧，给咱们留点儿念想。"爷爷敛棺前，我看到他的嘴是张着的，大姑姑看了，就又掉泪说："你爷挨了半辈子饿，临了都没合着口，好像还在饿着。"邻居二爷就伸手，把爷爷的嘴使劲儿给合上了。我说："在那一世，他一定能吃得饱喝得足，会享福的。"爷爷可以算得上是无疾而终，这是他前世今生修来的齐天洪福！

五

爷爷一生吃尽了苦，好在到了晚境，儿孙绕膝，衣食无忧，他就是全家的宝贝，老的小的都不敢惹，不敢让他生气。爷爷拄着他的拐杖，守着他的火盆，吃了睡，睡了吃，人来煮茶闲谝，人去半梦半醒，也算是享了老来的福分，沾了和平的荣光。清清白白地来，干干净净地去，勉强算是苦尽而甘来，油尽而灯灭矣。

因为盘过汉中，下过中坝，走过西口，到过宁夏，躲过枪口，坐过火车，历尽战乱，濒死者再，所以在漆家山，爷爷绝对是见过大世面、经过大广经的明通人，在村里有极高的声望。他一生勤勤恳恳，清白处世，从不坑蒙拐骗，阴损他人，也不占别人半点的好处和便宜，吃亏时多，得利时少，公心平允，诚悫待人。而我考上大学，后来又在"太学"工作，虽然不像中央领导、甘肃省省长和漳县县长那样位高权重，有立竿见影之效，但也为他争得不少的荣耀，使他在村里的地位更显得特殊，晚年尤其如此。

爷爷一生，最喜说媒，从年轻时到老，保媒无数，而且成功率高，甚至有的家庭祖孙父子三代，都是爷爷当的媒人。在农村越是谁做媒成功率高，就越会被人高抬重视，一来图个吉利，二来求个保险。我小时候，爷爷经常就扛着个褡裢出出进进，活像《梁秋燕》里的侯下山，但爷爷的规矩是女方父母要忠厚实诚，男方主事的要嘴脚牢靠，这事儿就八九不离十，一旦女方家尤其是母亲是个事儿婆，这事八成就悬了，即便结婚也过不好，所以他便不做。媒人的好处是结婚后，男方会来磕头拜谢，带个三两茶叶或者二片"兰州"水烟以示谢恩。不好处是婚后尤其是最初一两年的磨合期，女方一旦受点委屈，就会到我家抱怨一通，坐在厅房门墩儿上一把鼻涕一把泪地长哭短泣，说爷爷你给我寻了个土匪、驴橛儿、穷光蛋，把人推到了火坑里，我要离婚之类的话。爷爷坐在炕上，煮着茶吸着水烟，等女方说唱一毕，母亲给照顾吃完饭了，爷爷就连哄带骂地带着女娃子回婆家，然后把男方从爹妈到女子的丈夫，骂个狗食猪粪驴死鞍子烂的威胁一番，再煮一罐茶吃顿葱花油饼就掌着得胜鼓归营了。但也有女方不受，男方不忍，双方都抱怨他，不给好脸色，连顿饭也混不上败归大营的时辰。

等到爷爷年纪大了，大家都劝他别再做媒了，没啥好处还总受抱怨吃瓜落儿，但有人求上门来他还是答应得极其痛快，直到他跑不动了就让我父亲代劳，父亲寡言淡语，不能钦动他人，只是做个"身显"人。身显人，当地方言中的意思是人家把什么都做好，自己坐享其成。慢慢父亲年老了，就让能胡说乱谝的弟弟代劳，孝福的保媒成功率也挺高。祖孙三代是村里有名的保媒人，几乎成了世袭的"专业"了。

由于爷爷处事公允，能守中道，所以村里谁家打架吵嚷，分家析产，也常常找他来主持公道。农家无钱无宝，也就几间破房子，一些零零碎碎的家具什物，土地牲口和粮食农具之类，但这也就是农人的宝贝。无论父子析产，还是兄弟分家，爷爷总是忙前忙后，分地分粮，自己觉得无比公允，但所分之家又往往感觉自己一方吃了大亏，吵吵嚷嚷，不得安宁。有一年我回家，刚好邻居父子析产，老两口觉得粮食分少了，找爷爷来闹，爷爷竟然当着人家的面说："就是给你们分的少了点，你们老了饿死就饿死了，那边还有小娃娃，吃不饱耽误长个子，你们真是老不懂事。"活生生把人家给怼回去了。

因为年轻时赶脚，对牲口的习性和毛病也比较了解，牛马驴骡，他能辨认年岁，识其吉凶。生产队到陕西买秦川牛，每次他都跟着去相端，邻居买牛牵马，也都让他给看看是否值价。长期与牛马打交道，爷爷也多少懂点医治牲口的土法子。牛马腹胀发烧，给兑几味草药，或者用锥子在舌头肚皮上乱捅几把，放点儿血，有时还真管用，我家也藏一些藏红花之类的药物，救急时可以用，所以他算是半个盲先生。经常有牛马牵到我家院子，拴在厅房柱子上，一群人牵拉硬拽，给牛扎舌头和腿蹄，牛劲儿太大，扯的柱子抖动，房上直往下掉土，我时时担心会把房子给拖倒了。后来农村慢慢有了兽医，爷爷的眼睛也看不清楚了，他这行粗手艺才不怎么用了。

由于我长年出门在外，让爷爷终年操心，所以他特别同情外出的人，古道热心，用他的话来解释就是看到那些人，就想到出门在外的我，在哪里出差，会不会有人安顿，给热炕睡，给热饭吃，希望积德行善，让好的报应发生在我的身上。闲忙月份，来村里走亲戚的人，如果主家人不在，他都热心地请亲戚来我家喝茶吸烟，缓乏解渴，以待主家人来。凡贩牛收羊的，卖瓜收粮的，讨吃要饭的，甚至不明不白的人，天黑走投无路，他都收留住下。有时回民贩子赶着一群羊，夏月晚上满院子都是羊骚味儿，他也不嫌不弃，人家走时给几毛一块钱的，他就收了；有时分文不给，说几句你孙子在外当大官享大福，他也就满意地放行了。慢慢都形成了习惯，凡外地人到村里做生意的，晚上没地儿住，有人就会指路说，去大学生家，那家老人心肠好，炕大，会收留人。

我小时候，爷爷还有些道上的朋友，像亲戚一样的走动着；后来可能他们都老了，就不怎么往来了。到了晚年，爷爷盘在炕上，整天打着盹儿，出个大门走个村口都困难，但经常和小娃子们逗乐子，回忆着他昔年赶脚时代的高光时刻。

六

最让我难以忘却而倍感温暖的，还是爷爷长年不灭的火盆。

据母亲说她刚嫁过来的时候，我们家就是乱糟糟的，奶奶活着时就是个不怎么收拾家里的人。而在几次挨饿时期，为了糊口，爷爷卖光了能卖的家什儿，厅房西南角的椽子也拆掉了部分，上盖都快要塌了，多年来都未补起，雨天就会漏雨。村里的老房子都先后翻新拆光了，就我们家厅房只换过几次顶盖和檩子，村里人都传说不拆的原因，是爷爷在旧社会做生意，家中藏有"白元"（银子），所以不挖地基，怕露了白元让外人知道，家中就不安宁了。

我也曾经开玩笑地逗爷爷，我说当年家里那么困难，供我上学把一家人都苦死累死了，你怎么不把你的"老根儿"挖出来，是不是将来都要留给老二。爷爷说哪里有白元，能卖的他都卖光了，才将三个娃拉连到了世上。他叹口气儿说，当年凡是惜财舍不得变卖物什的人家，基本都饿死了，所以在人命面前，啥东西都不重要，只要能活下来就好，什么都没有粮食金贵。爷爷常说一句话："掀倒一堵墙，寻不着一颗粮"。青黄不节的时候，有钱也换不到粮食。正因为如此，爷爷一生都舍不得浪费一粒粮，一口饭，路上看到小娃子丢掉的馍馍渣子，他马上捡起来吹一吹放在嘴里，吃完饭就把碗舔得干净如洗，终身如此。

我家北边无法修房，厅房是西房，西房在夏天太阳一照，屋子里就不出烟，爷爷的火盆一起火，满屋都是烟，过年时贴上几张年画，不到半年就熏得快认不出图画来了。数十年的烟熏火燎，四面墙和上盖椽板，漆黑铮亮，远甚油漆刷过，屋子里灰飞烟冒，尘土拂扬，四季如此，周年如常。爷爷不喜欢穿衣，他的衣服也永远是半旧不新，烟灰与污垢，争相焕光，换洗一次，还得跟他打架似的强要，才能脱下来。

在没有外出打工之前的西北农村，刮风下雨和农闲时节，就是农民的假日。村里的公共场所，如学堂院里、腰道里梁上、巷堂口下，这三个地方会自然地聚集村人，吸烟谝传嚼舌根。如果要说私人家里，则我们家是一个集会之所，其他人家也有，但论规模与长年累月的次数，村里只此一家，没有第二。

农村是一个自闭而严密的社会，有亲族势力，有邻里矛盾，闲月无事，大家喜欢走动谝传嚼舌根，当地称"浪门儿"。看起来好像东家进西家出，毫无规律，任性随意，但实际上却有说道。主家不喜打扰的不去，邻里有矛盾的不去，兄弟打过架的不去，爱干净人家不去，去了什么也不给上不了炕挂不住的不去，吃一碗饭要说三年的不去。而我家恰好符合一切"浪门儿"的条件，爷爷的大炕能坐十来个人，吃烟喝茶永远供应，浪到吃饭时节如果愿意可以蹭饭吃，我家与村里人基本没有矛盾，家里乱哄哄的什么人都可以来。当地把这样的人家叫"背本"，背本的意思一是人好本分，不会抱怨，不拘小节；二是经得起嚷踏，雨天院子里踩得像烂泥场也没关系，而耗费的烟茶木柴，更是不计其数。除此以外，这其中关系最大的是爷爷的人缘和他长年不灭的火盆，尤其到冬天炕上如果没有一团火，天寒地冻是笼不住人的。

爷爷怕冷，清早起来笼了火，直到半夜才灭，父亲是个孝子，连砍带挖，每年都积攒上好的硬柴，梨木疙瘩，火旺烟少，足够爷爷一冬挥霍。村里无论老幼，都愿意到我家，围着火盆坐一炕人，炕上坐着老人和长辈，地上站着年轻的和晚辈，火盆上搭个三脚架，上面搭一壶水，火膛里多的时候煨着三四个小茶罐罐，咕咚咕咚地煮着茶叶，火盆架子上配备几个小茶盅，第一杯煮出来自然要敬老人，然后大家你一杯我一杯地分享。一把水烟枪在大伙手中轮流转来转去，吸到烫嘴也停不下来。大家谝传的话题，从盘古开天说到当年收成，从谁家媳妇打了婆婆到哪家的牛下了犊子，从偷砍木材到城里的物价，无所不谈，又毫无目的，至夜半时分，星夜灿烂，月光如水，才逐渐散去。如果遇上月黑风高之夜，父亲还会给年纪大的扎个火把，点亮了送出大门外。

周年四季，我家都是如此，所以最耗费量大的奢侈品有三样：茶叶、水烟丝和煤油。我上大学和工作后，就想方设法给爷爷买茶叶和烟丝，无论国内外出差开会，总要买些当地不同品种的茶叶寄给爷爷。有一年我在重庆买了苦丁茶，坐在邮局门口缝布袋子，左撇子拙笨得要命，被一个热心的阿姨看见，帮我缝上还夸我是个孝子。虽然买不起贵的，但爷爷喝过的茶叶种类还是不少，这也是他一生唯一的爱好。兰州水烟分"甘""肃""合""作"四等，"甘"字烟最好，在兰州也只能在专卖店才能买到，每次回家我都带好几包"甘"字烟，够爷爷用一年的。我到北大后有一年带日本留学生去西安实习，在古玩市场买到一把水烟枪，非常漂亮，就买回去给爷爷，他逢人便吹嘘可能是秦始皇用过的，茶叶自己舍不得喝，却大方地给乡邻喝，比自己喝了还脸上有光。那时老家还没通电，家里的煤油灯经常照好几盏，母亲心疼地要命，常常说："啊呀！咱家这煤油灯，赶紧换根灯捻子，怎么这么费油，像是在喝油。"

我小时候，常常是插在炕角大人们的身后，半倚半卧地睡着在他们的谝传声中。到我上了大学和工作后，一旦我回到老家，四邻八亲都来问安，晚上更是经常闲谈到零点以后，更深夜阑，有时我都困得不行快睡着了，大家还在谝着。父亲经常坐个小板凳儿，守在炕头，不断地往火盆中添柴，使火总在旺盛地燃烧，茶香烟呛，话古人和，院子里雪落尺深，而屋子里温馨暖融，虽是三冬，自带春意。

　　爷爷过世的时候，因为我是"有大功名的大人物"，请了纸活匠，做了满院的床帐房屋与纸人纸马之类，宾爷请我验收合不合格，我说其他的我都不看，给爷爷的骡子和马一定要扎好，马童一定写好姓名，他在那个世界还会干赶脚的营生，得有好的脚力和听话的马童。最重要的是给爷爷要扎一只结实的火盆，做一些上好的木炭，三脚架、茶壶、茶罐、茶盅、茶箧子、火钳、水烟瓶、引火柴等一应齐全，这些都是他的最爱，在那一世也不可缺少的。

　　爷爷过世以后，我家仍然是一个村人聚会的集散地，但炕上的主人换成了父亲，旺烧的火盆换成了烧煤的炉子，通了电以后炉子也没了，只有一个小电磁炉。水烟瓶成了摆设，不怎么用了，无论老少，吸烟基本都成了纸烟。有火盆与水烟枪的人家，也都高挂变成文物了。

　　在那个贫瘠的小山村，因为爷爷、父母和弟弟的勤苦耕作，好善睦邻，我家在村里竟然是少有的"富户"，一把铁锨，一只背篓，粮油钱物，牛羊马骡，都愿意借与村人，不计得失，邻家有难，视如自家，帮扶护持，累月长年。爷爷奉行一生的是宁肯自己吃亏，不要占人便宜，不做亏心事，睡觉不惊心。母亲借别人一碗面虚虚平平的，归还是必然是压得瓷实还飘高的。父亲粗中有细，夏秋时节常从野外砍来各种农具的把儿、柴胡甘草和连枷条子等，一旦邻人有需，他都挑最好的给人，而自己用时又常常没有了。我活到半百，能和前后同学朋友相处融洽，也从不沾他人半点便宜，都是家教的结果。看到一些尔虞我诈蝇营狗苟的人，我至今仍不能适应。

　　爷爷离去后，我回到家里，再也听不到他惯常的咳嗽声和呻吟声，睡在大炕上再也听不到他的呼噜声，临行前也听不到他的嘱咐声。爷爷的离去，象征着村里旺盛力的火盆熄灭了，那个时代也熄灭了。那是一个贫穷得让人痛彻心骨的时代，但也是一个风俗纯朴血脉温情的时代。对于我这样一个正在老去的保守者而言，电视里五花八门的节目，远不如村民七言八语的谝传充满人情；而方便化的各类电器，也远不如爷爷的火盆，充满了仪式感和喜剧感，咕咚冒泡的小茶罐飘溢着人气，旺旺燃烧的火盆充满了温暖和人性的光芒。

我偶尔也在想自己这半生的光景，在极端困苦的情况下，尚未失去人情人性，能够克己躬行，遇事能扛，性格坚韧，与同事朋友相处融洽，这些无不得益于我那贫穷而聚拢的家庭，得益于爷爷的火盆温暖着我的胸膛。我能够读书成才，并在大学滥充教习，恐怕也真应验了爷爷常说的积德行善，所谓积善人家，必有余庆。这也是我永远思念故土，永远怀念爷爷旺旺的火盆的原因吧。

老父老母逛北京

一

我来北京已经二十几个年头了，想带父母来北京逛逛的念头也有十好几年了。

可是，就这么一件看起来十分简单的事儿，却是一拖再拖，一延再延。父母在老家的山里，满山遍野追着种的都是地，春种、夏耘、秋收、冬藏，迅雷烈风，雨雪寒冻，就没有闲一天的空儿；而我也总是开会、上课、出差、出国，像极了一只热锅上的蚂蚁，不停地跳来蹦去，也没有停歇的时候。原想着房子新些大些，老人来了方便，二十年来前后五次搬家，却是从一无所有搬起，最后仍搬了个一无所有，就这样阴差阳错地对不上点儿。

老父母一方面想来，一方面却怕儿子花钱，对于一辈子馋钱的妈妈来说，更是如此。我每次回家，离开的时候她总是送我到山后，边喘气儿边不舍地说："你来也看到了，我和你大（父亲）都好着咧，家里也好着咧，邻居好着咧，够吃够喝，有面有水，有柴有盐，有衣有袜，样样儿都不缺，我们能动弹就给人家孝福

（我弟弟）干着活看着牲口，将来动弹不了了你再来看。再说了，棺材也有，老坟也有，老衣也有，都不用花钱，死了停放两天打发下吊丧的亲戚，挖个坑儿埋了就成了。你每次来了，这儿打散，那儿打散，这儿一股子钱，那儿一股子钱，来一次就洒一根钱的道儿，你能挣多少钱，再别来了，再猛几年都别来了！"

母亲显然是在说违心话，她一肚子的委屈话，只有我回去了，才能唠唠叨叨地说上一阵儿，她太想儿子了，可是又太舍不得我花钱，还要打散给穷亲戚们钱物。在母亲看来，我回老家一趟都花不少钱，如果他们老两口来一趟北京，那简直就得铺一条厚厚的钱路，才能逛得了天安门，瞅得了毛主席。正因为这样想，父母来京的积极性就不是那么高。

但时间久了，邻儿邻居的看不惯了，就在父母面前撺话，说你儿子在北京都这么多年了，你看咱们一个村长都盆满锅满的，一个乡长更是高房大院的。那孝顺（我的小名）当着大教授，每月挣的钱，岂是一个村长、乡长可比，那定然是积金堆银车载斗量的，住着洋楼，喝着洋奶，鸡蛋油饼那肯定是吃厌了，吃的用的都是咱什辈子没见过的。早起逛逛天安门，午间里中南海说个课，夜麻了看一场秦腔，和中央领导嚼嚼舌根儿，一天也就打发了。你们把他娃养大也不容易，当年那点国家供应的苞谷面，也都省着嘴让他给吃了念了书了，你这不去吃个下喝个下花个下嚷踏个下让他伺候个下，不就白养了吗？！

父母被说得耳朵有些发烧，脸上也就挂不住了，这才起了个紧着逛北京的念头。前年我回家，母亲说："邻里乡党的说得多了，这话儿也不好听，我们脸面上也差。儿啊！你就花上几搭钱，把你大和我带到北京去，瞅一眼你的家小，看看孙子，认一下你

155

住的洋房子，随便哪搭子逛个下，待上个一天半日的，我们也就
给邻里邻居有个交代了。"

母亲的话让我羞惭不已，让我也感到父母逛北京的紧迫性，
眼看着他们一天天老去，尤其是母亲这几年明显苍老了许多，腿
脚已不再麻利，而我也已渐入老境，当年我总想带爷爷和外爷逛
逛兰州城，因为爷爷眼看不清外爷腿走不成，就竟然活生生目送
着他们入了黄土，落成个终身之恨。如果父母再来不了一趟北京，
我恐怕真是百年之后无颜再见他们了。

于是，在不断折腾稍定之后，我在 2015 年年初就和父母商
定，无论如何今夏一定要隆重请他们来逛逛北京城！

二

北京的初春，草木未绿，仍是严冬迹象，而老家春耕不结束，
父母也无法离开。"五一"来了怕人多，六月来了天又热，摆来摆
去就将日期定在了五月下旬，这正是一年中高校教师谈来色变的
"答辩季"，我谢绝了所有的答辩会和各种会议，决心专意陪父母。

老父母此趟来京，估计也是一生中唯一的一次，我也着实忙
了一番，找朋友帮忙自己跑商场，买了一大堆东西。农村人说被
子全新是"三面新"——里子新、棉花新、面子新，在我的老家，
大多数农人一生都没有盖过"三面新"的被子。我买来了新褥子、
新床单、新被套、新棉絮、新枕头、新枕巾，可谓"六面新"，打
扫干净了房间。又买了新锅、新碗、新筷子，完全是农村人过年
的规模和气氛。又专门给父亲买了一个小电磁炉、小茶壶、小茶
盅和不锈钢的带嘴小茶缸，以便他来了可以悠然地煮"罐罐茶"

父母和我在北大人文学院中文系门前

喝，这是他一辈子每天离不开的唯一享受。至于吃的杂色水果、牛羊猪肉的，也整了一冰箱，虽然我不太会做菜，但我想无论怎么样烹调得不好，羊肉煮出来毕竟还是羊肉吧。

父母在山里也没闲着，忙碌碌地紧锣密鼓做准备。我生怕他们来了带一堆用不上的东西，打了几次电话，威胁什么也不要带，否则火车上都会被没收，妈妈说好好好听你的，但仍按她的计划进行着。

最让我挂记和无奈的是，父母既不识字儿，也不会说不会听普通话，在山里他们是主人，如鱼得水；一旦离开大山入了城市，就完全成了聋子和睁眼瞎。他们从来没坐过火车，没人指点他们连厕所也无法上，我请定西和兰州的同学帮忙买两张软卧票，但父母的身份证号码验证过不了关，因为他们从未用过身份证，未刷过的证件根本就无记录无法用，最后弟弟只好带着身份证在县城的邮局去买，好在终于买到两张硬卧的下铺，也算是不错了。

母亲曾在 20 世纪 90 年代，因病不得已到兰州找我看病，那时我还是一个在读的研究生，无力给她买好吃好喝的。2006 年夏天，我专程回到兰州，陪父母一个多月，托老同学张燕帮忙，她父亲是陆军总医院牙科主任，退休后在一家诊所治牙，我拜托张叔叔给父母各自装了一口假牙，给母亲配了两副眼镜，这已经是他们出过最远的门了。

2015 年的 5 月 21 日傍晚，父母在陇西乘 Z76 次火车进京，好友张建成、贾西平送他们进站，平哥看到父母背两个沉重的包还拎着不少，笑着劝道："叔叔你们应该啥都不带，年纪大了，路上不方便，拿去人家北京也不用。"父亲说："没个啥，没个啥。"建成兄跟母亲开玩笑说："阿姨带这么重的东西，是不是偏心把银子带给大儿子了。"母亲羞羞地说："瓜娃子！哪里的白元，是油，咱们的胡麻油。"

父母已经准备了好多年，每年说要来北京，就榨一桶胡麻油放着等，每年落了空儿，第二年再换新的，在他们看来世上最好吃的油是他们自己种的胡麻榨的油了。母亲裹了好几层塑料纸，装了二十斤一桶的胡麻油、五斤一桶的父亲亲自酿制的土蜂蜜，父亲头一天到山里采折的五斤新鲜嫩蕨菜。到了县城里，给大孙子漆园买了一双三百多元他们认为最高档天价的匹克牌篮球鞋。除了穿着他们的新衣裤外，父母觉得进京是一件他们一生大得不得了的事体，既不能给农民丢人，更不能给大教授儿子丢人，所以戴上了他们多年不怎么戴的假牙，各自还买了一双从未穿过的擦油黑皮鞋，另有其他什物若干，像搬家似的浩荡入京了。

我怕有事忙不过来，让在南昌读书的侄女苗苗请假一周，在爷爷、奶奶上车的同时，她也在南昌坐火车进京，苗苗的车中午近一点到，我给她发短信说你千万别出站，万一我进不了站，你就把爷爷、奶奶接出来。父母的车两点半进站，我差一刻钟赶到西客站，果然不让进站接人，一打听说如果是接老人，可以通过"爱心通道"登记再进站，我上下楼层又问又跑一身臭汗，竟没找到"爱心通道"在哪里办理，心急火燎赶到"北二出站口"，苗苗已经接到爷爷奶奶，三个人背着拎着一大堆东西出来了。

我想火车站不让进站接人，从安全考虑或许有他们的道理，但这种"爱心通道"可不可以设在出站口的旁边，方便接老人、伤病、幼童的人寻找登记，接站者大多是临近火车进站才到，西客站那么大，上下楼层折返颠顿，火车早已进站。"爱心通道"应该更爱心、更方便、更人性化、更为旅客考虑哪。

父亲戴着和赵本山道具相同的蓝色帽子，穿一身深蓝色衣裤；母亲戴着她的蓝卫生帽，穿了好几层的衣服。果然俩人都蹬着亮亮的皮鞋，我问一双多少钱，母亲说她的60元。又问父亲，老头儿颇为自得地说："我的比你妈的贵多了，95元呢，还讲了价的。"

我这两年身体明显发福，肚腩凸起，腰身浑圆，正如城里的众多男女一样，为胖发愁。但母亲不这么看，她看到我膘肥体壮，高兴地给苗苗小声说："你大大身体比以前还好，你看腰圆腿粗的，椭（胖）得很，椭得很。"我说："妈妈！现在城里不这么夸人了，说阿谁椭得很，人家会生气的。"

在排队等出租车时，我问父母火车上方便不方便，母亲说警察一会儿来问一下，一会儿来照顾一下，好得很好得很。我曾委托兰州铁路上的老同学李树先，设法照顾一下老父母，Z76次车的乘警长嘱咐乘警一路照顾老人，真应该感谢这些不知名的热心人。我本来带了些北大的小纪念品想送他们，结果也因进不了站而未果。我又问晚上睡得如何，母亲说她睡得很好，父亲说坐在铺上一夜几乎没怎么睡，晃里晃荡的睡不好，我说今晚就好好歇着吧。

盼了二十多年，说叨了十几年，终于我的父母真真切切地来到北京了！

三

今年北京的 5 月，不如往年那样闷热，我原想父母能躲过北京的酷暑，但谁知就是从他们来的这天起，北京一下子温度蹿升到 30 度以上。从西客站的蒸笼里搭上车，来到郊区的住所，大家洗澡完了，稍事歇息，父亲试煮了一顿罐罐茶，虽不是陶罐梨火，也还算相当满意。我打算给父母换换装，一行人就奔了附近的商场。

父母来时，各自带了几件衣服，原打算什么也不买，所以一说要买东西，母亲便百十个不愿意，我说你们来趟北京，我要是不买几件衣服给你们，回到老家乡里邻亲的面前你们更挂不住脸吧，于是母亲勉强同意。先是，在我的坚决主张下，换了他们的高级皮鞋，各自买了一双好的户外运动鞋。要买衬衣，母亲一定要长袖的，可是这个季节商场里全是短袖的，好不容易找到长袖的，要不嫌太贵，要不嫌太花，要不嫌样式太怪，要不嫌材料太薄，用她的话来说就是都不是农民穿的，忙活半晌连哄带骗给母亲买了三件衬衫、一条裤子、几双袜子。父亲最好说话，让试什么就试什么，问好不好，只有一个字儿"好"。全买停当了，已是 9 点多的光景。回来各自穿起，戴上原先我为他们准备好的帽子，这样走在长安街上，好歹颜色上就多少贴近点儿城里人了。至于父亲手上如树皮般的裂纹，母亲脸上风蚀霜刷的沧桑，那是永远也变不回来的了。

换天的上午，是个周六。四个人车行到西二旗，去看以前的房子。那是一个别墅区里的一套大房子，儿子在门口迎了爷爷、奶奶和姐姐，母亲兴奋地看着孙子说："这憨娃子！又长高了，脸上的疙瘩还没消呀！鞋肯定小不了，赶紧穿上试试吧。"上楼进了屋，母亲东进西出，转过来验过去看了个遍，突然悠悠地对苗苗说："唉！你看你大大，再看看你大，天天打工，什么也没有！"天下的母亲就这么可恶可恨，不见大儿子，天天想儿子一个人在北京拼命，没黑没明地工作，头白了腰弯了眼瞎了；见到大儿子，看到大房子，就又忽地想到工地上干活儿的二儿子啥都没有。我说："妈妈！这就是漆园将来结婚的房子，你们要活到孙子结婚，再来一趟。"妈妈不说话，有点儿要哭的样子。

时近中午，五个人打车的坐公交的，到了体育大学对面的"便宜坊"烤鸭店，要了一套烤鸭和软适的菜肴若干，儿子给爷爷、奶奶各自卷了烤鸭递到手里，母亲绅士般地接过来，并嘱咐父亲不要掉了汁儿，正说间她自己没掐紧，酱汁儿掉到了新裤子上，忽儿忽儿地生气，苗苗给奶奶边擦边哧哧地笑。因为要的菜稍多，父亲便一直吃一直吃，我说别吃了剩下的就剩下，别吃坏了，他仍不吭声，把盘子给吃了个精光，此后我就不敢再多点菜了。

吃完烤鸭，便到了北大。时已当午，炎阳蒸溽。带着父母看了我住过宿舍的四院，先后工作过的老化学楼、哲学楼、五院，母亲说：儿啊！我想记住你的这些地方，可是转天儿就都忘了。我说没关系，漆园在照相，都给你照下，将来慢慢看慢慢记，我说儿子给爷爷奶奶录儿段像，将来他们没了，咱们还可以看到活着的爷爷奶奶。

一路游转，逢着同人同学，我大老远地给他们介绍这是我的老父母，大家热情来握手寒暄，父亲端严持重地挺着身子，用力摇着人家的手，用漳县话像干部一样地大声喊："家里都好吗？娃娃都壮实吗？"给儿子撑了老大老大的面儿。母亲总是羞羞地轻声细语："听不懂嘛，听不懂嘛。"好像给儿子丢了太多太多的人儿。

看了西校门，瞅了办公楼，转了未名湖，赏了博雅塔，再逛到图书馆，已是人渴疲困，父母倒是精神不减，虽然手上拿一瓶矿泉水，也不打开，他们不习惯边走边喝，我们就向湖东的人文学院方向且行且看，右边球场有足球比赛，苗苗、漆园去看热闹，我和父母来到人文学院中文系的研究室，泡了壶茶和父亲慢慢品着，母亲照样是这里瞅瞅，那里摸摸，老母亲还留着稀疏麻白的两根辫子，人前不好意思露出来，一歇下来就摘掉帽子，揪把揪把地梳理着。我问我们学校好不好，母亲说啊呀洋花园儿洋花园儿；父亲说东西不辨，南北不分，肯定比漳县和陇西加起来还要大，没天没海的大。

本来，按我的计划下午还要逛动物园，漆园同学已经热得开始打退堂鼓，说学校要排练舞蹈先溜了。我也担心父母太累，就结束了当日的旅游，打道回了住所。父亲煮罐罐茶，苗苗和母亲在相机里翻看照片，我化了只羊腿，砍砍杀杀一阵剁了洗好，请母亲煮肉，母亲说城里的羊肉我不会煮，我说城里的羊肉不如咱们山里的好吃，怎么煮都成，苗苗自告奋勇说她来煮，我说好啊今晚我们吃苗苗牌炖羊腿吧。

四

奔波一日，父母无事，我已然累惨，晚上又在电脑上加班工作，熬到后半夜，昏黑睡去。父亲仍旧天光见亮就起来，等我醒来已近7点。母亲说父亲煮茶喝，本想去冰箱中拿吃的，我买了一堆"稻香村"酥软的糕点，专门为他喝茶时品尝的。但试了几次，冰箱门他打不开，又不愿叫醒熟睡中的儿子，就一个人吱溜吱溜地光喝苦茶了。我看了看父亲，咽了口热嗓儿，没说话。

今天是周日，可是个大日子，是父母游北京的重头戏——逛天安门、瞻仰毛主席和游故宫。我本来想起大早带他们看升国旗，但一想到升完旗还有近三个小时无处可去，就打消了此念头。等八点半前后到了长安街，虽然不算人山人海，但也是人头攒动，热闹非凡。安检进了广场，我一再嘱咐苗苗要拽着爷爷别走丢了。在毛主席纪念堂东侧，父母和苗苗排队去瞻仰毛主席，我背着包在南面出口等他们。约半小时后出来，我问看得如何，父亲说人太多，不能细看，就匆匆走了一过。母亲说看着主席好像很小，可惜身上没带钱，也没给老人家献一束花儿，没买个纪念品。我说啊呀我忘记此事了，纪念品其他地方也有，买得着的。

从广场南到北转到个把小时，刚从地道穿过到天安门前，正是十点，两边的喷泉一时喷发，变幻出各种水柱，把老父母看了个嘻哈可乐，父亲说水柱比天安门城楼还高，苗苗同学毕竟是学艺术的，说那是你在水柱跟前，实际没那么高，过桥到了城楼下，父亲仰看问主席像有多大？我说有一次我骑车经过天安门，当时正在擦洗主席像，一个人刚好在画像的耳朵里，人还没有耳朵长，你想整幅像有多大，父亲啧啧不已。

进了城楼，我照例看包，祖孙四人上了城楼，我说你们慢慢走慢慢看，看毛主席站过的地方，向南看看天安门广场、纪念碑、纪念堂全景，回到老家村里，要向邻居们讲你们见到的广经，不然回去问什么你们都说忘记了，那恐怕是大大的不成。我趁机小歇一会儿，在纪念品店给母亲买了一个毛主席像的小摆件，补了点儿她没给主席献花的遗憾。

待四人下了城楼，随众人进了故宫，沿着中轴线前行，依次是午门、金水桥、太和门、太和殿、中和殿、保和殿、乾清门、乾清宫、交泰殿、坤宁宫、坤宁门、钦安殿、神武门。面对这有980多座建筑、8700多间屋子的宫殿，对于一字不识的父母来说，"到此一游"的象征性远过于知道哪座宫殿有什么用处更为重要，我也只是简单地和他们说，这是考进士的地方，这是大臣来拜见皇上的地方，这是皇上办公的地方，这是皇上和皇后居住的地方，这是皇后和妃子们住的地方，这是后花园等。

八方四面，都是宫殿，雕栏玉柱，接地擎天。艳阳照射在宫殿黄瓦屋脊上，更显得金碧辉煌，夺人眼目。老父母左瞅瞅，右瞧瞧，时不言不语，时自言自语。出了神武门，看着护城河，母亲不解地问我："皇上一家有多少人？这么大的宫殿，扫个院子都扫不过来呀。"我说皇上一家人并不多，但使唤的人太多，前面的宫殿多是办公的，就这样大的宫殿，在皇上看来还嫌不够大不够好不够阔气不够排场呢。

背对景山，我给父母照相，在镜头里发现母亲的脸上尽是白沫儿，走近一看，原来她手上从进故宫就攥着一张小纸巾，一路擦汗，反复擦拭，已经成了一小撮白渣儿，还舍不得扔掉，结果擦在脸上就尽是白沫儿。我又气又笑地说："妈妈！你真的是个细死的，你不能换一张吗？"母亲羞羞地道："还能用，还能用，是不是照的相脸上都有白渣儿呀。"

"细死的"是老家用来形容省吃俭用、精打细算的人，母亲一生都是这样，也正因为她的节省腾挪，贫寒的家中不至于太窘困，一碗猪油她能从今年腊月用到明年腊月，几条腊肉她能招待全年来的亲戚，不多花一分钱，不多买一根针，就这样一分一厘地省着攒着，到了新年就能给我们兄弟换一身儿新衣，因此我家在那个小山村，可是有名的富户哪。

转地儿来到王府井，先看了大教堂，已是正午时分。我和父亲在树荫下抽烟，母亲上下十面地看，感叹哪里都是景哪里都好看。我问儿子给爷爷、奶奶吃什么，小子建议吃必胜客，这是他最内行的，点了两个大比萨和其他杂食儿热汤。苗苗和漆园给奶奶、爷爷教如何用刀叉，爷爷使惯了镰刀锄头，拿着刀叉笨手笨肘地不怎么会用，显然不太适应这种馍不像馍、饼不像饼的吃食，吃得并不那么香美。妈妈哑巴哑巴汤说："好像是洋芋。"我哈哈一乐说："就是洋芋。""多少钱一碗儿？""十六元。"父亲不干了，大声道："这一尕碗儿一大口就喝光了。一个二斤的洋芋，能做这么十碗，在咱们那里不值一元钱，这也太贵了，咱的洋芋咋就不值钱呢？"妈妈道："不过好喝得很，香香甜甜、滑滑嫩嫩的。"我说："所以人家的汤值钱嘛。"

吃饱喝足了，逛步行街。进出商场，要乘扶梯，我说妈妈看着点儿黄线，黄线别踩，那是梯子边上，不然就跌倒了，妈妈紧张地说"好好"，可是她一踩就踩在黄线上，扶梯一升，就站在边沿上要摔倒的样子，到了顶端，紧张的她老远就蹦上去了，苗苗在旁，紧扶慢赶，倒也趁趣。父亲看了，讽刺母亲说："能行人，

能行人，还不如我呢。"

晃来转去，父母两手空空，倒是漆园和苗苗各有所得，买了篮球 T 恤和防晒衣。父母亲在这花花世界，虽然看了个手忙脚乱，眼迷耳离，但他们心不热，神不慌，在他们看来商场中的东西没有一件是卖给农民用的。金银珠翠，珍宝琳琅，锦衣香囊，绫缎狐裘，在他们眼中全是无用之物。昔年我曾给岳父大人在香港买了一块手表，有老师问我为什么不给父亲也买，我说手表对父亲没有任何意义，天不亮下地，天不黑不歇，太阳就是他的手表，此后就流传漆永祥说"太阳是他父亲的手表"的说法，成了不肖之子的代表。

五

我有意让父母在周五进京，就是为了在周六、周日让儿子陪陪爷爷、奶奶，对于父母来说，来北京多半是为了看孙子。到了周一，高一的儿子上课，就只有我陪他们了。热心的朋友愿意开车带他们逛长城和十三陵，于是我们乘车向八达岭进发，一路畅通来到了长城脚下。

真是"莫道君行早，自有早行人"，我们往上走，已经有登完长城下坡的游客。买票进了入口，怕父母吃力劳累，选择了缓坡的北向上行。老两口边看边琢磨长城是如何修筑的，父亲说这砖太大，比咱们山里的基子（土坯）大多了，砖窑一定够大；妈妈说就是墙泥砌得不好，豁豁岔岔的。我说那是垛口，观察动静，看下面有没有敌人。他们听了，就好奇又紧张地往下探着看，好像下面藏着人马会冲上来似的。

在北坡中段陡窄处，一位美女气喘吁吁、香汗淋漓地四肢着地往上爬，妈妈一边笑一边喊"鼓劲鼓劲"，闹惹得美女脸腮飞红。上到三分之二处，停歇了一会儿，转下坡来，妈妈嫌没看够，就又向南坡爬去。父亲的腿曾经摔断过骨头，我颇为担心，但他说没有任何影响，要在家里，这已经算是缓乏歇脚，就是爬到远处的当顶，还没有漆家山的堡子岙高陡，我还背着背篓折蕨菜挖草药呢。我说咱们还要逛十三陵呢，不能待太久，这才转下了长城。

我已经好些年没来长城了，20世纪90年代常常陪外宾登长城，有时一周就逛三趟，几乎成了导游。现在从纪念品店、各色吃食店到厕所，都干干净净，秩序良好，只是纪念品好像永远没有长进，还是那么老几样。大家选择了习大大吃过的"庆丰包子铺"，要了包子、绿豆粥和炒肝儿，吃剩了几个包子，妈妈一定要带着，我说大热天就坏了，她依然不舍，只好装进塑料袋里带了，出门而去。

八达岭长城山脊的背面，就是"八达岭野生动物园"，刚开张的时候，我曾经去过一次，能看到活禽猛兽在眼前凶来呼去，吹气瞪眼，有置身虎口狮林的恐惧感，远比城里的"北京动物园"刺激有看头。于是，一行驱车前往野生动物园，买了喂动物的饼干，我尝了尝还挺入味儿。

时正中午，赤日当顶，酷热炎炎，树叶打蔫，狼虫虎豹们也躲在凉荫下，不愿出来威风。好在看到了老虎大张着嘴打哈欠，狮子群卧发蒙，只有黑熊给足了面子，三三两两，沉步而来，有一只贴近车前，人立而吼，像要掀翻了车的样子，极是恐怖。妈妈吓得哎呀哎呀喊，又不停地催促苗苗赶快照相。到了鸵鸟园，下得车来喂饼干，那鸵鸟的喙，像是一把钳子，来叼食一点也不客气，而是猛钳猛夹，美女们的手大都会被夹得生疼红肿，只有我父亲的树皮手，毫无反应，乐得多喂几块。到了斑马圈和鹿苑，群围而来，头伸进车窗索食，伸手喂去，竟然舔得手心痒痒，温柔至极，顿生怜爱。有一条山谷中，满是珍珠鸡，敦实滚圆，吉爽喜庆，啄食不已。路过孔雀园，有一只黑孔雀也开了屏，竟然只有几根翎子一个小盘子大，让我感慨这也算是孔雀，可见动物间也是如此地不公平。前后真有两只大孔雀开屏，美丽炫转，苗苗忙不迭地要我给她和孔雀照相，大呼惊异不已。

出得动物园，疾驶向十三陵，我也昏昏在车中半醒半睡，到了定陵有些走不动了，买了票让苗苗陪爷爷、奶奶去看地宫，我说好好看那是明朝皇上万历爷的坟，众人往哪里走，你们就向哪里行。我在门口的纪念品店买了瓶凉可乐，坐在小桌上啜上两口，冰爽打嗝，胃寒肠冷，感觉像是羲皇上人。记得有一年，我带着一帮日本大学生在暑假来，将近一个小时在大太阳暴晒下进不了地宫，汗臭狐臭香水各色饮料味儿夹杂着人肉味，熏得活人晕眩欲绝，相对而言，今日可谓游客"稀少"了。

不到一小时，苗苗来电话说他们已经出来了。上车问父母好看不好看，父亲说没看到坟堆，我说你们登上去的宝顶就是坟堆，父亲说那是一座山。我又问母亲看到万历爷的棺材没有，母亲说没看到，苗苗说奶奶我让你看你没看吗？母亲颇为懊恼，我安慰母亲说没看到也罢，那棺材也是假的，真的已经朽烂了。

看到父母意犹未尽，精神不减，朋友说要不索性去大栅栏看北京风俗，逛天安门夜景，于是一路南下向大栅栏奔去，抵达找地儿停好车，已是华灯初上。在北京城心儿的商业街上卖眼，对于那些百年老店如同仁堂、瑞蚨祥、内联升、张一元、六必居、东来顺、大观楼等，父母心中都没有概念，所以没有赤眼的艳羡，没有贪婪的念想，就像刘姥姥进了大观园，只是满眼的好奇和稀罕。在张小泉剪刀店，朋友劝母亲买一把剪刀做纪念，母亲觉得又要花钱，便百般个不情愿，好歹选了一把绘有黄色龙凤的40多元的家用剪刀，朋友付了钱送给母亲，她又百般个难却盛意，事后老催我要还钱给人家，说是欠了极大的人情。

逛遍大栅栏，瞅了银光斑斓的正阳门、毛主席纪念堂和人民大会堂，为了让父母看看天安门夜景，朋友特意绕行上长安街，慢慢驶过天安门前，老父母忙不迭地左看右顾，天安门城楼的巍巍皇华，毛主席像的震慑神秘，人民英雄纪念碑的挺拔高耸，长安街的街灯璀璨，宽阔街道上的车流滚滚，街道两边的高楼林立，在他们眼中都是陌生的世界。我不知道此刻他们的心中，在想着些什么，是涟漪四起，还是心如止水，他们会不会想到山村里高挂的星夜，和空院里深长的蒿草，是长安街簇拥的人浪和逼人的金气更加惹人，还是山村里静谧的夜晚和熟睡的梦香更为惬意。我真想告诉他们，我至今仍不能适应这城市的纷攘和人海的欲浪，我千万次的梦想回到那遥远的山村，吃一碗母亲做的浆水面，和父亲一起煮罐罐茶，有一搭没一搭地拉拉家常，唠叨庄稼收成和猫猫狗狗的。

六

连逛三日，老父母颇为享受，了无疲惫，但我攒了好多的事儿。在今日以填表为生的大学中，有一大堆表格要填，周二下午又有课，所以我让父母和苗苗歇息一天，嘱咐苗苗好生伺候爷爷、奶奶，晚上我在学校吃完饭再回来，就大清早奔了学校。三日奔波，加上清夜工作，已使我脑袋麻木，下午上课竟然看错时间，多讲了足足有二十分钟，学生也可爱得要紧，竟然没人提醒我，这在我的授课历史上还是第一次，因为我是一个从不拖堂的教师。下课短信问苗苗吃晚饭了没有，苗苗说已经吃了，奶奶给你留着饭呢，在北京吃母亲做的饭，在我还是头一遭，便匆匆钻进了地铁。

回至住所，见厨房灶台，焕然一新，连调料盒上的油渍，都擦得干干净净，苗苗说奶奶擦洗了大半天。父亲斜躺在硬木的沙发上，头枕着一个靠垫，半睡半醒地眯着。母亲拿着针线在缝她新衬衫的扣子，苗苗在洗衣服。我喝着母亲炖的羊肉汤，有意无意地看着电视中的 NBA 集锦，球赛胜负父母看不明白，就只看图说话。看到有人扣篮，父亲说这个人力量真大，篮架子快要倒了；有人汗如雨下，母亲说你看那个人的汗，像六月割麦子的人；篮球女郎欢舞，母亲说啊呀这些女娃子，穿着也太少了，那么多人看也不害个羞；父亲说你看北京商场卖的衣服，可不都是那样的，要么长得像衫子，要么短得像裤衩儿，难怪你买不到衣服。我抽着烟，也不言语，听着父母搭来言去的话语，感觉周身的熨帖，我十二岁离家，没有在父母身边待过几天，好像从来就没有这样的时刻，这大概就是所谓的天伦之乐，这时的我便忘记忧伤悲怀，是世界上最幸福的人！

苗苗收拾完碗筷，我拿出一个小本儿说，妈妈咱们从我出生算起，算算咱漆家山这五十年出生了多少人，亡逝了多少人，娶了多少媳妇，嫁了多少女儿，分了多少新家，迁到了新疆多少家，我想给咱们村里写点儿历史，咱先从人口计起。我原以为母亲会记得老人去世的年月和新生儿出生的时候，但母亲毕竟老了，大部分已经记不清楚。尤其是父母亲记年代的方式，和读书人完全不同，他们不是说谁过世于哪一年，谁出生于哪一年，而是说东家奶奶过世那年，村里下了一场大白雨（冰雹），庄稼颗粒无收；西家尕娃子生的那年，大庄里谁家刚买来骡子；谁家嫁女娃子那年，恰好谁家又生了带把儿的娃子；谁家男娃子，比谁家的女娃子早生两个月；谁家的小儿子没了的时候，谁家正在盖房子。结果他们心中清楚，我完全糊涂。苗苗也来凑趣儿，四个人一家一家地推着算，直到半夜一点多，虽然名字、生卒年月、婚嫁寿夭，全然对不上号，但终于把全村四百多人算得差不多了。母亲对自己的记忆力深感不满，我说妈妈我再慢慢一家一家地问吧，总会算全的，不早了，歇着缓乏吧。

七

又是一个艳阳天，今天旅游的第一站是天坛。进了南门，慢慢向北穿去，我告诉父母这是皇上祭老天爷的地方，祈祷年年风调雨顺，国泰民安。从圜丘缓步到了回音壁、皇穹宇，回音壁不知什么时候用铁栏杆围了起来，隔栏呼叫回音的效果便大大减弱。有几对拍婚纱照的男女，引起了母亲极大的兴趣，羞答答地看了个仔细。直向更北的祈年殿，复折向西，经过百花竞放的花园，苗苗和奶奶摆着姿势在花丛中照相，我和父亲坐在公园的长凳上抽烟，歇足了劲儿，便从西门出来，漫步向前门步行街晃去。

父母好不容易来趟北京，我想在照相馆给他们照张老相，妈妈死活不肯，说你给你爷爷照的老相，隔两天我就得擦一遍，不然就看不清模样，等我和你大死了，这相放在家里，如果没个人擦擦，时间久了就成了灰疙瘩，何况还要花钱，千万别照。我说你们将来没了我会念想的，照一张放在我身边，我天天擦得亮亮的。到了步行街口的"大北照相馆"，我原以为馆中会有各式的衣服道具可以穿，我想给父母照张穿中式对襟纽扣衣服的相片，照相馆没有，母亲却坚持要父亲戴他的本山大叔帽，她戴自己的蓝卫生帽，穿他们平素的衣服，说只有这样才像是老相。照相馆的工作人员看我们土里土气都不顺眼，爱理不理的，我说好吧妈妈咱不照了，以后回到山里我给你们按你的想法照，咱们走吧。

到了前门地铁站，我说妈妈今天咱们坐地铁，你们坐一下地里头穿行的，再坐一下地面上跑着的，试一下什么感觉。从前门坐2号线，在鼓楼大街换乘8号线，年轻人看到老父母，都起来让座儿，妈妈感叹说人家北京的娃娃，天子皇城脚底下的人就是知礼，没人嫌我们农村老人还让个位儿。到了奥体中心，出得地面，蒸炎烤炙，极热难耐，在凉亭买了北冰洋汽水儿坐着喝，冰冰爽爽，呛得老父亲打着嗝儿说：真难喝真难喝。

对奥林匹克公园感兴趣的是苗苗，对我的父母来说，这是他们永远不明白的劳什子，看到庞然大物的"鸟巢"，我说意思就是咱们的"雀娃儿窝"，父亲仰头看着说还真像，问那粗钢筋一个人能不能抱住，我说两三个人也抱不住，父亲说那得多大的拉力，世上真的有能人巧匠，便摇头晃脑百思不解地向前行去。我们走在公园的中轴线上，苗苗说：大大你看，就咱们四个人在中间走，前后都没人了。骄阳毒辣，行人稀疏，都沿着两侧的树荫，无精打采地挪动。又行了一段，再找个凉亭，买了几瓶酸奶歇着喝，我在旁边抽烟，看着妈妈吸得什么也没了，又撕开瓶口的薄纸，刮刮看看又哑巴着吸得呼噜呼噜响，又指着我的瓶儿给苗苗说：你大大的没吸干净，肯定里面酸奶还多，当了城里人就知道个浪费！

奥林匹克公园从南到北，真的是又大又空，穿行一趟，如同长征，歇歇停停，瞅瞅逛逛，便到了五点光景，我说妈妈咱们再坐地面行走的地铁，你们再看看北京的景致，就在奥林匹克公园站乘了15号线的地铁，向东北的城郊而去，未行几站，我已然昏睡在了地铁中。

八

今天是周四，苗苗将于晚上乘火车返南昌，我和父母也将于明天返兰州。昨天晚上收拾了大半晚的行李，除了父母带来的衣物，还有他们的新被子、旧衣服、新衣服和买的一堆东西，一大早我和苗苗到附近的邮局寄了三个大包裹。中午吃完饭，便又东向颐和园，到北大东门，我带着苗苗的两个包去学校忙公事，苗苗带了爷爷、奶奶去逛颐和园，妈妈说要给苗苗坐一下船，我说颐和园大船小船儿都有，你们慢慢坐着玩，又叮嘱苗苗必须在5点前出颐和园，在北宫门坐4号线地铁，我在北大东门站等。

到了4点半，打电话问苗苗说刚坐上大船，要一个小时，我说赶紧找地儿下船，否则5点一过，北京全城就会堵车，你坐不上火车，我们回不了住所。这孩子领着什么也不知的爷爷、奶奶，慌里慌张地出了颐和园东门，打了一辆出租车，果然堵在西苑路上，急得我在北大东门抓耳挠腮，好不容易等车过来，将苗苗的包塞进车里，嘱托司机师傅送往西客站，又等了好一阵儿，打到一辆车，堵堵塞塞，停停走走，直到近8点，才回到住处，那个瓜娃子苗苗，已经飞驰下了南昌，老父母的北京之旅也就在堵车慌乱中结束了。

因为明天早上 8 点的飞机，三个人又收拾好一阵儿，给父亲装了他的一套煮茶的炉子和罐子，大小装了六七个包，我说妈妈你看，你带来的东西还要带回去，你是给我和你们添了无数的麻烦，以后出门带来还要带去的东西，能不带就不要带，你们背个小包就行了。父亲说我们有穿的有用的，你也不必花这些钱，见天跑来颠去的，大半晚上坐在电脑前打字儿，挣点儿钱多不容易。我说你们来北京就是花钱来的，又能花几个钱儿，我虽然不富裕，总能让父母体面地游一趟北京，飞机上也不允许带许多的东西，如果我不送你们到兰州，你们怎么带回去。妈妈说我们知道了，以后如果真的来，就空着手来，再不给你添乱了。

我自己回到兰州，从来不愿烦扰朋友，但明天送父母回家，就给兰州的老同学李俊彦打电话，请他到机场接一下，让老人值钱受一回抬举，俊彦兄说要亲自来接。

第二天清晨，三个人各自背着拎着包和纸箱，奔向机场，托运了三件，还各自背着拎着似难民一般。过安检时，父亲衬衣口袋中有包香烟，安检人员示意他拿出来，老头儿听不懂，不往出掏，只是指着他的烟大声喊："烟，是烟，兰州烟，我吃的。"安检员拿他无奈，只好放行，惹得一旁的小姑娘哈哈直乐。到了登机口，时间尚早，父母站在窗前，看着外面的飞机，比比画画地看着。妈妈心脏不好，我担心会出问题，偷偷买了一粒速效救心丸，以备急需。进了机舱，安置坐好，飞机滑行起飞，我一直紧张地看着母亲，直到飞机平稳飞行，父母都安然无恙才放下心来。我说妈妈你俩换着坐窗口看地面看云彩看天空的景致吧。

飞机穿行在云端天空，时或高空无云，则地上山形荒漠，杳杳在下，道路房屋，如丝线斑点，时隐时现，父母看得奇怪，嘀嘀咕咕地小声议论着，满是不解。我看母亲并无不良反应，就迷迷瞪瞪睡了，忽觉母亲推我，睁眼看时，空姐正在送餐，母亲满是警觉地说："咱们不吃，我还不饿，你大也不饿。"我知道母亲又怕花钱，就说这饭不要钱，包在机票里，你不吃人家也不退你钱，你尝尝飞机上的吃的好吃不。父母小心翼翼地吃着小盒中的炒米饭，母亲又问这么点儿时候，饭在飞机上是如何做得，我说那是早就做好带上来的。饭吃完时，飞机已是下降时刻，老两口盯着窗外看着稀罕，临到落地瞬间，机翼的挡板打开，父亲转过头来看着我，惊异地大声嚷嚷道："这机器疙瘩就是怪，翅膀在天上飞的时候不扇，落了地了才扇起来了！"

九

11点稍过，飞机降落兰州中川机场，李俊彦兄来电话说机场高速正在修路，始料未及，堵在路上。没想到虽然已是6月底，兰州竟然凉如深秋，我穿着短袖的胳膊被冷风吹得起鸡皮疙瘩，上了车抵市区，兰州大学张仁、张铭杰等一干兄弟在一家餐馆等候，把俩老人让在主位，便开始吃饭，大家不断向父母敬酒，可漆氏家族皆不能酒，父母和我一样几乎滴酒不沾，只好一次一次地端着酒杯和大家碰，并大声喊：我不能喝，你喝你喝。吃完安顿在兰大门口萃英宾馆，我让父母歇会儿，就几个人去了北郊农家乐喝茶聊天，要了一副扑克牌"挖坑""掀九牛"，骂骂咧咧地消闲。到了傍晚，又将老父母接来，吃喝到了近9时，我提前道谢告退，俊彦兄遣人将父母和我送回了宾馆，母亲又是三番五次地叮咛一番，说让人家孩子花钱了，你要记得还人情。

尽管行前已经准备了两天，感觉该带的都带了，但我发现给父母的煮茶小茶壶忘记带了，翌日晨起早饭毕，和父母到宾馆对面的超市晃悠，却找不到合适的小壶，把父母送回宾馆，我自己跑到静宁路，那里一条街在卖小家电，但也没有小茶壶。回来再去吃舌尖尖牛肉面，俊彦兄已经等在宾馆，他今日回漳县办事，就顺便将我老父母带到县城去。

我本想也趁机回趟老家，晒晒村里的太阳，但下午在兰大有北大中文系和重庆《课堂内外》杂志合办的"创新作文大赛"颁奖仪式需要参加，只好招招手儿，看着载着父母的车，远远地去了，突然觉得有些不舍，和父母在一起不到十天，感觉像是一天，也不知什么时候才能再和他们再逛逛街看看景，也许今生都不会有了。

我的老家漆家山，在漳县县城西边的大山梁上。村子里有人居住的历史，绝不会超过二百年，因无识文断字的人，祖先们从哪里来，至今一无所知。这几年全国兴起修族谱热，安徽、湖北等地的漆氏家族，都在修谱，我收到多次漆姓宗亲的邀请函，要求参加祭祖会或参与修谱，我都婉言谢绝了。因为本村的漆姓，当年是逃荒要饭的，还是战乱流离到这偏僻的小山村，根本就没有一点儿线索可寻，和中原本宗大姓通谱，显然有攀枝傍名之嫌。我很惭愧我是学历史的，却竟然连自己的祖宗来自何方，也无能一探根源。

我出生的20世纪60年代中期，村子只有二十几户人家一百三十来人，至今已是三百多人。我上村学时，村里有唯一的一台半导体收音机，算是新社会的标志；70年代有了洋磨坊，是村里接触电器的开始；90年代中期，好不容易通了电，才有了电灯、电话和电视；山高路陡，乱石林立，至今未通公路，无自来水。天雨天雪，刀耕火种，所用家具与汉代无甚区别。前段时间苗苗发微信，看到村子西头的山梁山，被推土机推出一道宽宽的土路，说是公家在修公路，又说要拉自来水，也不知究竟如何。

我是漳县马泉公社第一个凭自己分数考上大学的人，在当年轰动一时。全村老少，在我身上寄予了无限的期望，他们以为我毕业以后，最差也得干一个漳县的县太爷，给东家盖盖房，给西家送送钱，给村子修修路，给灶台拉拉水。二十余年，他们巴望着我，从充满欣喜到逐渐失落，到最后的绝望。我自己也经常充满幻想，幻想因我一人之力，为村子通了电修了路拉了水送了钱。我有着冲天牛斗的志气，幻想着自己是一位指挥千军万马的将军，去解放台湾，打败苏修美帝小日本。我经常背着《海港》中马洪亮的一句台词"我要是早生二十年，也会打美国强盗"。悲叹自己生不逢时，报国杀敌之壮志，不能酬于生时。

我混迹在这表面光鲜亮丽的都市，呼吸着污浊的空气，栖迟人海，满眼迷离。我尽力将自己装扮成一个文雅和贵的教授，每天在课堂上倾泻着我所谓的学问和牢骚，内心时而充满神圣，时而填塞肮脏，看着陆离的世界，瞅着百般的虚伪，绞尽脑汁地挨挪过活，像是被扔进海中的旱虫，不拼命踢腾，就会沉入海底，葬身鱼腹。我将来死后，无颜去见爷爷，无颜去见村里的乡亲父老，我会在那个世界的漆家山的背阴地，给自己修一间小屋，远远地暗暗地望着村里老少们来来往往，我想无论今生还是往生，我注定是一个孤独的鬼魅，飘荡在我熟悉的乡野。

多少年来，经常有亲戚乡邻，带一斤茶叶，提一篮鸡蛋，到我山里的家中，哭诉他们的苦难，央求父母给我打电话，祈望我就是大救星，能救他们于水火，老母亲边陪他们落泪，边讲儿子只是一个教书的匠人，无法解救他们于倒悬，然后像是儿子犯了极大的错误，惭愧地向人家道歉。父母并不因为我而少干一天的农活儿，相反比村里的其他老人更苦更累，因为我不能替他们挑一担水，割一捆麦，点一笼火，添一根柴。我的乳名叫"孝顺"，而真实的我却实实在在是一个逆子！

父母虽生活在遥远贫瘠的山村，但他们的内心却如赤子般澄明和安静，他们的心中远比我这个读书明理的教授要亮堂得多豁通得多，繁重的劳作使他们的身子不再结实，但他们仍然筋骨扎硬，行动自如。我真希望再过十年八年，父母和我都仍然健康平安，他们能再来一次北京，我再陪他们逛逛帝都，拉拉家常，再陪父亲喝罐罐茶，和母亲数村里又有谁家娶了媳妇，谁家生了闺女，那将是我此生最大的福报！

杀　猪

再过十来天，就该进入农历腊月了，突然在异国他乡想起小时候的老家来。这个时候，家家户户该开始陆续杀猪迎新年了。写这篇稿子，以寄托我的一点乡思！

戊子（2008）腊月小寒之夜，草成于韩国侨紫石斋寓舍。

一

今天中国的城乡差别，大概是开天辟地以来最大的，但无论如何，大多数农民毕竟吃饱了肚子，可是吃饱肚子的农民与农村，也开始变了，现在的农村，也很少有六七十年代的乡情味与年味儿了，虽然那时候穷得想起来就要掉泪，但我似乎从心理上更喜欢那时的农村，那时的春节。

70年代的整整十年，也正是我从小学到第一次上高中的十年，也是我吃不饱肚子的十年，那时候眼巴巴盼望着的就是过年，因为只有到了过年，我才能吃饱吃够两顿肉：一顿是年三十晚上啃骨头，一顿就是杀猪的那天晚上。

那个年代，农民养头猪几乎就是全部的"经济作物"了，记得还有生猪的收购任务，如果轮到你家今年给国家交生猪任务，那很可能今年就没有年猪了。在我老家的小村子里，总共二十来户人家，每年能杀头猪的，大概不到一半。而杀完将整头猪除了肠肚猪头之外，都卖掉的，又占三分之一；卖半头吃半头的，又三分之一；杀完全部自家吃掉的，大概就剩了三分之一，也就三两户人家了。这三分之一，一般来说就是生产队队长、会计与保管等"高干"人家，我在上大学前，尽管我们是"布衣"人家，但靠着爷爷和父母极度的勤劳与节俭，我家是村里的"富户"，因为家里每年能杀头猪，而我上了大学以后，为了供我上学，我家也是吃半头卖半头了。

因为没有饲料，那时你在路上看到的猪，多半是瘦得皮包骨头。到了夏秋间，山里野草野菜的很多，如牛舌头草、苦菜、嫩蒿之类，都是猪爱吃的食物，生产队就会派人专门放猪，所以在羊倌、牛倌、骡马倌之外，还有猪倌，但猪倌多半是没上学的小男孩来放，我在暑假时，也常常充当猪倌的角色。

等到早上太阳升上来，山野里的露珠干了，猪倌就从村子的一头开始喊："放猪了！放猪了！"有猪的人家，就会将猪从家里赶出来，十几头大大小小的猪，哼哼嘟嘟地在路上晃着走。到了野外，饿了一夜的猪们，只要闻到哪里有好吃的，就会没命地四散叼食，有时候十几头猪会奔向十几个方向，而且多半都是庄稼地。所以实际上放猪远比放羊要难得多，因为羊听话，而猪是不听人话的，两个小娃子放十几头猪，就跟赶千军万马差不多，要么赶不到路上，要么从这块青稞地里轰出来，倏忽之间又钻进了那块洋芋地里。猪的破坏力极强，瞬间就能把一块地连拱带踩，弄得面目全非，所以猪倌常常被大人们隔山隔屲地喊着骂。等到中午太阳一热，这些家伙又吃饱了，便高卧草间树荫中，任你拿石头砸，它们也不会出来，所以放猪真是件极苦的差事。

　　但是也有开心的时候，我那时读了《高玉宝》，知道了他是如何对付周扒皮家的猪的，就模仿他的做法，和我的伙计合作在山阴人们看不到的地方，长时期经营垒了一个三面是坎一面大开的"阵地"，每次等猪吃得差不多了，我们就将猪轰到这里，一人守住出口，一个挑麻利窜活的猪当马来骑。骑猪比骑马要艰难得多，因为它们蹿起来不仅很快，而且如果一旦回头让它咬上一口，可是不得了，有次我就活生生被一头猪将鞋帮子带底子咬断，但那种冒险与猪跑时呼呼哧哧的劲儿，实在是够刺激的。有时，被大人看到，就会一边骂一边笑着喊："骑猪，骑猪，寻不到媳妇。"所以我老大不小了还没有媳妇，就常想是不是因为小时候骑猪种下的恶果。

　　到了秋后，草枯地霜，野外没了吃的，尤其是到冬天，天地一片冰封，更是无点滴猪草可打，就得凭麦糠之类给猪吃，农民家没有这些东西，所以好多人家一进入腊月，就开始杀猪，甚至有些人家到十一月初上，就开始杀了，因为没吃的养不住了。

二

　　杀猪在当时，那可是一件对一个家庭甚至一个村子来讲，都算是喜庆重要的事儿。在杀猪的前一天，东家就会把外爷、外婆、舅爷、舅婆以及七姑八姨的都从邻村请来，老太太小脚碎步的不方便，还得牵头毛驴给驮了来，至于自家女儿出嫁了的，也得捎话带信儿地给找来，一方面要帮忙，另一方面也大家都解解馋，因为一年没尝过新鲜的猪肉味儿了。

大山里的村子，看起来好远，但这山喊当天就能听见。所以，带话的方式有这么几种：一种是正好有过路的四邻八亲，捎个话儿去。腊月是闲月，虽然也要忙着"抓革命，促生产"，"批林批孔"，"反修防修"，但人们走亲串户的机会大大增加，所以找个带话人是很方便的。如果恰巧没有人去那个村里，就会派家里的半大小子，比如七八岁十来岁的孩子跑一趟。"穷人的孩子早当家"，在农村七八岁的孩子就已经打柴割田推磨放牛，使得满地打转了。如果这个小子懒得去或怕邻村狗咬不敢去，就会有大人去"喊山"。所谓"喊山"，就是到村边的一些山梁上，向着要传话的村子方向喊话，总有人在地里干活或者有放羊的能听见。所以，过去那时农村小媳妇和自己的男人吵了架，往往就会跑到娘家或者其他亲戚家，因为女娃子没出过门，跑来跑去不认路还在山里乱转，所以把媳妇跑了就叫"跑山"。一个媳妇跑了，全村老幼四出围追，像围猎一只草丛中惊逸的野兔，呼爹喊娘，截上堵下，煞是热闹。

喊山是一件很有意思的事儿，比如喊话的人看到山下走路的、劳作的、放牛的、砍柴的人，不管干什么的，都会大声喊：

"喂！山下地里动弹（劳动）的是阿谁来？"

隔山地里的人听了，就打住活计，同样抬头扯着嗓子吼：

"你是尕娃他三姨啊！是我啊。"

"噢！是他大爸（大叔）啊，这么勤快啊，都快过年了还劳动呢。"

"闲着也是闲着，我拾点硬柴好烤火。你有做啥子事儿？"

"家里明天要杀猪，麻烦你给我家秋棠捎个话，让她带着孩子吃血馍馍来。"

"啊哈！恭喜啊！还早啊，再养十天半月还能长点膘呢。"

"养不住了，没食了，你家还没杀啊？"

"也没食了，过两天就杀。猪膘厚吗？"

"吃得不好，薄得很，不如你家的厚呐。"

"哪里啊。那明天我们大家都来吃，多煮点肉啊。"

"好啊，都来吧，带着孩子来，再给家里婆婆端上一碗儿。"

"我回去就带话给秋棠，放心吧，山上风大，小心着凉啊，快回去吧。"

"那就麻烦你啊，早点回去缓乏吧。"

这一通喊，就像侯宝林、郭启儒先生说相声似的，喊与被喊的都要吼出一身儿汗来，才算既拉了家常又捎完了话。这个喊话过程，充满了新吉的喜悦与人性的温馨，听起来就像是在唱"花儿"对歌似的。还没等喊山的人回家，可能秋棠的大小子一个十来岁的虎头娃子就已经气喘吁吁地上山了，听到外爷家要杀猪，那嘴馋心焦的怎么能挨过今天晚上呢，所以早提前拍马赶到了。

三

这杀猪可是一件讲究的事儿，一点儿也不能乱来的。

头天过午时分，女主人会给猪食里多添一把麦糠，算是一顿"丰盛的午餐"，既怜悯猪又安慰自己。到了晚上，猪就不能再喂了，以免第二天它肚子里还存食不好杀尤其不好洗肠子。可这猪一夜不吃饿得慌，就顶着圈门拱得咚咚响，并且声嘶力竭地叫，一直叫到主人心烦了，就给倒点涮锅水之类的喝上几口，好歹比没有强，猪也就凑合着安歇了，它不知道自己的大限已经到了。

到了天亮，先是请来杀猪的。一般来说，每个村里都有几个会杀猪屠狗的，这种人会多少有点地位，并不像书里讲的是屠狗贩夫，地位低下。在农村，有几种人是不能得罪的，首选是上述的"高干"以及"子弟"，得罪了没好日子过，你得干最脏最累的活儿还不给记高工分；一种是阴阳风水先生，家里有老人去世或者捉鬼驱邪，得请人家来使法力；一种是赤脚医生，谁吃五谷不感冒拉稀的，得罪了没人给瞅病；一种是木匠，你家里起大屋，补破房，做个脚柜板凳的，不也得请人家来；一种是牛医马仙，猪瘟牛疯，都得请他来瞧瞧；一种是公家的人领工资的，说不定什么时候有了急事儿，你得求人家借个五角三块的。实际上，说来说去，就是村子里谁也得罪不得。农民有农民的社会环境，虽然有时为了五毛钱一把锄头，也会打个头破血流的，但低头不见抬头见的，大家都是尽量和和气气的，虽然"阶级斗争"任何时候都是要讲的。

等杀猪艺人喝完了罐罐茶，吃饱了葱油饼，再吞云吐雾地咽上几口水烟瓶，慢慢腾腾地下了炕，就标志着杀猪正式要开始了。

一般情况下，在动手前先要清场，清场会排除下列人员与动物：老太太怕声儿的，婴幼儿怕惊坏的，见了血会犯晕的，小猪仔儿关死在圈里以防跑掉，狗儿赶出门去以免吓急了伤人。然后找至少四五个身强体壮的男子来，关紧大门，顶上门闩。女主人先给猪槽里放些许吃的，猪已经一夜饥饿，自然欢喜地流着哈喇子来抢食，这时有胆大的就先从猪后腿上狡黠地提起，这一招儿很管用，猪后腿劲是极大的，如果让它蹬你一腿，那后果自然是相当严重，后腿悬空提起来，它就使不上劲儿，然后四五个莽汉一拥而上，将猪压倒在地上，杀猪的同时迅疾地将半截小棍儿横塞在猪嘴里，棍儿上有绳子，然后用绳子将猪嘴缠上几圈儿，匝个严实，如果这下失手，猪嘴一口咬下来，一条人胳膊大概就要断了。接着将前后腿交花十字地绑上，抬到事先安置好的高台上，杀猪的拿出尺把长的刀子，在猪脖子上用手捏准了喉管儿，一刀下去，立时血喷如注。好的屠夫，一般能压住血喷，让血顺着刀把子，流入放在地上的脸盆里，如果没有压住，血喷出的瞬间，就会溅得到处都是，杀猪的满脸满胸是血，就真正成了屠夫。女主人在旁边看得眼泪巴巴的，嘴里轻轻地咕噜着：我的猪！我可怜的猪！好不容易养了一年，这一刀下去，猪就没了，怎么舍得呢！老太太不忍看的，就站在院墙的背后，裤脚抖得唰唰的，嘴角颤巍巍地不住地念着：阿弥陀佛！怪刀不怪人。

这边猪在疼得嚎叫，但那不是一种痛快敞亮的叫，而是被勒住嘴后，发出的既惨怛撕裂、而又极度可怕的哀嚎闷叫，听了让人瘆骨。你再听来，四邻家鸡飞狗上墙，还没杀的猪们吓得在圈里狂嚎乱窜，顶门啃墙，魂飞天外；大小狗儿夹着尾巴，哭嗥着不知去向。西北俗语说："腊月里的猪儿——昏活着。"就是骂那些不好好干事，或者打鱼晒网的人。因为年猪一进入腊月，就知道自己已经没几天活头了，听着胞兄堂妹不断被杀掉，昏天黑地提心吊胆地过日子，不知哪天就成了刀下鬼，那个惨就没法儿说了。

在刀进猪身，血刚流出的瞬间，还有件极其重要的事情，就是接"毛血"来敬神。农民迷信，家里头疼脑热，牛瘸羊死，包括婆婆和媳妇经常吵架，不小心走路摔了一跤，也都觉得是神鬼给腻闹的，所以每年无事总给玉皇大帝、七十二天罡、三十六地藏、山神、土地、祖宗、游鬼等许愿无数，总说到了年底我会给您老人家献上一只活猪，这时正是兑现给诸神的时候。男主人手上拿张黄表纸，拔几根猪毛，接几滴新鲜的猪血，放在正屋的供桌上，再点上根卫生香，磕三个响头，说各路神仙多谢你们一年来的护祐，现在你们就慢慢享用吧，也就算还了愿了。如果隔年的夙愿不还，到了来年，家里会出大凶事的，"秋后算账"神仙也是这样的，何况人了。所以这点上了年纪的老人总是记得紧，如果当时年轻人只顾抓猪一时忘记此等大事，就会被老人骂得不能归家，巴不得从自己脖子上抹下血来给神献上。

等到猪血流到快干了，再到处捅一捅，半个猪身子提起来空一空，到血不流了，才算了事。猪在临死前，还有最后的一蹬，大概是回光返照，如果不小心，还会被它蹬到裤裆，那可就吃了大亏了。我记得有一次，有家杀到半截儿的时候，却被那猪给挣脱，狂吼狼嗥而去，一时众乡亲乱成一团，拿菜刀的，扛镢头的，拽锄头的，顺柴棒的，捡石头的，一路穷追，那猪一条血路跑出半里地远，血流光了，自然倒地而亡。众人一场哄笑，再搭抬回来，那个杀猪的羞到了外婆的外婆家去了，自后有三年时间都没有再出山。

四

猪从台上放到了地上，各行各业可就开始都配合运转起来。

这就得花分数朵，各表一枝了。

先说屠夫这边，这时有一项专利是属于他的，那就是拔猪毛。猪的全身都有用处，所以农村墙上到处写着标语，比如"养猪好养猪好，猪的全身都是宝"，"贫困农民要致富，少生孩子多养猪"，虽然怎么读怎么别扭，可也都说的是实情实理儿。

猪脖子与脊梁上的长毛，在未进桶烫以前拔下来的是生毛，那可是值钱了，一斤要卖五毛钱左右，如果是烫水后的熟毛，则连五分钱都不值，屠夫将流在地上的热血往猪身上抹些，容易拔出毛来，然后就麻利地拔起来，那真是又快又好，旁边帮了忙的大人，也就顺势拔几股儿，小朋友从大人裆下钻进去拔上几根，还要被屠夫呵斥，小孩没劲儿，拔不了几根，不小心还会划破了手，但积少成多，杀十来户人家的猪，拔上十来股儿猪毛，也就能换得十几个爆竹呢。

在猪开杀之前，大桶早已安置好，如果是头二百来斤的大肥猪，往往就会三家邻居同时举火烧水，因为一般人家的大锅，也就能烧两桶水百斤左右，大猪要七八桶水才能烫到全身，几家一起烧开了水，同时担了来倒进大桶，屠夫在边上用手试水，然后拿根棍子嘴里念念叨叨，不断搅水，这是显本事的一关。因为这水既不能是滚烫的，也不能是不烫的。如果太烫，叫作"水紧"，那就会把猪皮烫红，肉不好看，而且卖不到好价钱；如果不烫，叫作"水松"，毛又除不干净，肉也黑不溜秋的，那更糟糕。而且猪的种类也不一样，皮的薄厚有区别，所以有经验的屠夫，就会通过试水来决定什么时候往桶里放猪，什么样的猪用什么温度的水。这时，如果有讨吃要喝的乞丐来，一定不能得罪，要好吃好喝的招待，据说他们都会咒语邪法，如果不给吃的，他们就能闭水温，让猪烫不好，高级屠夫也有化解的口诀，正所谓一正一邪，道高一尺，而魔高一丈也。

这边忙活烫猪，女主人那里就开始蒸"血馍馍"。一头大肥猪，猪血往往就会有二十来斤，热气腾腾的一脸盆血，端到厨房，女主人往往会分做两用。一种是马上将一半的热血，凝固以后放进锅里，切成块儿团紧煮熟了，然后保管起来，过年的时候当肉来吃；一种是当天和面，做"血馍馍"。这血馍馍最好是用荞麦面，将血浆兑了温水和面，面就成了血红色，然后放在蒸笼里去蒸，熟了就成寸高厚的发面血馍馍，荞麦面做的色红面润，酥软香嫩，最为好吃，那是在城里吃不到了美味，至今想来，仍令我回味无穷。

猪烫到差不多了，用手一抓毛就从皮上掉下来，等毛除得差不多了，屠夫用卷刀浇水再扫上几遍，这猪就白白净净成了"浪里白条"，几个人再搭出来，将两只后腿弯子里打折穿绳子，然后倒挂在三根椽子搭好的架上。一头猪直悬起来，差不多有一米五六一个大人长，屠夫先将猪屁股眼儿扎住了，免得粪便溢出来，然后将猪头和四只腿儿先割下来，这时就有打下手的专人负责烤燎猪头猪蹄儿。电视里猪八戒的脸，那几乎是油光粉亮的白面书生了，这真的猪头，那简直就是褶皱断层山，深沟高坎的，心不细的人根本就做不了这个活儿，又是刀剃又是火燎，花半天工夫，才能将猪脑袋的毛烧剔挖弄干净了，再找个草绳从鼻子上穿起来，挂在猫狗老鼠都够不着的地方，到了正月十五闹元宵的时候，才是煮猪头的时候，那又是一个令孩子们向往的大好日子。

五

接下来屠夫就要开膛，开膛亦有三忌：一忌切破尿脬（膀胱），猪尿流进腹腔；二忌划破大小肠，猪粪污了内脏；三忌挤破苦胆，可别小看那小小的一点儿绿汁，洒在肉里可全是苦的。弄破任何一样，屠夫都不能给东家交代。

杀猪的先是将猪屁股眼儿周围的肉剜掉，然后用刀尖划开一条缝儿，这时猪肚子里就冒出一股股的热气儿来，用尖刀将膀胱周围的油剥除，小心翼翼地割下来一个宝贝提出来，这时旁边已经等得猴急了的小主人，他的专利可就来了。

这农村孩子平日没什么可玩的，年久日远地传下来这么一个技术活儿，就是刚杀的猪尿脬，放在干土里用脚或手揉，边揉边揪油污，揪得差不多了，就从扫帚上截二寸长的小竹筒儿，插在猪尿道里，像吹气球一样慢慢吹，吹会儿再揉，揉会儿再吹，直到能吹得薄如纸，大如足球一般，才算是成功之作。如果主人家有七八岁的小男孩，这个活儿别家小娃子就休想沾上手，只有在一旁羡慕地流着哈喇子看的份儿，如果小主人高兴，也可以让你吹上一两回。如果没有男孩，女孩子可不能玩儿这个，那就看谁家亲戚或邻居小孩的面子大了，总之这是一份难得的特权，玩得好的可以吹两三天，然后覆在小碗小盆上，还可以当羊皮鼓儿来敲，咚咚咚的挺好听的。

小的有小的高兴玩的，杀猪的这边，就正式破膛。一只手用刀尖轻轻地从猪的两排奶头中间画线般往下走，一只手挡着已经打开的上面，怕肠肚掉出来，这事儿不能急，不然哪怕很小的碰触，也会划破肠肚，那可就粪水流一腔了。将肠肚掏出来放在早已准备好的簸箕之类家什中，再将苦胆找到处理了，将心肝肺之类的剥离出来。这时千万不能让狗离得太近，不然闹不好它就会叼着肝儿啊肺的逃去大餐一顿。

如果是肥猪，那内脏中的盘肚油都会有十几到二十来斤重。农民穷啊，生产队一年也分不到几斤胡麻，换不到二斤胡麻油，所以一年就靠这猪油糊弄着过日子。内脏掏出来，把腹腔内弄干净了，然后就是卸块儿，这时候屠夫一般会征求主人尤其是主妇的意见，这肉该怎么卸，如果要卖半头猪，那就得整个半片卸下来，再肢解其他的半片。而且哪块是准备做腊肉的，哪块是准备过年吃的，哪块是今天晚上就要煮的，哪块是要送给哪家亲戚的，前后腿儿上得留多少肉，猪后腿的肉香好吃，所以后腿上要多留些肉，这主人心里都得有个数儿，然后杀猪的按照要求，切割成七零八落的块儿来，这表面上的工作就做得差不多了，但实际更艰巨的工作还在后面，那就是洗肠肚儿。

六

杀猪本身是一件不难的工作，洗内脏却是一件技术活儿。

西北农村，那时既没有煤，更没有电，如果遇上个有日头的天，气温可能还在零上，如果是阴雪天，西北风再吹得紧，一般都在零下十几度甚至二十来度，滴水成冰的，肠肚从猪肚子里掏出来的时候，温度高得烫手，不到几分钟，就会结成冰块儿，所以要马上将肠肚里的粪便排除，再扎上口儿泡在热水里。在将外表洗干净后，屠夫最拿手的，就看翻肠子的水平和洗的功夫了。

老外很少有人食用动物内脏，而中国人连蚯蚓、蚂蚱都要吃的，何况动物内脏，这么好的东西怎么可以随便扔掉，所以不要说牛、猪、羊等大动物，就是杀只鸡，也得把肠给吃了。牛猪肠子孔儿粗些还好洗，要是羊肠、鸡肠，要洗干净那可真是太不容易了。你如果看看羊的肠子，就会明白人们为什么形容难走的山路是"羊肠小道"，你再看看鸡肠就明白为什么把小心眼的人称为"小肚鸡肠"，因为它们实在是太曲折太细小了。更为主要的是动物内脏的里面，都有一层毛绒，过去的人称毛巾为"羊肚子手巾儿"，就是形容那层毛绒的。这层毛绒如果水太烫了，就会烫烂甚至烫掉，肠子就会变成皮带，全然没了味儿，因为吃杂碎吃的就是那毛绒味儿及感觉。

翻肠子是要有水平的，一般的人翻不过来，尤其羊肠是用细细的筷子或竹签儿来翻的，翻了过来，然后再用水洗上若干遍，拿到鼻子边闻着没有臭味儿了，再泡在水里，等过上个把小时，再拿出来闻，又是臭烘烘的，再用水来淘洗，再泡再洗，经过无数遍，才能洗干净。所以，很多人不愿意吃肠肚就是这玩意儿不好伺候，吃一顿可难了。甚至有些名家饭馆儿，弄不好吃起来也是有味儿的。

等把肠子肚子都洗好了，这屠夫的工作便告结束，如果今日没有第二家杀猪，便可以盘腿坐在炕上，烧上火盆，煮上山茶，烙上油饼，边吃边喝，边嚼着舌根儿，只等着肉烂锅开的那一顿新鲜了。

七

杀猪这天，最悠闲的是老人，坐在炕头上，热炕暖火地吸着烟锅子，煮着茶罐子闲谈，从盘古开天说到今年谁家的猪肥；最高兴的是小孩，蹦蹦跳跳地出出进进，兴奋莫名；最忙碌辛苦的，则是女主人了。

蒸好了血馍馍，再炸（煮）一锅洋芋（土豆）片，一锅干蕨菜，一锅萝卜片，一锅包包菜（卷心菜），压一锅的粉条，这些都搭出来放在各自的大盆里，再和好白面蒸上几屉子的油花卷儿，讲究点儿的人家，还会炸上一锅菜丸子，这煮肉前的准备工作才算是告一段落，实际上就是过年时吃的所有菜肴，都备在这里了，年节时来了亲戚，只管热熟菜兑肉就行了。

肉还没有进锅，小孩子们已经在厨房进出不知多少趟了，老往锅里瞅肉煮上了没有？煮上了又三番五次地问，到底快熟了没有？邻家的孩子，不好意思进来，就在大门外旋着，那心里真是空落落的闹得慌。太阳落山前，西北风劲吹，就像是冻箭在射，身上又没什么暖和的衣服，孩子们冻得龇牙咧嘴，手脚乌紫，牙壳子打战，鼻涕和哈喇子都冻在嘴边，像长着两颗白葱，父母连哄带撵赶回家去，不一会儿就又出现在人家大门上，可是等到真正肉熟出锅的时候，这些盘旋了一天的尕娃子们，却大部分已经在梦境中尝肉了，以致第二天早晨起来，还稀里糊涂弄不明白，昨晚自己究竟是吃到了还是没吃到肉。

女主人在大规模煮肉前，一般要先从猪的各个部位象征性地切一些小块肉，在锅里小炒出锅，这是有三用的：一是敬神敬祖宗，分出一小碟献在供桌上给他们食用，你不能只给他们一点生猪血喝就算完事儿了，可是小碟儿还没沾桌子呢，就被馋嘴的小主人叼到自己嘴里去了，好在神也就领个先气儿，毕竟不能真从土里钻出来把那肉给吃了；二是给家里老人先尝个鲜，以示尊老敬老之意；三是给杀猪的先品尝一下，以示对其杀猪辛劳的酬礼。

小锅肉出锅，才开始剁大块肉进锅，是用砍柴的大斧子来剁的，就像李逵的板斧，而且是男人们来剁，因为女人没多大劲儿，砍不动大骨头，连肉带骨头的剁好洗干净了，放进去可满一大锅，然后倒上清水淹过了肉，就开始猛火烧水，等水开了将脏沫子打捞出来，再放入花椒、大料、大葱、食盐等调料，农民没多少高级调料，但这几样已经足够了。细火慢慢煮，煮到骨头快脱骨的程度，才算一锅肉煮好。农家院落，肉香四溢，荡荡悠悠，满村皆馨，如果有手馋的娃子，再放几个爆竹，硝烟弥漫，这年真的可就来了，真的要过年了。

冬日天短，等肉煮好出锅的时候，天也黑得净静了。将肉捞进大盆中，肥瘦搭配切成饼干大小的块儿，大方的女主人，会切成半厘米薄厚，小气的切成薄如蝉翼的片儿。然后再将各种菜兑入锅里热好了，就成了杂货菜。后锅里是调好料的香气四溅滚烫浓溢的肉汤（农村灶台上一般都安置一前一后两口锅，前锅大后锅小），将菜盛入碗里到七八分满，再用肉汤浇上两三遍，菜便扑鼻的香浓。最后一道工序，是将案板上切好的肉片与血馍馍片，搭花了在菜上面盖上一层，表面看起来一碗全是肉，其实这是要达到的视觉效果，实际上肉层下面全是菜，好多人家只是半碗土豆块而已，这就是今天新猪肉的正式大菜也。

八

上菜之前，男主人或者小朋友们，早已把四邻八舍的老人们，或者各色重要人物，都请到家里上房上炕坐定了，老太太与女眷们则另房安置。一年四季，少不得常要麻烦亲邻，这正是表达谢意的好时机。家里就像办喜事一样，熙熙攘攘的满屋子都是人。有些重要角色还要请个两趟三趟的，才能请得来，有的怎么请他也不来。这不来的有些是真不想来，体谅人家的难处，去的人多了连个多余的碗都没有（所以常常是大家互相借碗筷），有些可能是你在哪个时候哪句话儿得罪他了，所以三接五请的不给你这个面子，这是男主人往后几天要反复思考并需要解决的严肃问题。

主房的炕上，早摆好了炕桌，桌上有无数双筷子和几大盘的油花卷儿，最差也是白面或洋麦面的薄饼子，这时再把肉菜端上来，盛宴就算正式开始。

农村吃饭，不像城里人一样，只盛上一盘，大家拿筷子掐着一点儿一点儿地吃，谁也不好意思放开吃，吃了半天儿还是一盘菜。农民吃饭，是每人一碗，端在手里了吃得叭里呼啦响。一般懂事的，知道今天人多，主家的锅不大，而来吃的人实在是太多，所以不能下老实吃，吃上一碗儿，也就收嘴假装吃得已经很饱很过瘾不再吃了，或者撒谎说早在家里吃过了实在是吃不下去了；而不懂事的愣头青，这时就会放开肚皮，吃他个“三碗翻过冈”，直到伸长了脖子打着嗝才罢休，农村人管这种人叫“二五眼”或者“木眼人”，就是不知好歹，不会体谅人，脑子进水的人。由于长期不见油食，而且血馍馍是性凉的食物，所以吃多了的人，半夜多半就会拉稀，真是贪了便宜吃了亏呢。

请人来吃还不算完，哪家有摸黑走不动的老人和小孩，还得给这家专门送去，基本情况是一家送一碗，如果关系太不一般的，那还要送两碗，或者是一大碟子。月黑风高，地冻天寒，伸手不见掌的冬夜，连汤带肉菜热腾腾的一碗，一路走一路洒，等送到邻居家，就只有冻冰冰的半碗了。

这时有的人家还没睡，有的已经睡了，你就得叫门。如果等了好一会儿，才窸窸窣窣打着冷战来开门的，那可是真睡了；如果听到说睡了睡了，但瞬间就开了门且故作打哈欠的，那可是假装睡了。如果这家已经杀过猪了，那就对你这碗菜不怎么稀罕；如果他们还没杀，甚至今年就没有猪可杀，那可是一家人爬在炕上，支着耳朵等你叫门呢。一碗菜，几片肉，全家人都可以尝个鲜啊！

我记得当年我给邻居家送的时候，母亲总是把菜夯得实实的，肉要厚厚地铺上一层，而且是有肥有瘦，汤连着兑好几遍，然后在上面再盖个空碗，给捂严实了，以保证送到别人家的时候，还能有点余热。有时候她还要算一算，邻居家有七口人，至少要有七片以上的厚肉，不然每人连一片肉都吃不到，那得多闹心，也显得我们多不诚心。我的母亲是一个公平公心的人，她借邻居家一碗面，来的时候是虚虚一碗，她还的时候一定是压得实实的高高的一碗。母亲这种"厚往薄来"的习惯，深深影响到我，虽然我从没富到大手大脚花钱无所谓的程度，但我敢说我从来没有亏待过朋友，这大概也是现在无论我走到哪里，都有朋友能给一碗饭吃的原因吧。

九

等该吃的都吃过了，该送的都送过了，主房炕上的舌根也嚼得差不多了，邻里邻居的都走了，到处都是狼藉的碗筷，等把这些收拾停当，主人还不能睡，还有好多事儿要做呢。

女主人先将雪白细腻的猪油块，切成小丁儿，把大锅烧热了，放进去熬，然后将油一点儿一点儿地滤了舀出来，边熬边往坛子里清，坛子得事先用开水温过，否则大冬天猛然将100度以上高温的油倒进去，坛子会爆炸的。熬油是既费时间，又费眼睛的事儿，猪油味儿熏得你都想吐，熬到最后炸干了，就只剩下猪油渣儿，吃起来在香与不香、肉与不肉之间，但总比没有的好。记得有次在北大开会，晚上在"白家大院"吃饭，北京烤鸭有一种就是先将鸭皮烤成焦红色，这也是玩技术的活儿，时众大家推举一位德高望重的老先生开尝，他老人家小嚼了一下，脱口说出一句"像猪油渣儿的味道"，现在二十多岁甚至三十来岁的年轻人，听了此言就找不到感觉了，因为他们都没吃过猪油渣儿。

我的母亲总是将油装一坛子，猪油渣儿另装一坛子。夏月时候，炒个菜做个面条，往里放一铲子油再添一点猪油渣儿，就顶肉吃，是天下绝美的食物。蚕豆大的一小块儿，在嘴里可以咂吧好一会儿呢。母亲极其仔细，直到冬月，这油还会剩余一些，以保证偶尔来个十里八亲的时候，能烙张猪油饼儿，这油煎的猪油合子，那可是太好吃了，因为只有猪油才能煎出那种酥脆香味儿。

猪油熬完了，还要做腊肉，选四五块尺把方，四五指厚的里脊好肉，烧上锅水，等水开了把肉放进去，等肉外边看起来血色一去，就赶紧捞出来，可不能给煮熟了，然后往上面抹食盐，一层一层地抹好多遍，抹到白花花的成色，这腊肉就算做成了，再穿上根绳子挂起来，一年也不坏，需要的时候，切下一小块儿，就可以改善一下一家人的伙食，或者招待稀客贵戚。我有时候馋得实在是忍不住了，就从上面撕下一小条来，放在嘴里品嚼，母亲总是气急败坏地喊：我的爷，那是生的，吃上会贴在肚子里，不能吃啊！只是我老家的腊肉，实际是太咸太难吃了，邻县陇西的腊肉，那可是全国有名，我在兰州上学工作的时候，经常买一个肉夹馍，里面夹厚厚一层陇西腊肉，再来一碗羊杂碎儿，才五毛钱，就可以吃得鼓腹哑嘴而去。

我的母亲是个苦命人，一家五口人，她要侍候我的爷爷，还有父亲、我和弟弟，四个男人的吃穿诸事都归她管，她没有婆婆，我的奶奶在三年困难之前就早逝了，我都没见过她长什么样儿，而母亲膝下也没有一个女儿，弟弟不听话的时候，她常常气得掉着泪骂：怎么不让他是个女儿呢？可以帮我干活儿。农村管这种家庭的女性叫"单手人"，就是家里家外只一个女人打点，整天忙得团团转，好像缺了一只手似的，光是一家人一年四季的破衣服补洞，就够折腾了。

所以，要么是我，要么是父亲，常常要给母亲打下手，坐在灶膛前添柴送火，我那时觉得这实在是太丢人太丢人的事情，常常被伙伴们讽刺是个女娃子。尤其是父亲，好像从来没有享受过"老大"一回家就坐在炕上使唤人的滋味，因为一方面有爷爷在，他只能做小辈，另一方面是母亲实在忙不过来，所以父亲经常也得不到休息。最享福的是爷爷，经常坐在炕上跟串门的老辈们说古今，需要什么的时候，他就用最简单的命令，跟我们要这要那。比如火盆里没柴了，他就会喊"娃们！添火来"；壶里没水了，又喊"娃们！灌水来"；吃完饭碗里空了，又喊"添碗来"，饭毕了他会喊"取碗来"等等，跟皇帝差不多哩。

等所有事情做完了，这时天已经快要亮了，忙碌了一整天的父母才能管顾到自己。我想我的父亲大概是世界上最能吃肥肉的人了，母亲会专门热一小锅肉和骨头，先用蓝花大碗给父亲高高地切一大碗肥肉片，因为太肥，肉在碗里颤巍巍地抖着，看起来就像是盛了一碗凉粉皮儿一样，再往灶台上放几个花卷儿，两头大蒜，我的父亲竟然就把这一大碗肥肉片儿，跟吃洋芋片儿一样地吞下去，母亲在旁边看得咽着嘴说："这人！这个人！咋吃得下去，咋吃得下去！"因为她已经被熏了一天的猪肉味儿，眼睛红肿，手脚已经冻得麻木，都没有了感觉，肉是一口也吃不下去的，顶多吃几块血馍馍而已。等父亲吃完了肥肉，母亲再给他捞上几块肉多煮烂了的骨头，因为父亲三十来岁就满嘴没牙了，父亲极其享受地用牙龈啃个精光，这才算是把他一年没有油花儿的空空肠子给镇住填结实了，这就是对他一年挖天抓地辛劳勤苦的最好报酬了。

等到第二天，母亲就会提个小花篮，里面装了各色的熟肉、花卷儿、血馍馍、冻蕨菜和冻粉条等，再包好一根生猪后腿儿由我扛着，给外爷和外婆送去，有时候还会遇上野狼在雪地上玩儿哩。

十

现在每年杀完了猪，或者是除夕晚上，要么母亲打来电话，要么我打过去，母亲总是说：今年我们的年猪很肥，肉很好，可惜你们吃不上。我说我们也有，我们天天吃，都是新鲜肉好肉呢。母亲说：你们的肉哪有我们的好，我们自己养的猪，满世界地跑，肉有精劲儿，你吃的都是圈养的猪，肉松皮厚，不好吃的。其实，母亲哪里知道，我们吃的是瘦肉精、生长剂、化肥等催出来的猪肉，临卖的时候还要注上水，我真不知道我们吃的还能不能叫猪肉。我想母亲要是知道我每天吃这样的肉，说不定她会给我从邮局寄过来一头生猪呢。

我从十来岁，就离开家一个人闯天下，学校放冬假总是很晚，一般要到腊月二十日以后，等我回家的时候，因为没有饲料，我家的猪总是已经杀过了。再后来上高中、上大学，离家越来越远，就更不能亲自杀猪。等到了北京，竟然连回家过年也成了奢侈，我几乎没有在过年的时候回过老家，"春运"期间出趟门儿，是要背上几段毛主席语录"下定决心不怕牺牲排除万难去争取过年"才能行动的，我只是在2002年过年时回去过一趟，因为我估计我的爷爷活不过第二年，所以专门回去给他拜年磕头算是送终，果然第二年爷爷就仙逝了，我又赶回去奔丧。然后直到今年暑假回家，屈指一算，竟然有六个年头了。现在我更要在异国他乡过年，孔子说："父母在，不远游。"如果按此标准，像我这样的人，都成不孝子孙的典型代表了。

现在农村生活条件大大改善，大家不必为一碗菜两片肉，再费那样大的劲儿了。今年回到老家，有次闲谈，我问弟弟现在过年杀了年猪，大家到了晚上还互相送不送菜？他有点诧异地看着我，然后漫不经心地说："十年前就早不送了，现在谁还稀罕半碗剩菜呢！"我当时听了，不再言语，却五味杂陈。

我知道我描述的杀猪场面，即使我回到老家过年，也不可能再出现了，可是我总是难忘那时的光景与那时的和乐，人们之间那种亲情和真诚，以及那碗端在路上边走边洒的菜，充满了迷人的温馨，氤氲芬芳，弥漫四溢，让我想起来就神往而唏嘘不已。

我总是念旧，总是想起我吃不饱饭的过去，以及那时给过我一口饭吃的乡邻和亲朋。人们常说，当一个人总是想念儿时的故事，那说明这人已经老了，这大概是我也正在老去的表征吧。

杀　蜜

今晨两点多，从办公室出来，路经开运寺，往山上的公寓爬行。因为中秋节放假三日，韩国城里人都到乡下去祭祖磕头，店铺关门歇业，加上已经是人静以后，故万籁俱寂，开运寺平日的灯笼也不亮了，只有昏暗的路灯，隔好远亮着一盏，泛着没有睡醒的昏光。

经过公寓楼，索性再到平日散步的山上转悠，山路幽幽，树影婆娑，凉风习习，爽适无比。从山顶往下看，城市的夜晚虽仍是万家灯火，但平日山下的主干道上，竟然也是路旷车稀。我坐在土球场边的木椅上，点根烟抽着，一个人静静地享受着月夜的清寂与孤冷。

抬头望天，一轮皓月，已然西倾，斜照人间，月明星稀，月光如水。杳无人迹，亦无鬼踪，偶有我的咳喘声在树梢上飘荡，令我产生错觉，不知我究竟是现世的活人，还是阴曹的鬼魅。不禁又想起黄仲则的诗来，改编一下就成"悄立山峰鬼不识，一月如轮看多时"了。

在我的故乡黄土高原的深山里，每当月圆之时，月亮如玉盘，月光如水银，远比我今夜看到的还要明亮而妙绝，可惜的是我很小就离家，为糊口奔波，仔细想来，我竟然真的想不出来故乡的中秋月夜是什么样的。

更令我惭愧的是，我知道世上有个中秋节时，我还不知道那天就是农历的八月十五，因为在家乡，人们从来不说"中秋节"，而只说"八月十五"。八月十五对我来说，有两件事值得期待：一是八月十五前，爷爷给生产队养蜜蜂，这时的蜂蜜是最高产的时候，所以队里会杀蜜蜂酿蜜；第二件是每到这天也唯有这天，父亲就会买少量的新鲜茄子和青椒，可以美美地享受一顿蒜拌茄子，吃几大碗搓搓儿（当地读 cēcé，又称饸饹面、杠子面）。至于赏月，是我在进城以后，才知道还要有这么一项雅致悦心的活动。

在我家小小的院子里，从西至东摆放着二三十盒蜂槽，这都是生产队的蜜蜂，其中也夹杂着我家私养的几盒，但那属资本主义尾巴，不能让外人知道。每年春天满山遍野的花开了，蜜蜂们的好日子就来了，它们出去时光着腿儿，回来时两只腿上便裹着白、黄、红、蓝的花粉，沉甸甸的飞都飞不动的样子。我经常痴痴地呆坐在蜂槽口，看着蜜蜂忙碌地带着花花绿绿的花粉出出进进。天长日久，蜂槽里的蜂瓣越来越多，从槽口就可以看到，每个棱形的蜂瓣口，都用一层薄薄的蜡粘盖住，以免蜂蜜溢出，天造地设，臻极其妙。

我有时实在忍不住，就到晚上蜜蜂安静下来时，拿一根长长的空心麦秆儿，从槽口插进去轻轻地往里捻转，因为蜂瓣上厚厚地爬着层层叠叠的蜜蜂，当蜜蜂们被痒着躲到一边时，麦秆儿就能直捅进蜂瓣里，这时把麦秆的另一头放在嘴里可劲儿吮吸，蜂蜜便汩汩地流淌到嘴里，那种生蜜的甘甜清香，是商场里买到的蜂蜜永远也不可能有的，我想大概我今生再也尝不到了！

八月十五前，村里人就会选个良日吉夜酿蜜，我们那里养的是土蜜蜂，不像路边放养的洋蜜蜂，只取蜂瓣，土蜜蜂是连瓣带蜂一起杀。我对这个夜晚既十分向往，又充满恐惧。杀蜂往往是在后半夜进行，因为那时蜜蜂们全歇息了，我家的所有煤油灯光都会被熄灭，人们抬着蜂槽，以最快的动作与速度将蜜蜂连同蜂瓣铲进锅里，绝大部分的蜜蜂随着它们的家都煮在了水里，极少量惊飞的蜜蜂就四处乱飞，疯狂蜇人，任你把门窗关得再严，我蒙着头裹着身的破被窝里总会钻进一两只来，吓得我光着腚哇哇大叫着在炕上乱跳。说句实话，我那时大概还不知道同情或者怜悯，我从来都觉得那些蜜蜂到了八月十五就该死了，后来读了罗隐的《蜂》诗，就不再忍心看杀蜂了。

蜂蜜酿好，天就差不多亮了，连夜辛劳的人们都要喝热蜜，据说刚熟的热蜜可以治病，加上人们一年就这时才能吃到蜂蜜，因此母亲就会拿出家里所有的白面来招待大家，她常常刮得柜子里哐里哐啷响，也刮不出几碗面来，白面烙成薄薄的油饼，油饼蘸热蜜吃，便是那个年代我们吃到的最美妙的食物。我记得像我的父亲，竟能就那样端起一碗蜜像喝凉水一样喝下去，有时蜜里有没有滤尽的蜂箭，仍然还活着，蜇在人们的舌头上，第二天便舌肿得不能说话，令人惊叹蜜蜂的报复能力。

那时植被非常好，满山遍野都是野花，庄稼地里也少施肥，所以养蜜蜂极易出群，爷爷养了一辈子，到他晚年家里还养着几槽，因为山秃了，地里全是农药，失却了干净的花草，蜜蜂根本就起不了群。现在父亲虽然也养了一些，但很少产蜜。今天给母亲打电话，母亲还说今年又没产蜜，不然就给你寄些到北京去。我安慰她说北京的超市里也有很好的蜂蜜，不用从老家寄的。母亲遗憾地喃喃道：还是咱家的蜜最好最甜呢！

农村人除了地里种几棵白菜萝卜外，很少能吃到新鲜的蔬菜，像茄子、辣椒之类，山里不出产，就成了奢侈的极品，一年到头只能在八月十五吃得到一次。母亲将茄子煮熟了，端在盘子里放在厅房炕上，爷爷慢慢地把茄子撕成条儿，然后泼上熟油，调些蒜末盐巴，这就是我每年八月十五热盼的吃食。爷爷极喜吃辣椒，母亲就专门给他炒一盘，吃得爷爷满头流汗，啧啧痛快。到了晚上，压了搓搓儿，盛上一碗，调几勺土豆丁做的臊子，放一撮香菜，加点盐，如果再拌几根青辣丝儿，那便是人间鲜有的绝珍，我总是要比平常多吃两碗，然后挺着肚子倒头即睡。至于月亮，我根本不知道它还有好看与不好看之分。

故乡的山野，最美的是我上小学初中的时候，每年到了春天，各种各样的山野花便四处烂漫；到了夏天，慢慢就有了一些可食的野菜野果野蒿之类；秋天地里的洋芋长大了，就可以偷剖出土烧着吃。所以，从初夏时候起，逃学一天不回家，在屲里和地里，揪食野果粮食也不会挨饿。

记得有年夏天，我回到老家，收割麦子，傍晚时分，我背着一百多斤重的麦捆，好不容易爬到了一座山梁上。我放下背子，站在山梁上擦汗歇喘，脑袋一勾，汗珠便成串地往下流淌，晚风吹进被汗湿透的身子里，凉爽舒服得让人酥醉，我索性躺在草丛里，闭上眼睛沐浴着清风，瞬间便睡着了，等我睁开眼睛时，突然被眼前的景色惊呆了。

在山梁西侧的远山边，夕阳贴着山沿正在下沉，大得就像半个磨盘，落日的余晖洒在天际，晚霞飘涂在夕阳后，将天边抹成了一缕缕血红；而东边的远山顶，皎洁的月亮已然升起，也像是大大的银盘，低低的似可揽摘，月影中的桂树和兔子清晰可见，唯有吴刚和嫦娥不见踪影，淡淡的白云挂浮在月际，月亮时隐时现，犹如羞娇的处子。我站起身来，看到了自己的影子，不知究竟是太阳的余光还是月亮的照影，我也不知道自己究竟是在人世还是在天堂。

山风撩拂在脸上身际，我打了个冷战，明白了自己是一个收割庄稼的农人，还有一个大背子要我背回遥远的场院。当我准备再次背麦子的时候，后面来了背着比我还重背子的三爸（三叔），我跟他兴奋地指着月亮说：三爸！你看今晚多好看的月亮啊！三爸瞪了我一眼道：你这瓜娃！天这么晚了，还不紧着赶路，这瞎天黑夜的有啥啥看头！

雨后的彩虹，凄美的晚霞，初升的太阳，中夜的月亮，都是人间的美景，只是生活在那里的人们，每天忙碌在地里，他们认为这些东西只是身边每天出现的平常物什，他们从没想过也从没静静地坐着或是站着欣赏过蔚蒸的云霞，或是皎玉的月亮。他们认为世间的美景都在城里在灵山，他们终生也看不到什么美景。他们甚至终生也没想过人的心灵，也需要品味与滋养。他们有的只是劳碌与苦难，希望与绝望而已。

我和我的父辈们唯一的不同，大概就是识了几个洋码字儿，记得了几首歪诗，于是便成了所谓的文人，识得了所谓的"风景"。但我的心灵，从此就变得极其的脆弱。父辈们一枕黑甜的酣觉，从此便与我绝缘，常常在中夜断续的噩梦中，在世间的实景与幻景中交织着煎熬。

然而，我仍然常常想我的故乡，不知在那越来越变得无法生存的深山里，还有没有那样的夜景，有没有那样的圆月！

夜　路

一

　　现在的城里人，尤其是城里长大的孩子，大概都没有走夜路的经历；即使农村的孩子，随着生活与交通条件的改善，也不大走夜路了。

　　我最早走夜路，大概是五六岁的时候，死乞白赖地跟着父亲到县城赶集，目的不过是蹭碗臊子面吃，或是为买本一毛钱的小人书而已。因为路远，所以都是在凌晨东方发白前就蒙蒙地开走，到天亮时已经走出十多里地了。有时回来晚，就两头都得走夜路，小孩子去时心劲儿很大，有强烈的目的性，所以硬撑着走；回家时又累又困又饥又渴，就半道躺在地上抹泪号叫，连蹬带踢耍赖不走，往往是被父亲拎起来扔在背上或在马背上睡回来。

　　后来长大了，有时和父亲去县城磨面，经常要走夜路，那可是被逼无奈才去的。黑漆漆的夜里，骡子驮着面口袋在前面走，我拽着它的尾巴在后面蒙眬睡着，骡子停步歇脚，我就会撞到它屁股上惊醒。铃铛有节奏地叮当响着，更增添了黑夜的寂静可怖。

走到山梁上时，冷风吹干汗水穿透我的破衫子侵入骨髓，不由得全身打战，于是就睡意顿消了。

十四五岁时，我们经常偷砍国有林里的橡子到县城去卖，那是极其费力极其危险又违法的勾当，一旦被林警逮住，轻则一顿暴打，重则罚款无数（因为打伤还可以长好，罚款没钱可缴，所以轻重在外人看来有些颠倒），为了躲避林警和公安局的人，盗林者都是在后半夜出发，扛着丈把长的几根橡子，在陡峭的山路往下走，肩膀被压磨得红肿生疼，橡子的下冲力带着你再一路踉踉跄跄地小跑，等天亮警察老爷们饭毕时上班，我们早已卖掉橡子，在回家路上了。

每年秋收搬运庄稼时，也都是走夜路。山地阴湿，多种禾田（青稞与绿豆混合），禾田的秆子比麦秆柔软，是牲口的上等草料，所以家家种的很多。禾田被拔下来捆成很大的束子矗在地里，十来天风干就可以搬运了。这是农活儿中最苦的，全是人工背运，像我这样劲道儿还不够的嫩少年，也就背得动四个束子而已，半道站着喘气儿，一勾脑袋汗珠就穿着线儿从额头顺着鼻梁上往下滴。由于束子虚虚的体积很大，如果你在黄昏时候借着山梁的青天看，就好像是在背着一座山走，很是雄伟壮观。因为怕秋日霖雨不止，青稞一长芽子就全废了。所以一家搬运开始，家家就排上队了，一般都是要连着搬七八个晚上。因为白天也在地里，所以不能睡觉，刚开始的两个晚上还行，到第三个晚上，人就成了僵尸，腰腿都不是自己的了，坐下起不来，起来坐不下。路上要相互大声嚷嚷，因为稍一歇脚，就会有人睡去，没人叫就能睡到天亮，走在路上也是睡着的，只是凭第六感官在机械地走。有时躲在场院的草垛里，脑袋往草里一塞就呼上了，毒蛇在身上盘卧也不会知道。那样的夜路真是又累极又危险，现在想起来还觉得腿酸呢！

但这些都不能算真正的夜路。真正的夜路，是你一个人在月黑风高的夜晚，在荒无人烟的旅途中赶路。

二

我记忆中最深刻的一次独行赶夜路，是在某年的大年初三，我和几位同学约好到县城给老师们拜年，下午五点多，才转到最后一位老师家，老师早就喝高了，通红着脸大扯着嗓门一定要留我们吃饭。我急得要死说我路远先走，但老师死活拦着说什么也不让走，说大过年一定得吃完饭才让走。可是等吃完饭出来，已到六点半，县广播站大喇叭的晚间广播已经开播，天麻麻花花不大看得清人了。路口处处在冒烟，人们在烧纸钱送祖先，爆竹声响个不停。当地古规：大年初一设牌位请祖宗回家过年享祭，初三晚饭毕就烧好多纸钱给他们，等于是发一年的生活费送他们回坟园。这个晚上男人们要磕头送祖宗，家族是否人丁兴旺就看这时，是很要面子很隆重的仪式，所以在这关键时刻是不能留宿在别人家的，我是家中长孙，当然更没有理由做了他人的孝子顺孙。因此，我不顾同学的再三劝阻，执意要冒险在黑夜归家。

当走到名叫新庄门的村子时，同学都陆续散去，天已经黑尽了，只有我一个人像游魂似的在路上。从新庄门到我家，大概还有二十里的光景，说是二十里，如果按城里人的小碎步和小米尺来量的话，大概三十里也不止。那是一条极长极长像大峡谷似的深沟，两边山峦对峙，高耸挺立，深谷幽长，曲曲折折，杳无人烟。我原想可能会侥幸遇到一位伙伴，但我显然错估了行情，大年初三的晚上，除了路上背口袋扛麻包装钱的大大小小、老老少少的有主鬼，以及零星拉杂从路上捡到几个散子儿的孤魂野鬼外，哪有人在这个时候还赶路呢！

我对这条路太熟悉了，因为每隔一两周就走一次，已经走了四五年了，我几乎对哪儿有土台可以歇脚，哪儿有山泉可以汲水，几个弯儿道坡，九曲十八盘，都了如指掌。但要命的是长期听大人们传说，这条深沟在旧社会是土匪出没的地方，被土匪害死的人有好多，满沟都是亡魂冤鬼。至于死了的冻牛烂马，更是不计其数。我对哪儿有座孤坟、哪儿有个野鬼、哪儿有个吊死鬼、哪儿有个无头鬼、哪儿有个羊羔鬼、哪儿有个毛牛鬼等，和熟悉这条路同样熟悉，平常爱听鬼故事，这般时候可真是要了我的小命儿了。

我几乎都要哭了，真后悔应该听同学劝宿夜得了，哪里管那么多的规矩，但现在后悔已经来不及了。我的书包里有两个不知在谁家给装的油花卷儿，还有一把同学借的手电筒，两包也不知什么牌子的香烟，几十个爆竹和一盒火柴。我在路边的柴草里抽出根一米稍长的棍子，算是壮胆的利器，这玩意儿打狗还成，打鬼就不知效果如何了。

我摇了摇头，就拎着棍子硬着头皮顶着夜幕向沟里进发了。沟口直行数百米，左拐再向里插，山冈就把外面的公路与亮光完全遮挡，黑夜和恐怖迅速将我裹挟劫持，我明白已经与外界隔绝了。

三

入沟的一段路，还是相对开阔平缓的。这里处处都是动物骨头，夜晚经常有一团一团鬼火飞旋。对付鬼火我还是颇有经验的，上小学时回家走山路晚了，经常会看到。如果在夏夜看到火光，要么是萤火虫，要么是鬼火。萤火虫的光亮动得较慢，而鬼火则是被风吹的跳着走。寒冬时节，鬼火是闹不起来的，但我仍感觉山脚好像总是有火光一跳一跳地逼近我。我觉得周身的紧张，想想可能是眼睛发晕，就使劲儿眨巴着眼睛，却突然看到前面有人影在晃动，我心头一热想运气真好，就边喊着边追了上去，但那人忽焉在近前，忽焉又远去，和我的距离总是差一截子，我快他也快，我慢他也慢。追了一会儿，我突然觉得毛骨悚然，冷汗直冒。

据说，动物死后也会成鬼，它们要害人时，会幻成人形，就像我现在这样，你总觉得前面有人，你走多快他也走多快，追着追着就会入了他的圈套，有时候走一个晚上仍是在原地打转。大人们说如果发觉被鬼缠住不能脱身时，就索性蹲在地上，鬼就不能领着你走了。我觉得我的前后好像都有人影在晃动，但我决然不敢蹲下，因为那对我来说即使不被鬼掐死也会活活冻死的。

我不大敢往前看了，就低头盯着自己的脚闷声不响地走。没走多远，就听到头顶山坡上土块石子儿沙沙唰唰地往下在滚落。在这万籁俱寂的夜晚，这声音竟然如此清晰、震撼，令人惊惧，就像恐怖电影中的配音，当它们落到我脚下时，我只觉得两腿发软颤抖，脚像钉在路上都快要迈不开步子了。传说有些鬼专门喜欢站在你头顶往下扬土，如果土沾到你，就会当场昏迷，七窍流血。我觉得头顶正有一个甚至一群无常鬼，在一把把地往下扬土，我不敢抬头看，只想拔腿就跑，可人家说走夜路时既不能跑也不能向后看，因为越是那样就越害怕，鬼看到你害怕，他就不怕你了。

其实我非常清楚是什么原因，沟两边的山属于地理课上讲的褶皱断层山，植被极少，土质疏松，风吹雨打，牛羊踩踏，白天也会不断掉土。然而在这样的黑夜，让我不得不相信这是鬼干的。我抱着脑袋窒息般机械地往前移挪着，任凭那无常在头顶扬土扔石子儿。

好容易挨过了山脚这段路，不敢向前看，我就抬头望天，天只是和两边高高的山棱有个交接的轮廓而已。伸手不见五指，只是凭感觉深一脚浅一脚地走着，我怕踩到水沟里，就一边用棍子乱戳一边拿出手电筒照着走，可是手电的强光在眼前一晃，我就看到暖帽帽檐上的小绒毛在颤动，还看到自己呼出的气息，像是一团团的棉花散开。再往远处一照，贼亮贼亮的光柱射出去，更显得周边黑暗和阴森，让你反而不向前看，而是不由得向两边看，电光下的枯草和灌木，随着光的抖动，也都在跳跃着仿佛要向你扑来。我赶紧关了电筒，有些鬼特喜欢亮光，他们会随着光追你，有的鬼还能让手电筒光线变暗甚至不亮。

我继续摸黑走着，故意吭吭咔咔地咳嗽表示我的存在与勇敢，空谷两边的回声也在怪怪悠悠地飘着，不祥地回应着，我的脑袋嗡嗡作响，像只车胎不断膨胀都快要爆了。

四

大年初三的晚上，是鬼集体行路的日子。有夜明眼（黑夜能看见鬼）的人说，鬼一般也不惹人，他能看到你，你看不到他，他在遇到你时会躲让，人身上有火气鬼也怕，但如果碰到一起了，你就会得病。我心里一阵紧似一阵，觉得前后左右都是魑魅，他们大包小包，装满钱物，鬼头攒动，像在赶集。个个绿头绿脸，扭曲狰狞，吐着舌头，僵着身子，眼珠不转，紧盯着我。阴风吹来，呼啦左旋，呼啦右卷，我被鬼们挤来撞去，避让不能，逃脱无路。我觉得自己走路开始摇摆，双眼迷离，脚下绊蒜，趔趔趄趄，腰越弯越低，肩膀下意识地往怀里缩。我赶紧摘下帽子，在头发根儿使劲磨蹭，据说头发会冒火星，鬼见了怕就会让开。

我突然又想到书包里有香烟，就赶紧掏出一根叼在嘴上。这是一年中最寒冷的夜晚，穿沟的寒风咆哮而来，刺在脸上，透彻心骨，手已冻僵又抖得厉害，根本握不住细小的火柴棍儿，划了好几根火柴也没点着香烟。我觉得自己像是安徒生童话里那个卖火柴的小女孩，甚至还不如她幸运，因为她毕竟是在稠人广众之下叫卖，而我是在黑夜无人的深沟里挣扎；她划着火柴就看到了火鸡和祖母，我划着火柴亮光一闪，就被鬼给吹灭。眼前有无数青面獠牙的魑魅，他们勾肩搭背挤眉弄眼，伸着长长的利爪在我周身晃荡。

我几乎不敢睁开眼睛，全身都是鸡皮疙瘩，我听见自己的脖子骨绷得咯咋直响。我找到一个土坎儿，然后跪爬在坎儿下用身子和帽子挡着来风，屏住呼吸，几根火柴一起划，半包火柴划完了，仍点不着烟。我将身子侧来扭去试图避开风头，狂风在身后撕扯扑打，像无数小鬼在拽我的衣角，捅我的胳膊窝子。我想要有个洞多好，我就钻进去永远再不出来。

火柴每划不着一次，我的心就下沉一次，在火柴快要划完之际，终于点燃了烟，心中一下温暖了许多，我使劲儿咂巴让烟头一闪一闪地亮着，这才起身赶路。我从书包里掏出一个爆竹点燃，用力向空中抛去，清脆的响声随着一团火星在头顶炸开，就好像驱走了魔鬼似的。我干脆每走几分钟，就炸响一个爆竹，向熙熙攘攘、摩肩接踵的鬼魅们宣告：快躲开，我来了！

五

我一边走一边扯着嗓门高声吼着秦腔，因为走得太快加上紧张，嗓子干涩发疼，声音苍凉凄楚，哀厉高尖，颤颤巍巍在风中拐着弯儿转来转去地飘悠，像是鬼也在附着唱歌，听得我毛骨悚然，脊背僵直，耳朵发硬，便不敢再唱。沟的深处有通往山后别村的路，是过去土匪盘踞的地方，也是鬼魂成堆的所在。有人夜晚经过这里时曾看到过扛枪的队伍，甚至听到过枪声；有人曾进沟时看到驼队，但跟随一起走到这里驼队就突然消失得无影无踪；也有人曾无缘无故死在这里，身上都是木屑土渣，但并无伤痕。

我想打劫鬼可能不会对我这个无钱无财的二愣子感兴趣，但狂风怒号吹得干枯的树枝噼噼啪啪爆响，就像拉枪栓的声音，我看到每株灌木后都伸出黑洞洞的枪口在瞄准我，每把枪口后又有两只瞪得鼓圆的绿眼珠子，我大概会被全身射穿像筛子底儿。我索性将帽子的耳朵拉下来绑紧，以隔离减轻一些声音，但我仍然很清楚地听到呼呼疾厉的风声，还有自己唰唰的脚步声和咚咚的心跳声。

在三岔路口有些乱坟堆和几棵大树，这里曾有人家，后来被土匪劫杀，冤魂不散，晚上有人还听到过他们的求救声，有时听到是一家人吃饭聊天，甚至涮锅洗碗声，还有人被这些冤鬼迷住，在他们家做客被害。坟头的枯草狂舞着，好像茅草房的窗户纸被撕破，我分明看到这家人都坐在门蹲儿上，小孩子手指指着我，眼睛盯着我，大人们挥着镢头绳索向我扑来，每个坟堆都冒出一个人来，大概他们要合围我了。

我挥舞棍子在两边的枯草中乱打，嘴里不住地吐吐唾唾，据说鬼也怕人的唾沫，你唾到他他也会得病，可是我紧张的嗓子干涩，根本就唾不出什么沫儿。树杈上窝里的几只乌鸦被惊起，哇哇地怪叫着飞向半空。我抬头看去，影影绰绰间，干枯的树枝在风中变态地狂欢，互相抽打着对方，像是鞭炮齐鸣。"乌鸦叫处必有鬼"，俗说这样说。我惊魂已散，六神无主，木木地打着叫着向前疾行。就在走到离路最近的两个坟堆时，枯草中突然嗖嗖钻出两个鬼来，几乎钻进我的裤腿里，我吓得一屁股坐在地上，本能地双脚乱踢。然而那两个鬼却没来索命，反而是向远处逸去，我这才意识到大概是两只野兔而已。

我摸到棍子爬起身来，人们说经过坟场要轻手轻脚，以免惊动亡灵，我哪里顾得了那么多，一溜烟儿狂奔而去，又觉得一直这样奔跑，不是被鬼追上，就是自己累死，于是就换成了疾走，与其说是在走路，还不如说在竞走，只不过竞走是脚跟着地，我是脚跟不沾地。我感觉心脏已经不听使唤，怦怦跳着要从胸腔里蹦出来，呼吸粗重如中暑的牦牛一般。

六

经过坟场，像是走了一千年。我长长地出了一口气，但心里嘀咕有点不敢走了。因为前面不远处，曾经吊死过一个年轻女子。

农村人常说，老人喜丧寿亡，成鬼也不祸害人。少儿夭亡，也不过是小打小闹的毛丝鬼。最怕的是年轻的凶死鬼，爬树上吊，负气服药，抱石投水，拦路撞车，持刀割腕，摸闸触电，不慎滚亩，骤得暴病，犯法枪毙，斗殴致死，若此之类都属凶丧。凶死的人大都破相，不能埋入祖坟，棺木要用铁钉钉死（寿棺用木楔），并在棺里装入铁铧木犁，再贴上太上老君的两道咒符，将其阴魂收摄镇压，永世不得为害。然一旦逃脱，就成了法力无边的孤魂野鬼，为所欲为，祸害一方，极尽报复残虐之能事。

凶鬼中年轻女吊死鬼是最可怕的，而我要经过路上的这个女鬼更是超级的残戾。据说她当时悬吊在树上，没有人敢上树去解，只好用刀将绳索刹断，这样人整个儿就从半空中飞落到地上，吊死鬼的阴魂很难收摄，一掉下来就更成了飞鬼，法力小的喇嘛根本降伏不了她。这女鬼有时会幻成绝色女子，一袭白裙，婉笑盈盈地诱引男人；有时会乱发披肩，长舌当胸，手如鹰爪来掏心挖肺。那个年代我对女性好像还没什么感觉，我想如果是美丽女子来诱我，我就朝她身上乱棍抽去；但如果她吐舌露爪张着血盆大口地来扑，我可能会当场吓死，任她将我的鲜血吸得干干净净，将我的五脏像吃胡萝卜般咔嚓咔嚓吃得点滴不剩。

我竭力不想这些，低着脑袋飞快地顶着走。但有意无意地觉得前面似乎有什么东西，猛抬头看到一棵大柳树下高高白白有人倚树而立，分明就是那女鬼，她正是一袭白裙，长发披肩，手背在身后，一只脚随意地屈膝向后蹬在树干上，正浅浅地笑着看我。我不由得啊地喊出了声，噔噔噔噔后退了几步，转身想狂奔，但听说鬼在袭人的时候，和狼是一种手法。狼很少从正面咬人，往往是在背后将爪子搭在你肩背上，当你回头看时，它就狠狠地咬住你的喉管。我想如果转身逃命，女鬼就会将她的长爪袭来，我一回头她就会咬断我的喉咙。我不能向后跑，但也没胆儿往前走，只是下意识地将棍子横在身前与她对峙，她不说话，也好像没有袭过来的意思，仍旧是靠在树上盈盈笑着，耐心等我走近。

我感到太阳穴突突在跳，血管已经爆裂，两颊流的不是汗水而是血水，女鬼已经在隔人吸血。我的五官四肢都不听使唤，想喊喊不出来，想走脚却不动，想舞棍却双臂无力，心脏不跳了，呼吸停止了。可能女鬼正在使着魔法，她先摄去我的灵魂，再将我的肉身钉住，最后才吸髓食骨。我隐约感觉到，我的灵魂正在从脑袋尖儿上一丝丝冒出来，飘飘忽忽地向空中荡去……

七

我和女鬼僵持了一会儿，试着摇了摇自己的身子，觉得好像能动一下了，低头向下扫了一眼，发现掉在地上的烟头还没熄灭，我盯着那鬼慢慢地蹲下身子，捡起烟头吸了口吹了吹，哆嗦着掏出一个爆竹，点燃了向女鬼扔去，爆竹掉在地上竟然没有炸响。能让炸药不炸，这鬼也太邪乎了，但我烟头的火亮还没被她掐灭。我突然想凭我放爆竹的经验，爆竹刚点燃是不能马上扔在地上的，那样会摔死，只有等到药捻子烧到一定火候才行。于是我又掏出几个爆竹，把捻子拧在一起，点燃并等到烧到根儿快炸在我手里的瞬间才砸向女鬼，随着砰砰的巨响，女鬼轰然倒了下去。

女鬼倒下去的刹那，我凭响声就立马明白了这是柴火捆子。过年三天不能动斧子，不然会误伤祖先腿脚。大概是年前谁拣的硬柴没来得及背回家。干枯褪皮的杨树和桦树棒子，都是白色的，捆在一起立在树下，黑夜看去，活像人站着。上面搭了块垫背的黑布，恰似披肩长发。我狠狠地踩了几脚柴捆，然后一屁股坐在上面，抚着胸口喘着粗气，我觉得自己已经完全瘫痪，好一会儿才拄着棍子站了起来，骂骂咧咧地又前行了。

我再摸烟盒时，发现两包香烟因为被接连不断地点燃，已经没有了。好在前行不远，就快到沟的尽头了，那里半山腰有个村子，好歹就会接到人气。我稍微放慢了脚步，把帽子解开，想调整一下呼吸，就在此时，突然听到前面有呼哧的喘气和重重的踢踏声，我没来得及反应就看到灌木丛里蹿出一个黑魆魆的庞然大物，奔我而来。

传说这林子里有野猪，甚至有人说有黑瞎子（黑熊），我想大概是野猪，我这下要死定了。我觉得头发全都竖立，脊梁骨快要崩断，还没完全从恐惧中摆脱的我有点儿失去了理智，我气急败坏地挥舞棍子狂吼着冲了上去，又从地上捡起一块石头拼命砸出，那黑家伙可能也没想到会碰到我这个不怕死的魔头，吓得哞的一声大叫，就从我身边蹿了出去。

原来是头牛！它这一叫，我的心就完全放下了。不知哪个粗心的牧童，为了赶回家吃年饭送祖先，竟然丢了牛，让它宿夜在野。我一下子感到格外亲切，好像这头牛就是我的亲兄弟，我轻轻地呼唤着靠近牛，在它背上轻搓着抚慰着。牛大概也有差不多的意思，乖乖地站着用嘴在我的裤脚嗅着。我的小算盘是：如果牛和我同路，我就可以和它一起走一段路，这样我就有个伴儿了。然而，当我几次试着拦它往我走的路上赶时，它总是固执地绕到旁边不肯向前。牛虽然不像骡马那样识途，但它对自己家的大方向还是有判断力的，它不愿和我走，说明它的家是和我相反的方向。我一下子又感到透顶的绝望，只好放弃牛兄弟，一个人怔怔孤独地继续前行。

八

终于走到了深沟的尽头，这儿是个十字路口，三面环山，左手边翻过一座小山头是一个村子叫赵李山，我大姑姑家就在那里。直行不远的半山也有一个村子叫窑下，右手边半山坡上有个村子叫牟家门，而到我家还要向前再翻过一座几乎直立巍峨的高山。牟家门村子没有一点儿亮光，死一般的寂静，人们已经睡了，不知为什么，连狗也没有叫的。

因为到了有人气儿的地方，我紧绷的神经多少有些放松，觉得有点儿累了饿了，干渴的嗓子眼儿在冒烟。山脚下有眼泉水，我用棍子轻轻戳开一层薄冰，正要把脑袋扎进泉里，突然想到泉里也有鬼，如果你在夜晚将头扎在水里，鬼就会在背上摁你，把你淹迷糊了再拖出来，用红胶泥蛋蛋在你的嘴里耳朵鼻孔都塞满，活活把你憋死。我渴得要命，而又没有其他的法子，就只好硬着头皮跪在地上，把头凑到泉口，水里隐隐约约看到有影子，在忽悠忽悠地晃着，我弄不清是我的影子还是鬼影。我索性闭上眼睛，把头伸进泉里咕咕狂饮，同时一只手肘着地，另一只手拿着棍子使劲儿在背后乱挥，我想这样鬼就不能摁我了。因为身子不能保持平衡，加上水太冰冷，被呛得不停地咳嗽，真的好像是被鬼掐了几把。我在喉结上不断地捋着，咳嗽才好了点儿。我又想吃点东西，就从书包里摸出油花卷儿，谁知冻得像是石头，啃了一口全是冰碴子，我想这扔出去保准能打死鬼的，就只好再放回书包里。

我抬头看看大山，魆魆黑远，巍巍齐天。我犹豫起来，想干脆到大姑家去宿夜算了，因为她家翻过小山头就到了，我家还得翻座大山，这还不是主要原因，山里时有野狼出没，而且越是离家近的地方，鬼就越多。那些鬼大多是本村去世的人，生前我都熟悉。不认识的鬼倒也罢了，认识的鬼那才可怕呢。想想突然遇到一个死去多年的老邻居，站在面前和你搭话说几年不见了，然后请你到他家歇歇脚喝喝茶，那该是什么样七魂出窍的感觉！

九

因为歇了会儿，又喝了冰水，寒风袭来，一身热汗登时生冷，肚子里也贴心冰凉，好像喝下去的不是水而是冰，身上不住哆嗦激灵。我想这样会冻病的，不能多停，咬了咬牙，决定还是回家，我九十九拜都拜了，就缺这一口气儿，一定得坚持住。因为山路都是陡坡急弯，曲曲折折像草绳缠绕，险峭狭窄，只是比羊肠小道稍好点儿。路上处处积雪，有好多的冰溜子，如果一脚踩空或者滑落，就会摔滚下山，轻则摔伤，重则殒命。我掏出手电筒照亮走路，我想万一碰到那些生前熟悉的鬼们，他们也许看在老邻居的分儿上不会对我怎样，但是如果碰到狼麻烦可就太大了。

这一带因为有成片成片的树林，经常有野鸡、兔子、野狐、山鹿和狼群。据说三年困难时期狼最多也最凶残，它们根本不怕人，人都饿得浮肿，走路打着摆子，一个壮年人也斗不过一只狼。我们村里就有人被狼叼去，还有两女一男是从狼嘴里抢回来的，他们的脖颈下都有被狼撕扯留下的长长印痕。我小时候傍晚时节爬在窗台上，就能看到对面山上的群狼，它们三三五五地戏耍着，长尾巴在地上乱扫得尘土飞扬。晚上站在大门口的土台上，就能听到对面山中森林里群狼七股八音地尖叫。上小学时，读了高玉宝的《高玉宝》，最感兴趣的就是玉宝们用狼崽吓地主崽的那段儿。我们挖山药在林里有时也会遇到窝里的小狼崽儿，但轻易不敢动，偶尔大胆打死了狼崽儿，母狼就会顺着气味半夜来报复，十天半月地在村头哀嚎不止，地里的农具被它们拖的东一件西一件都配不到一块儿。家家都提心吊胆，闩门顶户地严防，虽然没有人被咬过，但猪圈里的小猪崽常会被狼叼去，成了垫背屈死的冤鬼。

我走到半山腰，正在疑心之间，就觉得对面有什么东西踩动的声音，电光照去，果然看到两只不知是狼还是野狐在雪地里漫步似的走着，不远处还有一只站着。我心里喊了声天老爷，感觉头皮又开始发麻，周身迅速回血绷紧。我想通过尾巴的长短来判断到底是狼还是狐狸，狼和狐狸的最大区别远处看就是狼尾巴很长，而狐狸尾巴特短，很好辨认的。可是因为距离太远，光柱射出去就散了，根本看不清楚。刚好前行不远处有个牧人平时挖的避雨小窑洞，我三步并作两步地爬到那里，窑洞太小仅能容身，我反转身倒着钻了进去，用电光向狼出现的雪地里照去，也就几十秒的时间，它们却全都无踪无影了。

我又一次陷入深深的绝望中，我想一只独狼也奈何不了我，但狼是群体出没，它们不会轻易靠近你，一般是形成包围圈，把住你前行的道路，让你不能走脱，然后和你斗心理耗时间，等你累了垮了撑不住了，它们才会攻击你。我刚才看到有三只，周围还有没有就不知道了。真的是狼怎么办？如果我坚守在这个小窑洞里，离天亮还早得很，我会冻死困死的。如果继续上山，它们人形而立横在前路怎么办？我心里嘀咕了一会儿，决计还是要走，因为狼极其狡猾灵性，即使不走它们也会嗅着味儿找到我的。既然横竖是死，走或许是条生路，大概狼群已经走了，兴许它们根本就不是狼而是野狐呢。

我打着手电，一边照路一边前后左右地晃着，狼是怕光的，遇到了我就可以用电光刺激吓唬它们，然后再相机夺路而逃。我躬着腰猫着身子向山上发飙狂窜，就像一只大狸猫，脚踩在雪地上吱吱地急响。我仿佛觉得周围又全是泛着绿光的眼珠子，在目不转睛地追着盯着我，但这次不是鬼的而是狼的。

十

我几乎是踮着脚尖一溜烟儿奔到山顶的，大概是命不该绝，那些狼们没有再出现，各色鬼们看我可怜也没再为难我。当翻过山梁到村子顶上时，我立即听到爷爷那熟悉的重重的咳嗽声，然后看到爷爷屋里炕上火盆里透过屋檐亮出的火光，那火光将我黑暗麻木了的心里映照得透亮，我觉得胸中冰块开始融化，周身渐渐复苏回暖，四肢归了原位，呼吸已然顺畅，脑袋也恢复了知觉。我扔掉棍子，搓着耳朵和脸庞软瘫在地上，呜呜咽咽，双泪长流。

过了大半年时间，我才敢给爷爷说那个初三晚上夜行的故事，爷爷听后淡淡地说：这么走一次，你以后就不怕夜路了。

对于农村男孩来说，敢走夜路是长大与成人的一种夸耀性标志！

的确，从那以后，我多次在不同的路上不同的时节独身走夜路，或山间小路，或深沟峡谷，或林畔水泽，或宽阔公路，或月黑风高，或月圆风清，或风雨交加，或大雪纷飞，虽然也多少有点儿怕，但心里都是平平安安透透亮亮的。我再未遇到过鬼魅，偶尔会遇到野兔或狐狸之类，我也会和它们吹吹口哨打打招呼，反而是它们会狂奔而去。在夜晚凉爽的风中行路，反而轻松而舒适。而夜色的静谧与朦胧，又让你感到大地的瑰丽与神秘，使你六神俱爽又遐思无穷。

世上原本没有鬼，鬼就是人，人就是鬼，鬼只是活在我们的心里！

我不怕夜路遇鬼，自信我走得途方路正，没有什么骚魔野鬼能奈何得了我。然而，在人到中年时，我心中却填满了困惑与迷茫，我突然发现半生飘来荡去，却仍像那个可怖的大年初三夜一样，竟然又踏入了一条漆黑而漫长的夜路。我在幽长恐怖神秘莫测的深谷里盲无目的地乱走，在周尺地域里打转。寻径莫由，突围无力。我该怎样驱除心中的厉鬼？步向光明的周行呢！

爷爷已经去了天堂，他的盆火早已熄灭。在我踉跄挣扎的心路上，已再没有照映我心田的明亮而温暖的盆火，我只有踩着自己的碎影，彳亍而行！

后 记

这本小册子所收的文章，是我多年来陆续写成的个人生活杂忆，有记录校园生活的，从小学、初中、高中、本科一直写到参加工作；有写爷爷、父母与农村闻见的。或写人，或记事，或抒怀，或评史，拉拉杂杂，五花八门。最早写成的是《我的三驴班长》，前前后后写了好几年，当时也凑热闹开了一个博客，名叫"紫石斋说瓠"，就公布在博客里，未曾想在朋友圈中流传，深得大家热捧，认为我把"苦难当欢娱"来写，颇为有趣好玩儿，看了也能惹人回忆，勾人遐思，这给了我相当大的鼓励，也就有了继续写下去的冲动与勇气。

近十年来，我先是在韩国高丽大学任教两年，返国后在北大中文系做牛马走的工作，要么在文山会海中过活，要么就是在宣讲或招生的路上奔波。对于一个古典文献专业的人而言，不进图书馆，不翻阅古籍，读书治学，就成了奢望，只好心归漠野，束之高阁。无论在飞机上火车中，还是在会议场招生点，我就常常想自己的过去，并将其付诸文字。我出生在 20 世纪 60 年代中期，虽然三年困难时期已过，但西北农村仍然吃饱为难，缺衣少穿，我的中小学时代是在挨饿受冻中艰难度过的，甚至在高二时因病辍学，当了农民，再复读重新从高一开始，直至考上大学。与同龄人相比，我过得要艰苦曲折得多，于是想将自己的生活复原描摹出来，雪泥鸿爪，存迹于世，百余年后史家在阅读正史之余，或许能从一个北漂的生活中，矗摸出一点真实历史的遗痕。更为无奈的是，我在极度郁闷的会议上或孤寂无聊的旅途中，就反复地自己和自己说话，以保证人是活着的，脑子是转着的，双手是能动的，思维是在运作的，以免提前暮沉痴呆而已。

因为是写自己，所以就用不着刻意构思或者编织故事。我生平别无所长，但记忆力极佳，中小学时代的点点滴滴，都深深地雕刻在脑海中，历历在目，不用编织，不用构思，只要按顺序写下来就行，于是就慢慢写得多了起来，陆续发表在《传记文学》《飞天》《山西文学》等杂志上，或者在网络公众号与微信圈里流布。日行月移，所积渐多，朋友们鼓捣说可以结集出版，于是就有了这个小集子的桀行面世。

有了文稿，书名为难。正踟蹰间，猛然想起老家的社火曲——"五更盘道"，唱的是一个小生意人在清夜孤寂无靠、越岭盘山的故事，曲调焦苦，悲怆凄切，而漆家山东头一段山路就称"盘道里"，陡峭绳结，盘旋向天。我拙陋无谋，不善营生，漂泊京城，以苦为乐，犹如五夜独行，周回盘绕，难安心之所归，不知路之所向，以此为书名，恰合我心矣。

曾记在20世纪末的最后一年，同事刘勇强教授、吴晓东教授和我一起在新加坡授课，刘兄搬典弄故，谐我们的姓氏为"五六七"，于是先在同学间传了开来，后来我们彼此也以五六七相称。六哥满腹经纶，修雅温润；五哥文理缜密，美善谦和；而我则脑满肠肥，粗枝大叶。自此以来，他俩是我学习的榜样。在本稿结集之际，我先是祈求，继而威胁，请他们两位用如椽大笔，劳神委屈，写几句表扬的话语，唬几声斥责的言辞，以冠诸卷首，添彩溢光，于是就有了他们二位的大序，使拙稿如同叫花子戴了一双花冠，可以摇摇摆摆，装点入市了。在此，向六哥、五哥表示衷心的礼敬和感谢！

拙作的出版，得到三联书店的大力支持。五哥的高足李佳女士作为责编，在审稿校读中出力尤多，在此向三联书店与李佳女士也深致谢忱！

陇右紫石山人漆永祥匆书于丁酉（2017）中秋后一日